U0926732

人在他乡

李新勇 著

图书在版编目（CIP）数据

人在他乡/李新勇著．—北京：中国财富出版社，2014. 10
（传奇中国图书系列．美文卷）
ISBN 978-7-5047-5290-1

Ⅰ．①人… Ⅱ．①李… Ⅲ．①散文集—中国—当代 Ⅳ．①I267

中国版本图书馆 CIP 数据核字（2014）第 153881 号

策划编辑	宋　宇	**责任印制**	方朋远
责任编辑	于　淼　宋　宇	**责任校对**	饶莉莉

出版发行	中国财富出版社		
社　　址	北京市丰台区南四环西路 188 号 5 区 20 楼	**邮政编码**	100070
电　　话	010-52227568（发行部）		010-52227588 转 307（总编室）
	010-68589540（读者服务部）		010-52227588 转 305（质检部）
网　　址	http：//www. cfpress. com. cn		
经　　销	新华书店		
印　　刷	北京兴星伟业印刷有限公司		
书　　号	ISBN 978-7-5047-5290-1/I·0159		
开　　本	710mm×1000mm　1/16	**版　　次**	2014 年 10 月第 1 版
印　　张	14. 75	**印　　次**	2014 年 10 月第 1 次印刷
字　　数	227 千字	**定　　价**	29. 00 元

版权所有·侵权必究·印装差错·负责调换

目录

楔　子

1995 年大学毕业前几个月，我顶着个硕大的脑袋，多次利用夜自修时间，晃荡在中文系那间陈设简陋的办公室里。

办公室墙上挂着一张比半张单人床单略微大的中国地图。

我先后多次把拇指摁在成都的位置上，以拇指和食指张开的距离为半径画圆。

数次比画的结果是，我做出一个决定，把自己交给圆圈之外的任何地方，这也是我的谋职理想。

全校除了图书馆，只有中文系办公室有如此大的壁挂式地图。一拃是虚指长度，我心里实实在在想出去走走。一个人，在青年时代若舍不得出去走，几十年一晃就过去了，世界是什么样子根本不知道，转瞬终老故乡，着实对不起这一生对远方的期望和想象，有负于血液里奔腾不息的理想。远方，是个多么诱人的词语。

人生只有那么一辈子，不可能来第二遍。错过了，也许再也没有机会了。

中文系办公室我去了多少次？七次还是八次？忘了，反正我那硕大的脑袋经常让中文系那间本来就不宽敞的办公室越发显得逼仄，可见，我对去远方走走这件事情是慎重的，是经过深思熟虑的。

最终，我做出决定，一锤子买卖，远方，我去定了。那天，离开中文系办公室，合上门，五月的夜风，暖意渐起，路灯下翻飞着各种小昆虫无比快乐，远处有蛙鸣隐隐，夜空浅墨深蓝，闪烁的星星亮得扎眼。哦，远方，如此迷人。

做出这决定后不久，西藏、温州和江苏启东，三地教育部门派员到我们学校挑选优秀毕业生,方式是面试。

那时候,宜宾师专(现宜宾学院)因学术研究、教学管理和学生社会实践等工作成绩显著,在全国高等师范专科学校中小有名气,每年前来选拔优秀毕业生的单位不少。

三个地方的面试都严格得接近残酷,每个地方均只在近百名参与面试的毕业生中挑一二十个。幸运的是,三个地方的面试我都通过了。最终我选择了江苏启东,之所以选择启东,是因曾站在中文系办公室那张地图前面,我发现宜宾乃万里长江的起始之地,启东是万里长江结束的地方。“我住长江头,君住长江尾,日日思君不见君,共饮长江水。”这一去,“君”即是我,“我”却是故土的亲人、师友和同窗。这其中深藏着多少难以言传的情愫,这诗句蕴含着多么美妙动人的意境啊!这是一首永远不会过时的诗。

与我一同前往的,还有同校不同系科的十四个同学。也就是说,那一年,宜宾学院共有十五名毕业生通过选拔前往启东。

四川任何一个地方,距离启东都足够远。以1995年普通人能够承受的交通方式,轮船加汽车需要9天,火车加汽车需要5天,飞机加汽车需要2天半,徒步……没听说谁愿尝试,可能从古至今没人这么干过。这距离,确实足够远了。

在离故乡足够远的地方,不管你情愿不情愿,都会比一般人多一些人生际遇,多获得一些文化和精神上的、互补性的滋养。

况且,这么远的路程,足够让人忘却前尘往事,稀释刻进骨髓的忧愁哀伤,还能制造出无数预想不到的人生浪漫。人生的丰富与有趣,恰恰在这无数的“预想不到”之中。

幕布就此拉开,我们的故事开始了。

无法更改的来路

每个人都是有明确来路的我也不例外。

1

除非一辈子终老于出生地，但凡出过远门的人，都会有不止一个够得上被称为“故乡”的地方。读书、学艺、打工、立业、逃荒、要饭……每在一个地方待上一段时间，对这地方产生了感情，都可被称为“故乡”。于是，就有了第一故乡、第二故乡、第 N 故乡。

无论有多少地方能被你称为“故乡”，那个能够被称为“老家”的地方却只有一个。那个叫“老家”的故乡一般被人称为胞衣之地，也称为“血地”，意思是母亲为把我们生下来，在这里流过血的土地。这块土地，因为母亲和母亲的血，而成为我们心中永远的圣地。一辈子走得再远，永难忘怀的就是这个地方。

在四川西南，青藏高原与云贵高原结合部有一片神奇的山区，跟全国大多数东西走向的山脉和水系不同，这里的山脉与河流呈南北走势，那山就叫横断山。我一直在想，上帝在造这块地方的时候，多半有楚楚动人的女神从他面前经过，弄得上帝心情巨爽，来了兴致，表现欲强烈，冲着这片山脉与河流来了一阵乱刀剁肉般的狂砍。结果，横断山就成了今天这样子，这山梁与那山梁看上去似乎一脉相承，事实上两座山梁之间有一道或几道甚至十几道十几米宽的“切口”。“切口”两边，万丈悬崖，只有风能吹上去，只有野草和山树能勉强长上去。

在横断山区大大小小的沟涧溪河中，安宁河排在老大位置。它是雅砻

江的支流，雅砻江又是金沙江的支流，金沙江则是长江上源。安宁河全长300多千米，大多数河段在横断山的崇山峻岭中迂回婉转，仅在屈指可数的地段冲出几百米到几千米宽的河谷坝子。河谷坝子上，棋子似的散落着一个个村庄。

由无数山泉汇集而成的安宁河，河水清冽甘甜。从前，水中鱼虾多得用木棍搅上几棍子，就有鱼漂上来。

从西昌市区往南走三十千米，有一个由刘、李、张三大姓组成的古地名叫河嘴的村庄。这个村庄于1971年立秋那天，迎来了我第一声敞亮而无所顾忌的啼哭。

从地图上看，我们的村庄在安宁河的腰眼儿位置上，河谷坝子的宽度不超过三千米。两列南北走向的大山，把河谷坝子夹在中间。成昆铁路和成昆公路（国道108）从东山脚下经过，火车拉响汽笛，山谷间便有绵长舒缓的鸣叫回荡。被当地人称为"老南风"的河谷风，跟安宁河谷像一对形影不离的夫妻，终年不息，为河谷坝子带来春的雨水、夏的芒种、秋的霜降、冬的大寒。河谷坝子是二十四节气的调色板。初秋，是波斯地毯般铺张华贵的金色稻田；夏天，是碧绿如洗、不染纤尘的水稻、玉米、花生、大豆、甘蔗；更不必说春天，大胆泼辣、铺天盖地的油菜花，尽情展示着土地的大气、雄浑和丰满；还有那冬天，一束温暖的阳光斜斜地照在山梁上，旺盛的苦荞花恍若情人的蜜语，颜色绯红，清新淡雅，为河谷擦上一抹淡淡的清香。

这里跟香格里拉大致在同一纬度上，香格里拉拥有的美丽，这里一样不缺。从今天考古发掘的先秦古铸币遗址和安宁河神秘大石墓（每块墓碑重达二三十吨）等遗迹看，遥远的中央集权，早就在这里设置了官府吏治，可是，这里却有无数次文明断裂，活生生突然就中断了。后人费尽心思，掘地九尺，到目前尚未考证出原因。比如先秦铸币遗址，何时兴起，何时终了，史书上找不到相应的文字记载；安宁河神秘大石墓，更是片语皆无。

在安宁河谷的坝子上，几乎不存在原住民。最近一次文明断裂，发生在明末清初一支著名的流寇从此经过，八大王为扩军和保密，凡能走路的男丁，尽皆入伍；凡不能随军的，待大军开拔出数百里，被其断后部队，无论男女老幼，通通杀光。以至清初，朝廷不得不下令从湖广等地征丁入川，这就是史上著名的“湖广填四川”。

安宁河李氏家谱记载非常清楚，河嘴李氏根源在湖北省黄州府麻城孝感一个叫犁铧尖的村庄。如今麻城和孝感分别设市，犁铧尖村到底在哪里，已无可考。李氏祖宗先迁四川简阳下马滩，再迁四川名山若水（青衣江畔），最终落脚到四川西昌安宁河畔这个叫河嘴的地方。河嘴之名，估计并非原有，而是我的祖宗落脚此地后，才替这片土地命名的。

那时候，安宁河谷的移民都是地主。种子由政府提供，只要肯花力气，所垦之地皆归其家所有，政府免除多年赋税。

那是一段充满想象和希望的岁月。迁徙的悲伤和痛苦，很快在一茬一茬的丰收中，被稀释得如同风中的一口旱烟，转眼就消散了。

到我出生的时候，像我们那个人丁还算兴旺的生产队，人均还拥有水稻田三亩、旱地一亩。在这片土地上，20 世纪 50 年代被划成“地主”“富农”成分的人，实在是冤枉到家了。在这片土地上，能够成为地主、富农的，都是最舍得花力气、花心思、懂经营、善管理的人。他们不去开垦，那些土地就只能荒在那里，这些地主富农没有不亲自干活的，他们起得比长工早，睡得比长工晚。当然，那时候，连长工家里都有几亩地。只有游手好闲、好吃懒做的，才可能挨饿，这些人有专门的称谓，叫“叫花子”。安宁河谷的叫花子是不会被饿死的，也不会外出讨饭，他们成群结伙今天上这地主家，明天上那富农家，家家都不会让他们空着肚皮走，走的时候，主人家还少不得送他们些钱米布匹。“吃大户”这词儿其中一个意思，就是从这儿来的。他们群居在东山脚下一个有名的大溶洞里，那溶洞的名字叫“叫花洞”。只要不犯法，他们一样结婚生子，活得逍遥自在。那叫花洞我没见过，我出生前一年，成昆铁路修到那地方，路基正好要从上面经过，让铁道兵给炸掉了。

先来说说地主富农的事。1953 年前后，安宁河谷枪毙了一批地主，我们那个小村庄枪毙了两个。主持枪毙的，是当年“叫花洞”里的人，动手的，也是“叫花洞”里的。叫花洞里的人即使从来没有人怠慢过他们，他们也自觉低人一等，这感觉像酒窖里的高粱谷麦，经过长久发酵，一旦有了契机，便会酝酿成复仇式的掠夺，从而产生“扯平了”的快感。这种变异的爆发力是惊人的，据我爷爷奶奶的描述，他们把地主五花大绑，捆扎得喘气都困难，胸前挂一大牌子，牌子上倒躺着地主的名字，黑色，名字之上加一个红色大叉。那木牌子少说有十斤重，他们在牌子上钻两个眼儿，用细麻绳穿了，挂到地主脖子上。城市和集镇上的地主游街，乡村的地主游乡村。被捆扎得像粽子的地主，艰难地走在前面，后面一个“叫花子”，牵牲口那样牵着细麻绳，手持一面铜锣，不时“哐——”地敲上一记。地主两边，各有一个“叫花洞”出来的好汉负责押解，两人手中各持一根棍子。那棍子的责任是，轮番落到地主身上。两个地主，都是乐善好施的人，读过书，知书达理，喜做善事，修桥铺路，照顾鳏寡，兼做邻里矛盾的调解员，乡党械斗的谈判代表。可以这样评价他们，他们是农耕生产的组织者，是乡村绅士社会的倡导者。一般人，连围观都不忍心，“叫花洞”里出来的好汉却像过节似的，浩浩荡荡地排在地主身后。锣声响起或者棍子落下的时候，他们高兴得嗷嗷直叫，吹口哨，打哨子，活蹦乱跳。我们那个村押解地主的“叫花洞”好汉，其中一个的棍子末梢有钩子，类似于钉子，他喜欢像敲木鱼那样，不时让自己的棍子坚硬地在地主的光头上发出脆响。那地主是个六十多岁的老人，每敲一下，就会传出一声短促的饱经沧桑绝望的叫声。好汉觉得不够过瘾，因此越发敲得重了。终于，棍子上的钩子敲破了头上的动脉，一股筷子粗的血柱呼啦一下冲出来，天空中立即长出一棵血树，有树干，有枝杈和树叶。鲜血在空中飞到极限，花瓣雨一般纷纷落下，落到插一根扁担都能抽青的沃土上，发出一片类似于铜钱散落到地上的细碎的叹息。他是我们那个小村庄唯一没有轮上吃枪子儿就倒地气绝的地主。

相对于那两个地主，我爷爷奶奶算幸运的。我家开垦的土地从我家房前一直铺到西山脚下，评定成分的时候给评了个富农，免了挨枪子儿，但活罪得受够：办学习班、游街、批斗、关禁闭。我爷爷是读书人，年轻的时候在西康省做事情，解放初被派到康定，翻雪山时因患“雪盲”不得不退回家中。换今天，这得算工伤，那时候退回来就是农民。我爷爷心直口快，能说会道，写一手好字和文章。安宁河两岸但凡有好吃懒做、赌博不孝的，千万别给他撞上，给他撞上了，受伤程度比遭受五人合力暴打还厉害。曾有五个泼妇集体上门挑衅，十分钟不到，被我爷爷骂得只恨自己少生了几只脚，跑得比遭狗撵还快。我爷爷没骂过“叫花洞”里的英雄，那时的人认为，那是他们的职业。但“叫花洞”的英雄却不放过他，别的富农最多开会没有发言权，我爷爷李文科、我奶奶范正秀则非受批斗、非游街不可。从 1952 年开始，到 1978 年结束，我爷爷奶奶遭受了多少批斗，连他们自己都数不清楚，只要上面搞运动，他们就首当其冲，什么运动都跟他们沾边，沾边就挨整。英雄们把高音喇叭草帽般扣到我爷爷头上，活活把他整成聋子。还把三百斤木杆大秤的秤砣（那秤砣不晓得该有多少斤）用细铁丝穿起来，挂到我爷爷脖子上。每一种方式，都整得他生不如死。这位恃才而桀骜的老人，到六十五岁还得替生产队放牧一头全生产队最犟的牛，工分只有全劳力的一半。

1978 年是我家的一道分水岭，停止批斗，平反地富反坏右，地富反坏右的子女可以读初中读高中考大学。这一年，我爷爷奶奶戴了将近三十年的无形的帽子终于被摘掉了，我们家开始有了笑声。我爷爷无数次表示，他的孙子辈不能再像他的儿子我的父亲那样，因家庭成分原因，小学毕业直接回家务农。恰如一根长期绷得太紧的弦，一旦松下来，不是断弦就是变形那样，获得大赦的爷爷奶奶，并没有享受几年轻松日子。我奶奶于 1981 年春天中风后去世。次年，一个将近半个世纪没见面的亲戚上家来，我爷爷喝了点酒，从此染病卧床。数月之后，能下床走动，说话的声音也洪亮了，但是此后，他老人家的声音要么没有，要么洪亮得炸耳。一家人以为他又过了一关，我父亲便跟村里人到渡口（今攀枝花）卖石榴去了。

那天，我见我爷爷蹲在院子里背对着阳光晒太阳。农历七月晒太阳的人，我到现在就见过这么一个。

他伸出左手掐算。掐了一遍,似乎不确信,又掐了一遍。我爷爷精通阴阳八卦,他左手拇指在手掌指节上掐算的动作,是我再熟悉不过的。他常说:“莫道乾坤了无际,天地都在一掌中。”只见爷爷突然起身站起来,冲着满院的空气,中气十足地说了一句令我半懂不懂的话:“大限到了,就这几天!”他说这话时并没有考虑过院子里有没有其他人。当他看见他的长孙我的时候,这话似乎才是对我说的,因为他的脸转过来看到我了。那时我 11 岁,个子不矮,懂事不多,正在院子里用钉耙刨蚯蚓,准备去钓鱼。至今我还记得,他把脸对着我的时候,脸很瘦,脸上一点血色都没有,不是刷白的那种,而是没有活力。眼眶里,黑眼仁儿比白眼仁儿多了不少,黑眼仁儿是漆黑一团的那种黑,没有光泽。他走出大门,往西边的山脉出神地望了一阵,转身问我:“你爹啥子时候回来?”我说:“不晓得。”他说:“你去给你大孃孃和小孃孃说,赶紧替我准备棺材!”吓得我丢掉钉耙就往门外跑。跨出大门门槛时,听见爷爷在我身后说:“一辈子替人择了多少阴地,到头来竟没顾上给自己相上一块地方!”我大孃孃在安宁河对岸,我小孃孃在隔壁生产队,一个 800 米冲刺就到了。因为爷爷的病,那段时间,小孃孃每次来探望爷爷,离开的时候都会特别嘱咐我,爷爷要是有啥突发情况,要及时通知她。爷爷有三个孩子,他每一个都提到了。最现实的,当然是去通知我小孃孃。冲出大门没几步遇到我妈,我妈问我急吼吼要上哪里去,我说:“老爷让我去喊大孃孃和小孃孃赶紧替他准备棺材!”官话中的爷爷,我们那里称“老爷”。我妈顺手给我一巴掌,我跑得快,躲过了。我妈骂我:“你老爷活得好好的!再敢满嘴放屁,看我不掌嘴!”我就又回院子继续挖蚯蚓。吃过中午饭,我妈似乎也看出我爷爷的黑眼仁儿明显比平时多出许多,悄悄叫我去通知小孃孃。第二天,农历壬戌年七月廿九,公历 1982 年 9 月 16 日午时,这位年轻时风光,中年以后受尽万般折磨的老人,跟他传奇般的阴阳八卦一起,永远地走了。

我爷爷在病床上无数次嘱咐我父亲和母亲说,如今天道不一样的,要让几个小崽崽把书读好。他说的“崽崽”,就是他的孙子,我们弟兄四个。爷爷说:“只要他们能把书读出来,不枉我这辈人受了几十年的折磨!”

也许,为了却爷爷的心愿,也许不愿意我们再像他们那样当牛做马辛苦劳累还捞不到一句好话,无论多么艰难,只要我们还能读下去,吃糠咽菜,衣不蔽体,我的父母也要让我们把书读下去。

2

1982年开始,农村实行家庭联产承包责任制。那一年,收上来的粮食多得把一家人吓了好几跳,粮食塞满我们家房子的所有空间。那一年夏天,小麦收上来,一下子就卖了300多块钱。对一个从前每年年底才能从生产队领回十几块钱的家庭来说,这不啻于天文数字。好景不长,几年过后,一年比一年名目繁多的税费和提留,几乎把当初的喜悦重新归零。最厉害的时候,石榴树刚刚种活,生产队长就上门来收半块钱一棵的“农业特产税”。

那是个美丽的秋天。

蓝汪汪的天幕上,一行行大雁在向南飞。闲散多时的村子开始热闹起来,钓鱼的放下渔竿,缝缝补补的搁了针线笸子,男女老少都开始忙一件事,想办法把各家上千斤的公购粮缴到粮站,以抵扣各种各样的税费。

那时候,在安宁河畔那个叫大中坝的村庄,拖拉机还只是写在教科书上的科学名词。缴公粮那几天,山路上差不多就是运输工具的活体展览馆,扁担箩筐、鸡公车、牛、马、骡子……

父亲跟一个木匠在院子里做架子车。他们做得很慢,做一会儿歇下来,喝喝茶,吹吹牛,一副享受生活的样子,好像做架子车仅仅是为了打发无聊的时光。事实上,我爹知道,早一天缴公购粮,早一天失望。我爹打算让秋收的喜悦在家里多待几天,哪怕这是个歉收的秋天。

父亲给木匠递纸烟,木匠说:“你也来一支?”我爹说:“不会。”木匠跟我爹年龄差不多,他乐呵呵地做出长辈的样子说了一句占我爹便宜的话:“真是好子弟!”我爹说:“我要有你那么享福,我也抽。”

我爹说的是实话。木匠一儿一女,我爹有四个儿子,都长了嘴巴,都要上学,都要穿衣服。我爹巴不得一分钱掰成两分用。

我们家离乡粮站15千米,公粮装了满满一架子车。这一年的米不白,原因是水稻扬花的时候,赶上了一场洪水。

那洪水真的大。村子里最高寿的张学松表叔公说,他活了八十几年,第一次见到这么大的洪水。河谷两岸的森林在大炼钢铁的时候砍光了,山上塌下来的土方淤塞河床,整个安宁河谷汪洋一片。河谷里的房屋、庄稼、蔬菜、柴火……都在洪水里浸泡了两昼夜。河谷两边的山脚下,到处是帐篷。我的三个弟弟被爹送到山脚下亲戚家,爹和妈还坚守在我家旁边的河谷沙丘。那沙丘有十几米高,它成了我爹、我妈和我家的家禽家畜的诺亚方舟。

我在读初中,住宿在学校,学校离家有20千米。河水暴涨后,学校担心山体滑坡,承担安全事故责任,借口抗洪救灾把学生全部放了假。

我在亲戚家找到我的三个弟弟。在亲戚家的大门外,几个弟弟像无依无靠的孤儿,惶恐地望着满满一河谷的洪水发呆。

前后三天,爹妈是死是活,我们完全不知道。那时候电话还只写在书上,更别说手机。三天过后,洪水稍退,我带三个弟弟回家,最小的弟弟还小,需要我抱着走。机耕道上的淤泥厚得没过膝盖,每走一步都得使上半肚子力气。

院墙全部坍塌,只有院门特立独行地立着。我们迟疑地推开院门,院子里淤泥也很厚。房门静静地关着,一推就开了。

我怯生生喊了一声:“爹!”又急切地喊一声:“妈!”没人答应。弟弟们也在喊:“爹——! 妈——!”还是没有人答应。

这场洪水不仅浸泡了庄稼,泡垮了许多房屋,还淹死了人。

找不到爹和妈,弟兄几个心里产生不祥的预感,谁都不愿说出口。我们年纪都还小,不敢去想象天塌下来是什么状况,在屋里屋外又找了几遍,还是没有。这下,我们彻底像孤儿,忍不住流下眼泪。我带弟弟进灶房,准备给弟弟们煮吃的。没有干柴,也没有米。在从装柴草木楼上取干柴的时候,老二老三在柴草堆里发现三个鸡蛋。我把锅里的淤泥清除干净，把鸡蛋煮熟，放在冷水里冰了一下，分给三个弟弟。我说："你们吃吧，大哥不饿。"小弟弟拿着鸡蛋吃起来，老二和老三剥开鸡蛋，各掰了一半给我。

在晶莹的泪光中，我们弟兄四个把三个鸡蛋分吃完。

作为三个弟弟的长兄，我无比迷惘，我不知道下一步能做什么，该做什么。时间一分一秒地过去，我们在等待奇迹。太阳渐渐西沉，远处不时传来谁家墙壁和房屋倒塌的声音。墙壁倒塌的声音沉闷短促，砰一声之后，再无其他声音。房屋倒塌则先砰地响一声，接着是屋瓦刷拉拉着地的声响。刷拉拉的长短跟屋子倒塌的速度有关，屋子倒得慢，则声音长；反之，则短促尖锐。伴随着房屋倒塌的声音，是女人们绝望的哀号和男人的咒骂。这些声音每每响起，我的心都会紧缩一下。

我的三个弟弟睁着惶恐的眼睛望着我。天渐渐暗下来，我的心里只剩下绝望。

突然，我听见院门响了，三个弟弟也听到门响，我们一齐冲向屋外。爹披着一身霞光从外面走进来，他明显苍老了许多，胡子好多天没有刮，衣服上到处是淤泥。爹看见四个儿子都在面前，眼睛一热，说："我的儿，你们都好吧？"

我和弟弟们没有回答他的问题，急切地问："妈呢？"

妈抱着个咸菜坛子从外面回来，见到儿子们，她憔悴的脸上顿时显出喜悦的神情。她说，"你们都回来啦！儿子，你们都没事吧？"

我们纷纷点头，特别是我有如获大赦之感。当即，我们开始着手重建家园，我们清除地上的淤泥，用木棒把偏斜的山墙小心地支端正，拆除即将坍塌的院墙，重砌鸡圈、鸭圈，翻晒生火用的柴火……

菜园里的蔬菜全给泡死了，我们一家吃了两个多月的咸菜，吃得手掌脱皮，面色蜡黄。好在洪水来临的时候，我的父母把粮食和被褥搬到老屋后面高出地面十多米的沙丘上，才没有让我们挨饿受冻。

庄稼命大，跟庄稼人一样，那些在洪水里浸泡了四十多个小时的水稻最终还是结出了谷子，但是跟往年不一样的是，谷穗上谷粒少，谷壳上淤泥厚，谷穗中间有不少颗粒，结的不是谷子而是褐色的灰，当地人叫灰包。晒稻谷的时候得仔仔细细把这些灰包清除掉，可再怎么弄，谷壳上的淤泥还是像油漆一样弄不掉。碾米的时候，淤泥染到米上，米不再是白色的，带着泥土的褐色。

终于，爹决定缴公粮了。疼痛迟早要来的，爹选了个晴好的天气，公粮和抵扣各种税费的大米装了满满一架子车。爹拉中杠，妈和我在车的两侧推车。太阳还没有从山背后冒出来，我们就出门了。山脚毛路一会儿上坡，一会儿下坎，坑洼不平。上坡的时候，我爹比牛还喘得厉害，身子蹬得几乎跟地面平行，我跟妈用肩膀顶车辕，实在上不去，就卸掉几袋米，上坡以后，再卸车回过头来拉。我无数次目睹父母的艰辛，不过这一次我亲身体验到了。我磨破了肩膀，妈心痛地说，“儿子，忍着点儿！”我说，“不痛。”

费了老大的劲儿，我们把公粮运到粮站。

缴公粮的队伍从仓库门口一直排到粮站大门外，我们是最后一个。中午我们在队伍中囫囵吃了一点自带的干粮。这时我们已不是最后一个了，身后的队伍在不断加长。太阳快落山，才轮到我们，粮站上收粮食的人说，“今天就收到这儿，下班了，明天再来。”

爹说：“再收一个行不行？我们离这儿 15 千米呢。”身后缴粮的人也纷纷央求。

粮站上的人不屑地说：“多远多近跟我不相干！回去，明天再来。”

粮站上的人态度坚决，没有商量的余地。我们又不敢得罪他，得罪了他，他嘴角一歪，就可以把你家的米从一等判成二等，从二等判成三等，而且年年报复，年年这么判。爹叹了口气，忍气吞声地拉着那满满一车大米，再次把山路上的坡坡坎坎复习一遍，到家已经半夜了。

路上，爹辛酸地说：“儿，你是亲眼看到了，我们农民就这样不被人当人！跟老天爷斗智斗勇，把粮食种出来了，送到人家嘴巴边，人家嘴皮一动，明天再来，谁还管你累死累活？儿子，农村娃儿要改变命运，只有读书一条路。我不求你们升官发财，只要你们不再像你爹你妈一样苦命，牛马都不如。”

第二天一大早，我的三个弟弟也来帮忙，我们再次重复昨天的劳动。到了粮站的时候，二弟撕破了衣服，三弟磨破了手掌，最小的弟弟才三岁，摔得鼻青脸肿。粮站前面仍然排着长蛇阵，今天我们比昨天早一点，轮到我们的时候，正好到吃午饭的时间，收公粮的人扔下我们就吃午饭去了，吃完午饭还睡了一个半小时午觉。我们一家爬在粮车上吃干粮，吃完干粮，到自来水龙头下喝了点水，然后歪着靠在架子车上打瞌睡。秋后的太阳燥得像烤炉，猛得直把人往肉干方向拽。周围没有一棵树，也没有屋檐，找不到躲太阳的地方，又不敢离开，怕离开了，万一粮站上的人突发善心来收粮，我们却不在。

吃下去那点干粮很快就在肠胃中消失得无影无踪。最小的弟弟忍不住喊了一声饿，我们胃肠空洞的蠕动声立即乱七八糟地混合成一曲惊天地泣鬼神的交响乐。守着一车大米喊饿，真是无奈而又悲伤。有什么办法，这一车大米是别人的。

在太阳底下晒了三个小时，才见粮站上的人睡眼惺忪地来上下午班。收粮那人个子高，身材魁伟，面部表情像谁借了他的米还了他的糠似的。我家的大米口袋刚打开，他一见米的颜色就说，“这是安宁河谷的大米，四等。”

爹用哀求的声调说，“这米干净着呢！米质好！有点泥巴颜色，是因天灾。能不能上浮一个等级？”爹指着我们对他说：“这三个大孩子还指望着交学费呢！”

那人嘴巴一歪，不屑一顾地说：“就凭你?！今年安宁河谷的大米通通都是四级！”

四级意味着这满满一车大米只值240块钱（每公斤三角二分），且不要说人工费用，连开支种子、化肥、农药都不够。回家路上，爹和妈都很难受。爹说：“原想今年也只是缝不上新衣服，可现在连你们弟兄的学费都困难。我跟你妈辛苦一年，到头来还蚀本。老天爷，我们没有功劳还有苦劳呢！”

父亲苍老的脸上，滑下两行辛酸的泪。

父亲的泪浇透了我们正在成长的心，我无法克制悲愤，使牛还晓得牛辛苦，这粮站莫非比叶圣陶先生笔下的万盛米行还刻薄？它有什么资格如此作践农民？

一个讨饭的，都不一定会被人如此作践。

那时候，我父亲已经跨进四十岁的门槛，生命已经翻过壮年顶峰，走上一条下滑的抛物线。他已经习惯用捶打关节的方式来安抚艰难岁月留给他的伤痛。他比我们平静得多，他说这辈子他当牛做马当定了，只希望儿子们不要再翻版他当牛做马的命运。那个年代的农民，牛马不如。

3

如果不是因为我们读书，我的父母不会吃那么多的苦。但是父亲李仕衡母亲骆明芬有可爱的四个孩子。小学升初中考试结束，我生了一场大病。两个大点的弟弟整天陪护我，大的一个像护士长，小的一个像警察。一个三顿不离地给我端水送饭，另一个只要见我睡着了，就会伸两根指头到我鼻子底下，看看他们的哥哥还有呼吸没有。确信我吃饱了并且还活着，他俩才到屋外玩。

护士长十一岁，警察九岁，都是无忧无虑的顽主。有一天警察爬在水井沿上，头伸进水井口，大喊“救命啦！救命啦！我掉水井啦。”喊声经水井壁混响后传出，效果非常逼真。护士长在挖蚯蚓，准备钓鱼，听到喊声丢开钉耙，风一样往家跑。一边跑一边喊，“爹，小三掉水井了，爹，小三掉水井了。”爹来了，见警察笑嘻嘻地站在水井边，就问“你不是掉水井去啦?”警察眨巴着狡黠的眼睛说，我自己又爬出来了。

我在他俩的照顾下很快痊愈。在床上躺了半个月后跨出门槛，我发现夏天不但已经来了，而且已是热得很。阳光令人眩晕，屋前的洋槐花开得正旺，花瓣簌簌，在树下落成个金黄色的圆盘，好像洋槐树在给自己编织涅槃打坐的蒲团。蜜蜂在树上远远近近地嗡嗡着，声音愉快，主题鲜明，目标专一。墙角的金银花也在缠缠绕绕中开了，香气是那么一丝儿一丝儿的，不浓不淡，含蓄而大方。

三个弟弟正往家里走来。最小的弟弟刚刚停用奶瓶，走路还不稳当，见我起来了，屁颠屁颠地向我跑过来，嘴巴里“鱼鱼鱼”使劲乱喊，手里捏着一条鲤鱼，鲤鱼被高高举起，还在拼命挣扎。我一只手接过小弟弟手上的鱼，另一只手把不满三岁的小弟弟抱在怀里。这时护士长和警察也来了，警察拿渔具，护士长端盆，盆里全是鱼。护士长端盆子的时间已经有相当长度，手臂酸得龇牙咧嘴，直叫“大哥快接过去。”

护士长说：“爹说给你营养营养，我们就抓鱼去了。”

警察说：“我们也要分享的哟。”

护士长说：“就你嘴馋。”

警察说：“等烧好了你看我们吃？”说完又对我说，“大哥你想不想吃麻雀肉？”

我说：“假如有，就想。”

警察用他一贯狡黠的眼睛望着我，笑嘻嘻地说，“大哥，你买电池吧，你们毕业的时候不是退过学费吗？”

我豁然一笑，举手做出给他一巴掌的动作说，“就你小子精明，一分钱都逃不出你的小算盘。”

警察呵呵笑着跑远了，一边跑一边扭过头来说，“你想不想吃，想不想吃啊？”

就餐的时候，护士长开初没有对鱼下手，我夹了一条最大的鱼给他。护士长很高兴，一边吃一边说，“大哥，买了电池，我们明天就可以吃到麻雀肉。”我说，“嘿，你什么时候也跟小三一样精明起来了？看来你俩早就商量好的。爹，你看呢？”爹知道我毕业时就退了那么两块钱学费，本来没有打算收回去。既然他的儿子们用途一致，自然愿意做这个顺水人情。

“大哥，你能不能给我们讲个故事？”警察说。

我正好看了一个新故事，我对写字一贯分家的警察说，“我们写汉字不能分家，要不然要闹笑话。据说，有一个生产队杀鹅过年，队长写通知，把鹅

字写分家了，于是他的通知就这样：下午男人杀我鸟，女人拔我鸟毛，晚上男女老少吃我鸟肉，也可以吃我鸟蛋！剩下我鸟毛，明天担收购站卖掉。”

护士长和警察笑得趴到饭桌底下，三岁的小弟弟不懂他们笑什么，傻乎乎直呵呵，爹和妈也笑得不得了。爹笑着说，“看你都编个啥？虽是责骂，却没有丝毫责怪的意思。”

夜暮时分，树林里千百只麻雀闹林，声频震荡，十几米内飞蛾不敢靠近。

入夜，天地一片漆黑，警察说，“行动。”我们就开始行动了。

我拿电筒，护士长提篮子，警察拿弹弓。那些鸟也呆，电筒一照，东南西北都不知道了，呆呆地等着吃弹弓弹出的石子。警察的枪法不错，一会儿就打了几十只。直到准备的石子打完，警察才恋恋不舍地说，“好了，我们回家。”

刚转身，我就听前面传来窸窸窣窣的声音。

警察反应极快，他说，“大哥照照。”

在电筒光柱下，一条大蛇从我们右边滑过去，护士长吓得直往我身后躲。警察却冲上去，说时迟那时快，一下揪住蛇尾巴，离地连续抖了一阵，蛇的脊骨抖脱，瘫了。

4

读书，成了我们一家夸父逐日般的梦。农村孩子只有读书，才能从多灾多难的土地逃离，才能不被人像臭虫那样踩在脚下，碾上半圈，抬起脚来，还冲着一堆残骸吐上一泡口水。农民卑微，但农民自尊；农民弱势，但农民自强；农民没见过世面，但心中有比整个世界还要丰富的梦想。

我永远记得，那是 1992 年农历腊月二十六的晚上。

在如水的月光下，清冽的河谷风中，远山远树远屋都朦朦胧胧，树影淡淡的。

月光下，老屋沉默无语。灶房里不时传出幺弟天一句地一句的问话。因为明天宰年猪，屋里弥漫着沙姜八角五香粉味道，妈在清洗腌肉的缸子。土陶坛子里，去年的腊肉还有，注定要送人的，年年都这样，大约明天下午，爹就会派我把这些肉背去分给五保户，外加新鲜肉。

堂屋白炽灯下，二弟三弟在做作业。火盆在桌下，温暖着大家的脚。爹也在看书，看一本天文星象方面的书。他的书，有部分是爷爷留下的，线装本，繁体字竖排，有康熙年间的，有乾隆年间的，古旧而高贵，里面藏着许多天地玄机。父亲虽仅小学毕业，但看过的书比一个高中生还多。爷爷曾做旧政府官员，退回乡间，参与创办后来被称为大中坝小学的“保国民学校”，并在里面做过教员。被划成富农后，失去了做教员的机会。在乡间，他所有为政和断案的本事都使不上；他所有的文才，只在过年写春联时派得上几天用场；只有他的阴阳八卦一直受人暗地追捧。有那么多人结婚需要择个吉利的日子，有那么多人修房子需要选一个旺相避煞的坐向，有那么多人死掉了需要找个发子旺孙的阴地掩埋。在挨批斗的漫长岁月里，我爷爷的这些本事，都成了批斗他的根据。我爷爷曾多次表示金盆洗手，从此不干了，可是，当人家上门来跪地请求的时候，他就心软了。结婚、建房和死亡，是乡间的大事，没有比这三件更大的大事情了，行善总比作恶强。何况，这是他作为一个没落的乡村知识分子唯一区别于泯然众人的手艺。我爷爷的另一样最受乡邻欢迎的本事，是谁家的牛马禽畜走失了，请我爷爷掐算，他老人家能说出走失之物的方位，在多大范围内寻找竟百发百中。我爷爷并不打算把他的本事传给任何一个人，包括我父亲，是我父亲凭借那些古书自学到一定程度，他老人家才间或指点一下。爷爷已作古快十年了，我爹也是五十岁的人，混在寒窗苦读的儿子们中间，戴副老花镜，一句一句地认真研读书上的文字，严肃而虔诚，看上去颇为滑稽，那神情完全像个小学生。

从屋外的黑枣树上传来鸟儿的梦呓，那上面住着一窝喜鹊。黑枣树是我的老祖宗落脚这块土地时培植下的，高大，苍老，一半树枝早已老枯了，另一半树枝却年年复苏，分枝散叶，开花结果。

黑枣树下的屋子比黑枣树更加古老，少说也有一百五十年的历史，所有的柱子都老得泛出鸦片膏子般的褐黄。除了房屋木架子没有换过,所有的土墙都换过两三次,屋顶上的瓦在我幼年时也换过一次。

面对祖宗留下的逼仄的产业,从我们记事起,爹就开始着手圆他修房造屋的梦。他一有闲钱就买木材,积石头,造砖坯。他有四个儿子,他的宏伟目标是替每个儿子修一幢漂漂亮亮的房子,他要他儿子们的房子围着他的房子,他跟妈将来住到现在的老房子里,皇帝一般,享他儿孙的福……

他没有想到,他的几个儿子那么能读书,读完小学上初中,念完初中进高中。包产到户以后,他跟妈要种十三亩地,管理一个果园,另外还有十几头猪、几十只鸡、几十只鸭。积年累月、无休无止的劳累,使他跟妈的身体长期处于病痛边沿。家庭经济非常紧张,多有一分钱,都会被我们带到学校去用掉。家里没有一分闲钱多缝制一件衣服,我们在外边读书的三弟兄是这样穿衣服的:老大的衣服穿小了给老二穿,老二穿旧了老三穿,老三穿得穿不出去了,爹妈接着穿。他们曾经六年没有缝制过一件新衣服。遇到我们弟兄四个都开学的时候,爹和妈把家里养的、地里产的卖完。倘若还凑不齐我们的学费,爹就厚起脸皮出去借。虽然秋收后都会还上的,人家还是被借怕了,有时候,跑遍整个村子,借不到一分钱。

每次升学考试前夕,爹就说:“看这次谁考不上,考不上就回来跟我种田。我都五十岁了,在村子上都到了抱孙子享福的年龄了。”

可他的孩子,像比赛一样,一个比一个能,一路过关斩将,后来都挨个儿进了大学。

为了凑足我们的学费和路费,卖完家里养的地里出的,爹开始卖他的梦:木材、石头、砖坯。每一次买主拖走了他多年积攒的心血,爹都要沉闷好几天,这几天千万别惹他,要不然少不了一顿臭骂。有时候,他把自己反锁在房间里,一锁就是半天,出来的时候,眼睛红红的。

我们离我们的梦越来越近,爹离爹的梦越来越远。

这年初夏,插秧农忙的季节,黑枣树上的一根枯枝断了,砸到老屋上,把遮蔽过祖宗也遮蔽着我们的老屋砸出好多窟窿,雨顺着窟窿流下来……爹的梦被打湿了,在读到幺弟从故乡给哥哥们寄来的信时,我哭了,我发誓,参加工作后攒了钱,给父亲修一幢漂漂亮亮的房子。

此时,整个村子,就我们家堂屋里的白炽灯依然亮着,在寂静的乡村,显得孤独而又温暖。过完年就开学了,今年歉收,家里的牲口又不争气,养到半道就死了,到现在,连一个孩子的学费都还没凑齐,爹头上平添几缕白发。年前,他曾到信用社去贷款,人家一听说他有四个儿子读书,又没有人愿意替他担保,就不贷给他。

二弟突然抬起头来对爹说:“爹,开学我不读了。”

爹从书上把目光收回来,盯着二弟看了一阵,像研究一个古怪的天象问题。

我和老三也停了手中的笔,看着老二,猜不出一向沉着稳重的老二怎么会产生如此复杂的想法。

爹说:“读得好好的,咋就不读了呢?”

二弟说:“我回来跟你种地。”

“种完地干啥?”

“至少你跟妈不会这样累。”

二弟的成绩比我好,三弟的成绩比二弟好,我的成绩在他俩之下,这责任不能让老二来承担。我说:“爹,我是老大,成绩又不如他俩,我回来。”

老三呆呆地站在那儿,不知该说什么好。

“哦”爹说,“你们是希望减轻我跟你妈的负担,是不是?很好啊,儿子,你们都很孝顺,爹高兴。”

“不过啊”爹把书放到书桌上,合了起来,把眼镜取下来说,“我不希望我的孩子将来在供孩子念书的时候,像我今天一样愁学费、愁路费。这一点恐怕你们也不愿意。是的,我跟你妈很苦,苦得找不到个说话的地方,就怕人家嘲笑:知道供孩子读书的苦了吧?你四个儿子读再多的书有什么用?还不是一个都没有读成器吗?”爹停顿了一下,又说:“好在如今你们都快读出头了。现在是黎明前的黑暗,挺一挺就过去了。”

“话别落给人家说。”爹说,“再苦再难,我们一家人都要挺过去。以前比这更大的苦我们一家人不都挺过来了,还在乎这点儿困难?不就是学费没有凑齐么。实在没有办法,还有这幢老房子呢,少说值你们两年的学费。为了子孙的前途,祖宗也会理解原谅的。哪怕我们什么都没有了,我跟你妈还有你们,你们就是我跟你妈的梦。”

我们几弟兄不禁泪水潸然。

这个贫寒的家庭,贫寒到一无所有,温暖却无处不在。

5

我承认,我是个罪孽深重的人。在这个章节里,我把我的罪孽拣最主要的罗列如下。事实上,我的罪孽远远不止这些。

读小学一年级的时候,一个二年级的同学答应把他读四年级的姐姐嫁给我,我帮他跟一个五年级的男生打了一架,居然打赢了。这家伙至今没有兑现承诺,到现在我连他是哪个生产队的都忘得一干二净了。这是不是早熟得太早,心思打一开始就没完全用在学习上?

小学毕业考初中的时候,因为嫌重点初中河西中学离家太远,考前三天还在安宁河里钓鱼,竟以一分之差与河西中学失之交臂,只能读离家10多千米的中坝中学。我们的英语老师在教完字母之后就生孩子去了,从此没有英语老师。英语课“放羊”,给我后来学习和生活带来若干麻烦。如果小学毕业临考前稍稍用心点,上了河西中学,后来所有因为英语惹下的麻烦,也许都不存在。

初中一年级迷上武术和武侠小说。一次练鲤鱼打挺,后脑勺磕到一块石头上,导致我半个学期头痛头昏,黑板上的字都看不清楚。因是自己作孽,回家不敢吱声,不知道这就是脑震荡,以至现在,我脑子里的线路通畅的时候,事情过去几十年我都还记得一清二楚;不通畅的时候,刚发生的事情,眨眼间就忘得一干二净。

初中毕业,仅考了个职业高中,离我一心想考的师范还有很远的距离,于是去学了近两年中医。后来,在离中考不到三个月时间,重返校园补习初三,成绩出来,分数单上的总分竟与各科成绩之和,足足少了20分。跑到市招办,临近上午下班,先是说不给改正,后来好歹答应改正呢,又要我下午上班再来。加上这20分,我上了农村重点高中:西昌市川兴中学。

我至今搞不懂,在我青少年时代,命运跟我开了那么多相当不严肃的玩笑。当我进入高中,准备潜心学习的时候,父母遭人欺负,人家十几口打到我们家里来,一张板凳抡下,从我父亲左耳旁边打下来,险些丢了性命。我没有替父亲报仇,没有拿斧头去劈作恶者,也没有拿菜刀去砍向势力强大的一边倒的乡司法员。我一厢情愿地把所有希望寄托给法律,在紧张学习之余,我无数次写状子,向不同部门递交。终于,这案子在两年后经乡政府调解,我们家获得一百元钱的赔偿。到这时候发现,我父亲为治伤痛,花掉好几千元,而这时我的高中仅半年就要毕业了,我不晓得该拿什么去应考。这时候我们一家人才发现,我们是中了人家的奸计,可后悔已经来不及了。十多年后,当我们弟兄都成人的时候,父亲说:"忘掉所有的仇恨,好好过好今天!"于是,这件事情再也没被提起,我们一家集体原谅了我们的仇人。

作为长子,我没有退学回家替父母分担一丝一毫负担。对于有钱的家庭,读书是件高雅而荣耀的事情,对于靠十几亩土地和几十棵石榴树的收成来凑学费的我的家庭,简直是灾难。我爹累得瘦弱不堪,一阵风都吹得倒,我妈忙得每晚过了午夜才能睡觉,以至大白天走在路上都在打瞌睡。有了病,不敢上医院。拖,什么时候拖好就算过了一关。两位老人六年没有缝过一件新衣服,穿的是我们换下来穿不出去的旧得不能再旧的衣服。当我母亲像副行走的衣架把我们宽大的男式中山装穿在身上的时候,作为她的孩子,那是我们一辈子的耻辱。爹总是宽慰我们:"把心思都用在学习上,别的不要你们操心。这是黎明前的黑暗!"

1992年高中毕业,因为三年前北京的一场风波,我们的高考志愿填了两遍。第一遍还招生的学校,第二遍连学校的名字都找不到了。即使没有这场变故,我要上大学也悬得跟用一根缝衣线做皮带似的,问题是我整个高中三年,一节外语课都没有听懂过。我一厢情愿地认为,只要我其他各科考好一点，是能够把英语的不足拉平的。那一年高考，我用了半个小时就答完英语试卷，全蒙，蒙到30几分，总分离投档线还差10多分。本来，我应该就此回家替父母的，我的二弟和三弟成绩非常优秀。可是，就在那年夏天，我跟我的弟弟们做了有生以来唯一的一笔生意——替人收石榴，赚到800多块钱。我的弟弟和两个跟我一起收石榴的表弟一分钱不要，他们把这钱作为我的补习费。于是，我进了补习班，我的问题是英语，这一次拼出半条命也要学好，可我一个单词都不会读，别的同学可以请老师补习，我没钱交补习费，只能请英语老师花了一周时间，免费教会我国际音标，然后，靠字典，我背完了初中英语六册书和高一英语全册。1993年高考，100分的英语试卷，我竟考了67分。走出考场，啥都记不得。那时候英语试卷选择题多，我的方法是，哪个选项放到题里读起来顺溜，就选哪一个，据说这就是语感。我的英语考了理想的分数，可我的政治一塌糊涂。在那敏感的年代，政治不糊涂的人不是天才就是蠢猪。别人糊涂没事，高三考生糊涂那就是要命的事情。所以我的总分，比上一年仅仅高了27分，超过投档线10多分。

当所有应该上大学的人都拿到录取通知书的时候，我还在安宁河谷那片肥沃的土地上踩脚踏打谷机。阴雨天不便下田的时候，我就进城，去市招办打探消息。别人都整理行装踏上行程的时候，我还在踩打谷机。我文学上的入门导师蔡应律写了篇《梦断大学路》，发表在由另一位文学入门导师罗定金主持的《凉山日报》的版面上，随后又发表了评论《是谁阻断了李新勇们的大学路》，整个凉山州为之震动。在今天看来，当时的《凉山日报》真是逆天，大街小巷，所有的人都在谈论一个叫李新勇的人生遭遇，都在发表各自的义愤，表达强烈不满。有一个学校要不是校长及时制止，他们的老师和学生要打横幅上街游行。我是还没有走出农田就出名的人。随后，我收到宜宾师专的委培录取通知书。傻子都明白：脚下这片被我深深爱着的土地，我再也回不来了。

我上大学那年22岁。小村里跟我同龄的人，小孩子都会跑路了，我的父亲却经常为解燃眉之急跟村里人借钱。一个人高马大的莽汉不能替父分忧，不能挣钱养家，还要父亲借钱解急，比二流子还被人看不起，刚刚比做小偷的好一点点。在小村里，我是一点面子都没有的人，我跟人家打招呼，人家高兴答应一声，不高兴装没听见。只有村里的一个叫刘显贵的哑巴，见了我总是笑盈盈的，主动跟我打招呼，并用他自创的、我几乎完全看不懂的手势冲着我热情地比画。他一定有许多话要对我说，可惜我一个手势也破译不出来，只好冲着他笑盈盈地比大拇哥。多年以后我想，他之所以见我特别亲，直到我参加工作多年，每次探亲回老家，他都要到大门外来跟我打个招呼是因为我们同是天涯沦落人，我的大拇哥让他感受到做人的尊严，他无声的笑脸给了我相应的温暖。遗憾的是，到我参加工作以后，每次在老家的大门口撞见他，突然想起，上次见到他的时候就打算，这次见面一定要递几块糖的，竟然忘记了，没有准备。2011 年秋天休公休假回老家，专门记着把糖带在随身的口袋里，却听说他死了。他跟他老婆都是哑巴，他儿子一表人才，十七八岁，到西昌城打工，以前每过一段时间就回家来看他们，还给他带来许多他没见过没吃过的好东西，他成了村里最幸福的人。后来，一连几个月不见儿子回家，他想儿子了，吃不下饭，整天流泪。快过年的时候，有一天，这个从来没有走出过小村的哑巴刘显贵，独自一人进城找儿子。一个不识字的哑巴，没法问路，没法住旅社，没法搭公共汽车，他对这些一点概念都没有，他独创的手势也无人能懂。半个月后，派出所通知刘家的人到西河大桥下去领一具尸体，据推断，他是饿得太凶了，估计出门多少天就多少天没吃过一顿饭，到河边喝水充饥，栽到河里淹死的。这个哑巴父亲的故事深深感动了我。我愧疚，我为他准备的糖块，永远送不出去了。

我的罪孽还能写很多，以上只是冰山一角。但每一条都深刻地影响着我，有的甚至伴随我一生。我感谢生活给我这么多暗示，给我这么多教益和启发，让我懂得人生活在这世界上最要紧的事情是感恩，父母对我的爱与付出自不必说了，用一辈子都感激不尽。

我得感谢我的舅舅一家，没有他们的支持，我们不可能把书读下去。我舅舅姓寸，上门女婿。他的老婆是我妈的亲姐姐，普通话叫大姨，我们喊大嫚。他们的三个女儿我们喊大姐二姐三姐。只要农忙，三个姐姐和姐夫必然会出现在我们家的包产地上。大嫚的一条腿的膝盖不能弯曲，所以走路

非常困难。在送我上大学那天，下着小雨，大嫂给我 50 块钱，我不要。她说出门在外，宽使窄用，多一分钱有多一分钱的好处。汽车启动了，大嫂像生怕我从此不回来那样，迈着她极不协调的步伐跟着汽车奋力“奔跑”，只想再多把我望一眼。

我得感谢我的小孃孃。在我上大学的时候，我向她借了 400 块钱学费。我本打算到我参加工作再还。她明确说，当年年底还。我一无工资，二无挣钱的活儿，上哪儿搞钱来还她呢？为此，在相当长一段时间里，我一想起这事就伤心。这毕竟是我父亲的亲妹妹啊！这事给我带来的刺激，不亚于我爷爷能够准确算出自己的寿限。在宜宾师专读书那两年，我读了 300 多本教材之外的好书，学得最好的学科是古代文学和写作，学得最差，差到补考的是马哲。入学第二个月开始做中文系江岚文学社主编、副社长，把一个只有两个人的文学社发展到近百个会员，出版一份叫《苦草》的社报，一份叫《江岚》的社刊。一年后，社长曾登地毕业去了成都，我接任了社长。同时，被推举为校学生工作处宣教部部长。每学期发表 30 多篇散文。前后做了五个家教，教过七个小学生。从此，我能够自己养活自己。我的小孃孃用一种近乎无情的方式鞭策我，以至对我现在还产生着影响。

关于我在宜宾师专（现为宜宾学院）的生活，有相当部分能够在我的短篇小说《饭票》和中篇小说《别说再见》里找到一些影子。我的老师梁多亮教授在我没什么事情的时候，喊我上他家，两人对饮，天南地北、文史美哲，我从他那里获得了很多的文学滋养。毛克强教授是文学社的指导老师，也给了我很多的关照。刘维鸿教授在我毕业前夕设宴为我饯行。还有彭贵川、李成文、吕虎，等等。可以说，在宜宾师专我遇到了世界上最好的老师。在我定下来要到江苏启东后，一天，一个我从来不认识的老师跑到我宿舍把我找去，在他家用坩埚和其他工具向我演示水晶的再生复制过程。我懂这位老师的意思，他怕我到启东混不下去。倘若真那样，他临时教我的再生复制水晶的本事，能让我不至于饿死。他还送了我一套工具，如今也许还静静地躺在我老家的某个角落里。在我老家，没有人认识那些工具，谁能想得到这一堆莫名其妙的器皿背后有那么一段特别的故事呢？

我要感谢宜宾师专，还因为我在这里遇上了我的另一半。跟她恋爱后不久，她带我进城买了我人生中第一套呢料西装，花的钱是我的稿费和做家教的酬劳。那时候我心想：这辈子就她了。关于这件事的许多细节，我还会在后面写到。

6

以上文字，实在有些像公文，像领导报告，像总结材料。我认真考虑过，是不是该用另外一种方式来表达？供我选择的表达方式一大堆，反复比较之后，还是选择了这一种，因为这一种最简单明了，能把事情说明白又不至于浪费读者太多时间：这个叫李新勇的人的来路，原来是这样的。是的，每个人都有明确来路的，我也不例外。

我把自己要到距离西昌八千多里的江苏启东做教师的消息，通过书信告诉我爹我妈，父亲的回信只有八个字：人生有命，衣食有方！意思是说，一个人该到哪个地方谋食物，是命中注定的事情。那时候，我二弟三弟都在读大学，幺弟读高中，如果我能留在故乡，无疑从经济和精神上都能给这个家庭带来莫大的安慰，也能堵一堵那些长期看不起我们的人的嘴巴。但是我的父母没有这样做，因为他们知道，儿子的选择一定跟儿子的理想有关。

临走那天，一家人没下地干活。我爹没去，我妈没去，我的三个弟弟都在放暑假也没去。平时每天农活都被安排得满满的，有十三亩庄稼地、近百棵果树的一家人，今天突然给自己放了个假，不晓得是谁的主意。我知道他们想多陪陪我，我这一去八千多里，跑一趟，若单走陆路，需要换乘一趟火车，倒腾两趟班车，前后要五天工夫；若水陆并用，汽车、火车和轮船，各要倒腾两趟，比昭君出塞还远，跟张骞出使西域有一拼。这一去，不晓得什么时候才能再见面。

我们李氏从湖北迁来，二百多年过去，我再次背井离乡。

忙惯的人一旦闲下来，别说手脚不晓得往哪里搁，连屁股都不晓得该往哪里坐。三个弟弟中，两个在读大学，一个在读高中，我们是父母最幸福也是最沉重的负担。每到开学，为筹我们的学费，家里就会被洗劫一次，同鬼子进村唯一的差别是没有杀人放火。在学习上，我们弟兄四个，像接力赛的头棒，个个都跑得很猛，想歇都歇不下来。假期里，我们放假在家，多少能帮父母分担一些农活，可惜放寒暑假，一般都在农闲，割麦、插秧、打谷子，一样都轮不上。能做的就是在菜园子里扯杂草，或者去稻田里拔稗子。十三亩地和近百棵果树的果园里的事情，跟一个小型农场似的，哪一天都闲不着。

早在几天前，父亲替我买了个防水包。我只有几件衣服，上大学时用过的那个牛仔包足够了，再装上半包小说和散文书，牛仔包还不一定撑得满。父亲在买回防水包的时候，还买了三四斤盐源苹果，个头大，颜色好。我们家第一次买这么好的苹果，父亲削了一个，一家人分而食之，剩下的全装进新买的包里。他还亲自出马，寻遍自家果园，为我寻来十几个成熟的大石榴，也装进那个口袋。剩下的空间，放的是二十包方便面。

老二送我一本《牛虻》，老三送我一本信笺，老四也想送点啥，可他实在拿不出什么来送，眼巴巴地看看他的二哥和三哥，然后又看看我这做大哥的，悄悄溜出门去。是不是忍不住泪水，躲到我们看不见的角落放声大哭，天知道。

我妈在灶上忙活儿，一只自家养的鸡炖在瓦罐里，久违的香气在屋子里无遮无拦地弥漫着。我们家的鸡差不多都是留着生蛋的，生了蛋拿去卖成钱，就能凑成我们的学费。杀一只鸡，相当于断了一条财路。

我也舍不得我的爹妈和兄弟，可我不能不跑那么远，启东有三尺讲台等我去。我也想留在故乡，我也曾努力过，毕业分配前我忙乎了半年，不管在什么样的单位，得到的回答不是编制已满，就是过几年有人退休了才有空编。而我负重的父母急需我分担一部分他们的重担，我两个即将进入大学的弟弟需要我给予一定的支持，我从高中到大学借下的五千多块钱，需要我从工资中一分钱一分钱省下来还。更重要的是，我要给一家人战胜困难的信心和勇气。

吃午饭之前，爹又到石榴园去摘了几个酸石榴塞到我那个包里。那顿中午饭吃得很沉闷，最后鸡汤一个人都没动。吃过中饭临到出门的时候，爹又到灶房里去把我家做饭的铁锅揭起来，从灶孔中心抠了拇指大一坨土用纸包了给我。这举动若在古代，相当于分封诸侯。我爹不是帝王，他说："这是灶心土，到了那边若是水土不服，打碗当地的清水，把灶心土揉细了和进去，澄清了喝下就见效了。"父亲忽然儿女情长的举动，让人禁不住眼角酸涩，想找个地方放声好好痛哭一场。

如此诱人的远方

从此以后，故乡一切远了，远在八千里外；却又近了，近在夜夜枕边。

1

在母校吃完最后的晚餐，其中七个同学相约8月2日到重庆朝天门码头集中上船，一同前往江苏启东。我们的行程是从散落在四川各处的老家出发，集中赶到朝天门，再从朝天门乘六天六夜轮船，到达上海十六铺码头，再从十六铺码头乘一夜轮船抵达跟上海一江之隔的江苏启东。跑个单边，一周时间不够用，的确足够远的。在离故乡足够远的地方，人能获得从文化到精神互补性的滋养。而且，这么远的路程，足够制造无数预想不到的故事。

从四川到上海，还有一种可供我们选择的交通方式：火车。母校的领导念我们辎重多、钞票少，火车速度快是快一点，但那时候火车小偷多，停靠的站也多，车上的乘客更多，挤得无法下脚，不被挤成肉饼子就阿弥陀佛了，想吃口热茶、上个厕所，更得靠运气。而同样的价钱，坐轮船的四等舱，虽然无论男女，十二个人一个船舱，有诸多不便，但一人好歹有个铺位，有足够的时间和空间来喝水、上厕所。另外，乘船最大的福利是相当于一次旅游，在离开故土之前，可以好好看看三峡风光。那时候，三峡水利工程建设已经开始，待将来大坝合龙，原汁原味的三峡风光再也看不见了，趁“赴任”之机，不妨先来一趟告别之旅。

轮船上的馒头一元钱一个，四个才有我一个拳头大；稀饭一元钱一碗，碗里的米粒儿不会超过三位数。在平均工资只有400块的年代，老天爷捉襟

见肘的同情心分配不过来,我们只配吃方便面。是泡着吃还是干吃,是焖到七分熟还是焖到十三分,是加蒜瓣还是加四川泡菜,全凭自己高兴。可是,无论怎么挖空心思搞花样,轮船才过武汉,一帮人见到方便面就想吐。

到了启东,拿到第一笔工资才知道,当初选择方便面,跟我们的收入水平多么匹配:我们的工资是 397 元,每月扣 50 元来年终考核,实际拿到手的只有 347 元。

坐船除了时间比乘火车长一些,好处其实真不少。一是空间大,客舱、走廊、船头、船尾都有活动空间;二是用水方便;三是从重庆开始到葛洲坝,一路都是秀美的景色。那时候的江渝号轮船,只要不在深夜,一路都在播送节目,每到一个景点就播送相关的景点介绍。以前看《话说长江》,觉得长江离我们太远了,感受不深刻。现在我们就在长江上,伴随着那一段段优美的文字,我对长江有了全新的认识。

轮船开出夔门,我对大家说:"我们从此就是外乡人了!"我们七个人都望着船尾——我们的故乡,我们来的方向,兰老师和牟老师悲切地哭了,周老师靠在船尾的栏杆上一言不发。一阵酸楚漫过我的鼻梁,眼泪在我眼眶里晃荡,稍不留神就会决堤。夔门是三峡上两座夹岸对峙的高山,形似两扇门,那时是四川与湖北的分界线。1998 年之后,是重庆与湖北的分界线。我多么希望我的嗓子能像轮船的汽笛那样高亢而具有穿透力。如果能做到它那样,我要向两岸所有长耳朵的生灵大喊刚才对他们说的那句话,让两岸的生灵见证,一群四川青年,在离开自己的故土的时候,有着怎样的不舍和心酸。可转念想,两岸的民众说不定正在做移民外迁的准备呢,咱不能再往他们注定要成为伤口的地方提前撒上一把盐。跟他们比较起来,我们至少还有故乡和亲人在那里,而他们却是连根拔起,离开之后,啥也不再有了。

一路上,"启东"两个字,既像我们的幸福又像我们的痛,跟早晨草尖上的露水那样,谁都不愿去碰,怕一碰就掉下来,碎得无法收拾。当"启东"还是一个跟我们毫无关系的名词的时候,怎么想象它、揣测它都不为过,一旦成为我们即将落脚生息的地方,感情就复杂得多了,我们希望它是个让我们在向别人介绍时感到体面的地方，可"启东"到底是什么样一个地方，我们一行七人谁都说不清楚。那时候，互联网还仅仅是个可望而不可即的电脑名词。离开母校前，一帮人费了好大劲儿，才从图书馆一本书里找到一句话，说启东行政上隶属南通市，南通市是改革开放之初第一批获批的沿海开放城市之一；启东位于长江之尾，是华东地区最早见到日出的地方。这就够了，足够让人展开丰富的想象，足够令人神往。我想象将来，早课之前，不妨到大海边看日出、吹海风、钓鱼，或者什么也不干，只让眼睛忙活儿，站在海岸上，迎着晨风细数过往的大大小小的轮船。

没有真正看到启东之前，在路上谁都不敢给家人写信，因为不知道说什么好呢？可是又忍不住谁都想写。出门之前，我在老家堂屋墙壁上一张老得发黄的地图上，好不容易找到启东，跟上海一江之隔。心想：这一毫米不到的距离，是不是跟安宁河两岸的渡口那样，只要有条渡船，就能撑过来撑过去呢？

从上海十六铺码头下船，个个面带菜色，这是连吃六天方便面的结果。贾宇老师打电话给启东教育局，说我们到十六铺码头了，是不是可以派车来接我们？得到的回答是，将来启东跟上海之间架起大桥，这事好办，但是现在只能从十六铺码头买票，乘晚上 10 点发出的客船，明早 7 点左右到达启东港。贾老师搁下公用电话，跳黄浦江的心都有："咋那么远啊！"看来，以为启东与上海之间可以靠渡船撑过来撑过去的，不止我一个呢。

十六铺码头与外滩相连。我们第一次看到老电影里的洋房，第一次看见电视上的东方明珠电视塔就在浦江对岸，第一次看见悠闲的中国人在大庭广众之下接吻，第一次因为一口痰被罚款五十元，第一次因为背着若干大包又萎靡不振地斜靠在外滩栏杆上被手臂上套了红袖章的人当盲流不断驱赶，第一次用夹生的普通话向上海人问路被一句一年后才搞懂意思的"侬讲格阿拉弗懂"（你说的我不懂）给打得晕头转向……除了这些"第一次"就是外滩的建筑实在太美了，随便站在哪一个点上拍照，都能赶过精心设计的影楼；在外滩上闲逛的人衣着体面，举止文明；外滩如此繁华热闹，车水马龙；外滩不愧为国际大都市的一大标志，到处都是友善的外国旅客。这使我们想象有着一个港口跟上海相通的启东，那启东港多半不会比外滩差到哪里去。如果真是这样，这既是我们的幸福，因为我们将生活在这么美的地方，说出去自己感觉理直气壮，听的人也觉得体面；也是我们的悲哀，想想我们这群西部的放牛哥、背柴妹，一个月400块钱不到的工资，在如此繁华的地方怎么过日子啊？刚才牟老师去称香蕉干，问价的时候，人家说十块钱一两，她听成了十块钱一斤。等称完包装好了，才说一百块钱，不能退。一个月四分之一的工资就这么没影儿了。争论没用，退货无门，那妇女一口一个"阿拉"，一口一个"小赤佬"，趾高气扬的架势，好像上海是他们一家人的。

2

"启东港"三个字写在一块竖插的三夹板上，一尺宽，五尺高。三夹板守在这江岸上已经有些年月了，呈黑褐色，四边翻卷。上面那三个字，完全可以跟仅上过小学二三年级的醉鬼PK。原本红色的油漆已经暗淡无光，随时都有跟三夹板的颜色混为一体的危险。

三块首尾相接的预制板，就是栈桥。从宜宾以下，长江沿岸没有哪个水码头比这更寒酸。兰进容老师吓得死活不敢走，一个青年船员吊儿郎当地打了声尖锐的口哨说："不愿意下船最好，留下来给俺当媳妇！"兰老师才两眼望天，在周红梅老师的牵引下走过栈桥。几次险些踩空，翻落到江水里去。

轮船比预期开快了一个小时，早上6点就靠港了。在四川，这会儿天刚刚亮，而这里太阳已经升得老高了。我们本以为有教育局的车子会来接，可码头上除了两架破烂的面包车，并没有教育局的车子。贾老师用BP机发了几次请求派车的信息过去，不见回复。贾老师还要发，有人说，这会儿只怕人家还没起床呢。他只好暂时作罢。

我们提着各自的行李便看到一帮刚下船的旅客挤车，于是我们打算等下一班车，在长江上六天六夜都熬过来了，昨天又从黄浦江到启东熬了一个夜晚，不赶这一个早晨。只见那些旅客跑得快的，上车占据了座位，跑得慢的，只要能上车，前胸贴后背也不介意。在两辆破面包车上，人的性别被彻底踩到脚下，挤得车门都快关不上了，售票员还在往里面塞人。车上男女似乎都在发表看似没有受主的咒骂，夹杂着婴儿的啼哭。突然，车厢里传出一个妇女杀猪般的尖叫："别挤到我的胸口，哎呀，衣服都湿了！这是我家孩子的口粮！"启东方言我们听不懂，这句话是刚才那打口哨的青年船员翻译的。这家伙似乎在讨好兰老师。兰老师小巧玲珑，在大学的时候，就被归入回头率最高的一类。小伙子对我们说："你们再不上车就只能靠'11号'到教育局报到了。"兰老师对他没有一点好感。换了我是兰老师，也不可能产生好感，一副吊儿郎当的模样。兰老师不屑地说："谁信？"声音不高，但毕竟在大学就因演讲而出名，那嗓子自然有些道行，两个字犹如静夜深谷的箫声，在场所有人都听见了。青年船员脸都气紫了，啥也没说，回到船上，再不露面。不久，在码头上捡了几十个乘客的轮船开走了。码头上只剩下我们七个人。

我们身后是长江，江边是四五丈宽的芦苇荡，江风吹过，发出窸窸窣窣的声响。太阳越发高了，八月的太阳，有咬人的力气，四个女老师各自撑开伞。每个人都饥肠辘辘，从口袋里翻出剩下的方便面，看了一阵，又放回口袋里去。口渴，嘴巴里像下了火，嘴唇干得卷起一层皮。前面是长江，满江东流滔滔水，光能看不能解渴，昨天在十六铺码头，谁也没想到买几瓶矿泉水。贾老师不屈不挠发派车信息的干劲，终于把他哥在他临出门的时候送给他的BP机搞得一点电都没有了。我们等待的"下一班"连影子都没有。到了8点钟，我们终于确信那青年船员所说的话是真的。连兰老师也觉得，那吊儿郎当的青年不一定是坏人。

这时，从远处开过来一架羊角叉拖拉机。我说："要不我们就拦这辆车吧？"但是就是在这样水深火热的情况下，都没忘记把眼圈画得蓝幽幽的董老师不愿意，她说："那车子说不定是人家用来拉猪的！"贾老师说："管他那

么多干啥？只要能把我们载到启东教育局，拉猪的车子我们都要把它当小汽车来坐。”

我们怕拖拉机不理我们，就在路上站成一排。拖拉机上除了一个驾驶员摆弄羊角叉，还有一个从上到下衣服簇新的小伙子。驾驶员问我们要干什么，我们说我们打车。驾驶员看了小伙子一眼说：“我是替他拉嫁妆的，你们问他愿不愿意。”小伙子不看我们，对驾驶员说：“开车吧，人家在等我们呢。”这下可把我们急坏了，七个人一齐给两个人说好话，两人就是不同意。狭路相逢勇者胜，这道理我们都懂，他们不同意，我们就不让路。多年以后回想起这一幕，我们这从巴山蜀水天府之国来的三男四女，刚刚踏上启东的地皮，立马客串了一把劫道的土匪。小伙子见我们铁了心要乘这辆车，说，“要乘可以，两百块钱。”两百就两百吧，这时候他要喊二百五我们都乘。我们把行李搬进车厢，女教师蹲在车厢里，男教师跟那小伙子一起扶着车厢最前面的栏杆。拖拉机拽起来的风把我们的头发全揉乱了，但是彼此之间紧张的气氛渐渐缓和下来。小伙子毕竟是去拖嫁妆的，图个吉利。车开到半路，当小伙子和驾驶员听说我们是从四川来启东做教师的人，几个月前还是大学生，跟我们说话的口气就不一样了，不仅热情起来还反复对我们说，车钱一分也不要了。小伙子还说：“拖个嫁妆竟遇上你们这批状元郎，将来我的孩子肯定能识文断字！”这句并不好笑的话，竟把大家都逗笑了。

到了城边，拖拉机停下来，两个人请我们下车。驾驶员说，他的拖拉机不能进城，让我们往前走两条街道，到那里去乘二等车，说完开着拖拉机走了。我们不知道啥叫二等车，心想说不定就是码头上的破面包车吧？面包车新的时候可称一等车，用到整车乱响，自然就是二等车了。我们几个人这时候都觉得，哪怕破得只剩四个轮子，只要能跑，都比没车强。

过了两条街道，马路上各式各样的车辆奔跑着，没有一辆面包车为我们停下来。倒是有十多个推着28圈自行车的中年人围了上来，问我们上哪里。我们说我们要到教育局。他们表示可以驮我们去，行李跟人一起算，两块钱一个人。我们合算了一下，这相当于我们即将可以领到的工资的二十分之一，不是一般的贵。我说我们不乘你们的车，我们要乘“二等车”。说这话的时候，我摆出一副“四个轮子的，怎么说也比你们两个轮子的牛”的架势。十几个中年人顿时笑得自行车都推不稳当。一个嘴巴上衔着香烟的人，把烟呛进肚子里去了，边笑边咳得让人担心要把心肺咳出来。我们七个人被他们笑得像一堆白菜。他们对我们说，他们的自行车，正是传说中的“二等车”。

3

七辆二等车一字排开，大有电影里敌后武工队进城突袭的感觉，我们背上背的、肩上挎的、手里提的，不是炸药包就是手榴弹，相当拉风。要是每人手头还有一截可当枪来看待的甘蔗的话，那就足够神气啦。我把这意思跟贾老师说了，贾老师的气还没消完，他说：“要是把甘蔗换成竹竿，我们就是丐帮！正宗的川丐！”把我乐得差点从二等车上滚下来。

过了一条街道，又过了一条街道，我们问车夫：“还有多久？”蹬车的汉子回答说：“快到了。”可是，过了一条街道，又过了一条街道，还是没有到。启东还真够大的，就在我怀疑这几辆伟大的“二等车”会不会把我们一直驮到天地边沿儿、海的尽头时，“兄弟连”一般，有着相同速度和节奏的自行车，终于插进了一条梧桐树覆盖的街道。梧桐树上有若干蝉儿在合唱，气势恢宏，连绵有序，让我仿佛一下回到故乡的山梁上。我很奇怪，在这烟水茫茫的地方，怎么会有这些精灵呢？照道理，它们比我故乡那些生活在干燥土地上的蝉，获得歌唱的机会更少。

二等车弯进一座小院，门柱上的牌子标明我们要找的教育局到了。下车的时候，我看见教育局前面一棵非常茁壮的梧桐树枝丫下，一只蝉正从旧壳里往外挣扎，头、身子、四肢，待全身都出来的时候，它一振翅膀，吱呀吱呀叫着，飞向梧桐树枝深处，参加到合唱里去了。留在树干上的蝉蜕，在它飞走那一刻弹动了几下，很快静下来，像个隐喻，挂在那里。

教育局朱科长为我们买了一大堆精肉大包子，我一口气吃了六个半。现在想起来，那包子都还很香。六个半，说出去像吹牛，加一起快三斤了。后来，我做了六年半教师，谁知道这两个数字之间有没有什么看不见的联系。

教育局工作人员对我们说，我们还不能马上到某个学校去，要等从四川宜宾和自贡两所学校选拔来的30个教师全部到齐了才分配，再由各个学校的领导来接我们。刚才吃饱了包子就萌生出来的写信的念头，这会儿又灭了，还没有到具体的学校，向家人除了报告平安还能报告什么呢？家人更关心的是我这一生将在什么样的环境下生活。

我们住进了教师进修学校。一位阿姨对我们特别好，提什么要求，只要她能做到的，都满足我们。说起来算缘分，多年以后，我跟她儿子成了朋友。住下来的第二天我就闹肚子，有人建议我去打针，我口袋里还剩50块钱，此时，每一分钱都比金子珍贵，不到关键时候，不能拿出来派用场。我找出父亲在我临行前为我准备的灶心土，调了半碗水，澄清之后喝下去，过了半天竟然真的啥事也没有了。我不得不佩服父亲的先见之明，更佩服灶心土的神奇功效。灶心土是乡下土灶中间历经烟熏火燎的泥土。父亲说，用故乡的泥土兑他乡之水，主客相容，专治水土不服。故乡的灶心土让我特别想家，我结结实实感受到我与故乡的距离，确实够遥远的。从此以后，故乡一切远了，远在八千里外；却又近了，近在夜夜枕边。

在等待分配的日子里，我唯一想做却又没法做的事情就是写信。家中父母兄弟自不必说，他们都在等我的信，他们想知道我究竟在什么样一个地方“落草”。离开母校的时候，梁多亮、毛克强、彭贵川、刘卫鸿等老师都说要及时给他们写信。还有我的女友，我离开的时候，她因风热感冒正患肺炎，每天到医院去挂水，不晓得一周过去了，她是否康复。送我上车的时候，她妈妈千叮咛万嘱咐，图吉利，提前要她在我走的时候别哭。当我隔着玻璃窗挥手向她道别的时候，她瘦小而无助地站在汽车旁边，眼眶里含满泪水，硬没有让眼泪掉下来。可我不晓得该写什么，我不晓得到哪一天才能把所有前往启东任教的老乡等齐，什么时候才能分配，会分到什么样的学校，做哪一个校长的下属，跟哪些人做同事。这一大串问题，恍若悬浮在空中的尘土，想掉，掉不下来，想浮，浮不上去。

矛盾困扰我三天，到第四天，我终于提起笔来给她写信，其他什么都没说，我写的是教育局外那枚蝉蜕，那棵梧桐树洋洋洒洒足足写了四张16开的信笺纸。我决定，其他人的信，通通等落实到具体的学校再写。因为我知道，跟她还有浪漫可谈。她爱我，只要是我写的信，她都会欢喜。而父母和老师那里，我必须面对现实才能提笔，也必须是现实，虚晃一枪是不道德的，那会让他们感觉我在“王顾左右而言他”，只会徒增他们的担心。

不知深浅的深浅

我与生俱来的巴蜀文化与二十四岁之后接受的江海文化相互碰撞、摩擦、融合的结果，于我和我的文学，都是不小的滋养。

1

分配前一天，王副局长和朱科长带我们去看海。

“看海”，非常动人、非常浪漫的词语。比如“陪你去看海”五个字背后，藏着多少没有结局的爱情故事，无论过程是缠绵悱恻还是轰轰烈烈，终了之际，都黯然销魂，都是令人揪心的怅然叹息。

朱科长对大家说，你们这批四川籍教师将分配到全市各地，但是其中只有为数不多几所学校靠近大海。这意味着，这次看海对大多数四川老乡来说，是值得珍惜的难得机会。何况还是平生第一次，个个心里兴奋莫名，脸上绽放出恬然的微笑。

从市区向东，两辆半新不旧的面包车开了一个多小时，到了一条很长的大堤下面。从车上下来，一股咸腥的风迎面跟我们撞了个满怀。待爬上大堤，咸腥的风把我们的衣服吹得又鼓又胀。几个穿裙子的女教师，顾得上收花伞，就顾不上按花裙子了。大堤在女教师的尖叫声中，搅腾起一阵幸福的慌乱。

海是有腥味儿的，咸乎乎，潮漉漉，带着些许挑逗，带着固执和倔强。这是我第一次看见太平洋的一部分，最惊奇的发现。

朱科长告诉我们，这里就是长江与黄海交汇之地圆陀角。不知道是谁起的头，大家迎着海风齐颂：“我住长江头，君住长江尾，日日思君不见君，共饮长江水。”那一刻，我想起四川，想起万里长江第一城宜宾，还想起远在故乡的父母兄弟。

晚潮正起，近处的海水只有细碎的水波，远处的海潮发出绵长而浑厚的喘息。联想到鲁彦的《听潮》，那么复杂的海潮声，被他用各种感觉器官、各种拟声词一下子写干净了，没有给后人留多少写作空间。身边不时飞起一片一片的跳鱼儿群，在空中银白耀眼地晃一下，倏忽又钻到水里去了。无数的招潮蟹从沙滩上的蟹洞里露出半个身子，面向海潮涌来的方向举着两个还算秀气的螯，仿佛宗教信徒在举行朝拜仪式。沙滩上，不时有一丛一丛的蒿草，半人高，草身子像茅草，草梢上垂下一串形似稻穗的穗子。朱科长说这是大米草，固沙，耐盐碱，但不能做草料，也不能做柴火。

从大海深处晃晃悠悠赶过来几辆牛车，车上满载着鼓鼓囊囊的网袋。傍晚的太阳大如车盖，远远地悬在牛车后面，海滩上铺满金色的阳光。那牛车，仿佛是从偌大的夕阳里走出来的。牛车后面是说说笑笑的男男女女，他们掮着类似于薅草耙子的长柄工具和网兜。朱科长说，他们是采收“天下第一鲜”的渔民。我们把“天下第一鲜”听成“天下第一仙”，便请教朱科长：“我们只听说‘神仙’‘八仙’，还有钻进蟹壳的法海，差不多也可算神仙，没听过“天下第一仙”是什么仙?”他顿时笑得差点跌倒到海水里去，他没直接回答我们，只是说今晚就让大家尝尝“你们的神仙的滋味”。

晚餐，上了几道菜之后，厨师端上来一汤盆鲜贝。朱科长招呼大家动筷子，他说：“这就是你们要的‘神仙’。”原来是一种贝壳，学名文蛤。牛车上网袋里装的就是这个。朱科长给大家讲了个故事，传说某帝王于逃难中吃了文蛤汤之后，说了一句类似“这味道鲜美无比，天下第一”之类的话，从此文蛤就有了“天下第一鲜”的名头。我说：“不就是贝壳汤么，有很浓的类似于味精又比味精更淳朴的味道，还有浓重的海腥味，比下午刚到海边迎面‘洗刷’我们的海风更咸腥。唯一不同的是，海边的咸腥味儿如同久经风月的少妇；而文蛤的咸腥味儿，恰似不谙世事的青春少女。味儿确实不错，但非要说它就是‘天下第一鲜’，不是皇帝少见多怪，就是民间附会过于夜郎自大。从古到今，皇帝这种人物的话最不靠谱。整天在宫廷里拥美女、吃山珍、尝海味,一旦出宫,见了民女,有几分与宫廷佳丽不一样的朴素与野气,就觉得是天仙。尝到不上台面的民间粗食,便把'第一'当官帽子,乱送一气。"

朱科长听我这一说,先是一愣,接着端起一碗酒来敬我,要我以酒相对,以示诚意。一大碗充盈滚烫热情的液体,斯斯文文地躺在细瓷碗里晃来晃去。我能喝一点酒,但在四川,再豪爽的人也不会用这么大的碗喝酒。朱科长非要我喝下去不可,说罢他自己先喝完。待我喝完,他说:"做人哪有像你这么较真的?全启东市,怕就只有你一个人会这么想。"他大概已经能预见我将来是要吃好多亏的,所以特意以敬酒的方式开导我。再敬我酒的时候,朱科长像长辈那样对我说,"'天下第一鲜'也就是一个说法,听听而已。世界上有多少东西经得起较真的?"

一碗酒怕有三两,两碗就六两,我长到二十四岁,第一回一次性喝那么多酒。在返回宿舍的路上,自己都惊奇于没烂醉如泥,光觉得我那硕大的脑袋有些没地方摆,脖子把头支不稳当,晃来晃去的,除此之外,再无别的感觉。半夜醒来,暗自为自己有如此酒量得意,没把朱科长的话仔细琢磨琢磨。

这顿晚饭,不仅我在喝酒上表现出众,所有的四川籍教师都喝了酒,而且"一战成名",像岳俊彬老师、贯宇老师等原本就有酒量的人,从此威名远扬。不仅男教师表现出众,连牟利老师和兰进容老师等女教师都堪称巾帼英雄。"四川人好酒量!"这话成了标志性语言,没过多久便传遍了启东教育界。

我的头虽然晕乎乎的,但朱科长交代给我的任务我没忘记。他说,明天召开分配会,他知道我读大学时在创作上小有名气,便请我草拟一副对联。我在被窝里略略思忖了一下,就合着一副对联酣睡过去。

2

第二天，会议室黑板上出现一副对联：出我西川立壮志，启吾东疆展宏图。

教育局长很高兴，以这副对联作开场白，发表了令人激情澎湃的演讲。之后，由分管人事的王副局长宣读分配名单。我跟宁甫老师、兰进容老师、牟利老师和董小倩老师五个人分到茅家港中学。各个学校派来接我们的车子像怕到手的鸭子飞掉那样，早就在会议室门外守株待兔了。我们一走出会议室，就挨个儿被"捉"到各自该乘的汽车上，弄得我们几十个人彼此想道个别，都没给捞上。

前来接我们的陈副校长瘦高个儿，烫得极平整的白衬衫扎在裤腰里面，精神，精干。这不算，头上还扣了顶象牙白的礼帽，看上去，不像校长，倒像归国华侨。

来接我们的这辆车，像面包车却略带车头，车屁股上有两扇对开的车门，车门上有两个不大不小、却十分醒目的红"十"字。分明是辆救护车，但坐上去感觉比羊角叉拖拉机好不晓得多少倍，可谁都不愿意把自己的行李往车舱里放。嗯，救护车，跷个脚趾头都想得到，那上面曾流淌过鲜血，以及其他与之有关的东西。我这人向来多心，我当时想：这是让我们去救茅家港中学？还是茅家港中学在救我们？陈副校长见我们把行李都堆叠在腿上，立即明白我们的意思。他解释说："本来联系了镇政府的车子，不巧那车今天出公差去了，只好请了辆医院的车，请大家多包涵。"又说，"这车在出发前，从里到外洗刷干净了的。"可我们还是不愿意把行李从腿上放下来。

下车我做的第一件事，是俯身偏头到水龙头底下接自来水喝。在四川，我从来都这么喝水。喝了半口，立即呛得喷出来，咸乎乎的，跟卤肉的卤水差不多。这怎么能喝呢？想想自己将在这里度过一生，连口甘甜的水都喝不到，不禁眼角潮湿起来。

学校为我们每人准备了一个木箱子，还准备了灶具和床上用品，每人发一张高低床。同年分配到茅家港中学的田老师和袁老师因是启东人，只各自分得一张高低床。对此，她俩心里有没有别样的想法，谁知道？从来没听她们就这事儿说过什么，一方面，是她们的涵养，另一方面，谁能跟我们比呢，我们毕竟抛家别祖、背井离乡，如今又举目无亲、囊中羞涩。

校长姓汤，背地里大家都称他“汤司令”，跟我们年纪差不多。据说他是启东教育史上最年轻的校长，就是在最严肃的时候，你都能从他表情生动的脸上找到一些笑容。他喜欢开短会，学校里经历过无数比二十四史还漫长会议的众生，也喜欢短会。汤校长的会议有什么就说什么，该安排的安排，安排完了散会。茅家港中学近四十个教师，四分之三都是代课教师。到这会儿，我隐隐觉得，我们乘救护车来茅家港中学，似乎是又多了一层隐喻。

不单茅家港中学是这种情况，全市几乎每所中学都有代课教师，尤其是乡镇初中和小学。有的学校从校长到普通教师，无一例外都是“民办”身份。启东教育的大半块天空，是由这些值得尊敬的代课教师撑起来的。后来的事实证明，这些民办教师中的相当一部分除了没全日制大学专业文凭，除了工资是正式教师的一半之外，他们的教学水平不比任何一个正规大学毕业的教师差。在我离开教育岗位时，我的那些“代课”身份的同事，几乎都通过自考拿到大学文凭，并通过教育部门组织的教师资格考试，成为正式在编教师。

多年以后，启东中学在国际奥林匹克数理化竞赛中连获十多枚金牌和银牌，成为轰动中国教育界的特大新闻，当之无愧地成为高端教育的成功典范。这跟启东的基础教育，不知有多大关系。

周末没地方可去，学校就在会议室装了台电视，我们可以唱卡拉 OK。没地方洗澡，学校专门搭建一间小屋子，供我们洗澡。这些关照，当时就觉得温暖，至今回忆起来还特别感慨。

吃完第一顿接风饭之后,我们五个人就自己开火,因工资有限,加上灶具只有两套,起初只能五个人搭伙。我跟宁老师两个爷们儿轮流上菜场买菜,三个女老乡轮流做饭,牟老师和兰老师都做得一手好菜。董老师的父母是宜宾地区行署的干部,她在家过的是公主日子,轮到她做饭,她有些犯难,可又不能不做。有一天我下课返回宿舍,刚进门就闻到一股焦臭味,查看整个屋子,没什么地方着火,过了一会儿,焦臭味更浓了。我以为谁家着火了,跑出宿舍查看,邻居各忙各的,不像发生火灾的样子。再跑回屋子里,仔细辨别焦臭味,感觉有些炒米的味道,又见插着电的电饭锅在冒细若游丝的烟。靠上去,用手把烟往鼻子上扇了两下,确信是从电饭锅里冒出来的。那时候的电饭锅,米倒下去,不掺水也能煮。设计上的漏洞,好好开了董老师一个玩笑。董老师两年以后回到宜宾,成了一个能干的人,跟牟老师和兰老师一样做一手好菜。想当初她的父母真够厉害,狠心把她放到这么远的地方来锻炼。现实生活是最好的老师。后来,男女教师分灶开火,我跟宁老师轮流买菜做饭,都是大老爷们儿,都是外行,拣最简单的做来糊口,我俩经常一个菜就对付了。我是中文系毕业的比较保守,不是回锅肉,就是鸡肉炖花生。宁老师物理系毕业,自然比我中文系毕业的更有创新精神,一次做了个豌豆烧鸡肉,特意不放盐,专放糖,而且是白糖,待起锅,整一个拔丝豌豆鸡肉,那味道……弄得我俩大半年,提到豌豆和鸡肉就反胃。

3

刚到学校那晚,汤校长同意我们到校长办公室给家里打电话。我、宁老师、兰老师老家没装电话,就免了。董老师和牟老师老家在城市,董老师老家里有电话,牟老师老家隔壁有电话。董老师拨通电话,接电话的是她妈妈,她喊了声“妈”,就泣不成声。那时候,每分钟电话费好像接近两块钱,这样的福利,怎么能白白浪费掉呢。汤校长第二次给我们提供方便的时候,我也有电话可打了，我给我女朋友打电话。但是到了第三次，学校有老师在背后悄悄给汤校长提意见：学校只有那么一点办公经费，照这样下去，用不了多久，全拿来给我们几个打电话都不够。

这点我们也意识到了。可四川人耿直，你当面提出来，马上接受，毫无二话，像这样搞小动作，我们接受不了，这电话我们还非打不可了。何况上次打完电话的时候，已经提前预约了这次打电话的时间，对方提前就等在电话机旁边了呢。

汤校长作为一校之长，采取了一个折中的办法，邀请我们上他家打电话。多年以后回想起来，这正是他的高明之处。如果我们能像他们那样灵活一点，自此返回写信时代，也没什么掉价的。不仅不掉价，还浪漫着呢。我们上汤校长家打完电话的第二天，有一个物理老师对宁老师说："你们只管到汤校长家打电话，他们家的电话费都是学校统一支付的。"宁老师将信将疑。吃晚饭的时候，从董老师嘴里，也听一位英语老师对她说了类似的话。大家就信以为真，每周周末就轮番上汤校长家打电话。直到有一天我们听发工资的薛会计说，汤校长夫妻俩上个月的工资，全拿去交电话费都不够，我们才知道被人当枪炮使了。

这时候，宁老师的闹心事也来了。他教那个班的学生见宁老师每隔一天要走路上菜场买一次菜，一来一回要一个小时，太辛苦又耽搁时间，有时学生经常上办公室向他请教问题，得到的回答是：宁老师走路上街买菜去了。于是全班学生在一个叫朱卫萍的班长的倡导下，凑了400多块钱，打算买辆自行车给他方便买菜。这事过了这么多年我向老天爷保证，事先宁老师并不清楚，甚至一点风声都没听见。我们五个人天天在一起吃饭，要是有点风声，不可能一点都不透露出来。突然，有一天，学校方面找他谈话。一番令宁老师莫名其妙的问话之后，宁老师才明白是怎么回事。宁老师为此流下感动的泪，也流下伤心的泪。感动，是因为孩子们很可爱、很单纯；伤心的是，孩子们还不知道"伸手给人吃糖、缩手打人一拐子"的道理。汤校长也不相信这事像个别教师说的那样，是谁启发了学生的结果。他主张"轻轻放下，不要小题大做"。这事的处理结果是，这个班的班主任出面做学生的工作,把学生凑的钱如数退还。后来听我班的学生说,朱卫萍等几位带头倡议的学生,后来也为此事痛哭了好几场。

我从来没给这个班的学生上过课,但那个叫朱卫萍的学生给我留下深刻的印象。

没多久,冬至来了。在渔区有"冬至大于年"的规矩,也就是过冬至比过年还隆重。冬至前一天,我从二楼办公室下楼,经过一楼某班的时候,听到这样一段对话——

"同学们,明天是什么节日啊?"

"冬至!"

"你们冬至都要吃些什么呀?"

"饺子!""抄手!"……

"老师真羡慕你们有那么多好吃的——老师可没这么好的福气!"

讲台上站着的是一位脸色始终阴冷的老太太。这之前我一向尊重她,因为在这之前,一个物理老师每次遇到教英语的牟老师,都要板起一副诚恳的面孔问:"牟老师,请教个问题:go to bed,用汉语翻译过来什么意思?"起初,牟老师没明白他在开玩笑,还很认真地回答他。后来见周围其他老师、包括那物理老师的老婆都在一边嘻嘻哈哈坏笑,就回过味儿来,脸顿时红到脖子根。有一次,这位女教师对我说:"你们四川人太斯文了,他开牟老师的玩笑,你和宁老师作为爷们儿就得去开他老婆的玩笑,看他还敢不敢那么放肆。"说实话,那时候的宜宾师专现在的宜宾学院,从来都教育我们要为人师表,像那样吊儿郎当的话,在四川的大街上,不是哪个流氓都说得出口的。但我还是感激她老人家,以其人之道还治其人之身,这招数古代兵书上写得清楚。可就在那一天的那一刻,我心里的尊重坍塌了。到了晚上,提着大包小包上她家的家长,跟医院挂号排队似的。

教师的每一句话都可能影响学生一辈子,可是,作为教师自己,从来不知道那样的话是哪一句。一连串的事情,让我们认识到现实的纷繁、我们自己的幼稚、年少轻狂。我们不知道,那笑眯眯的脸背后是什么,那温情体贴的话背后又是什么。四川人跟他们是不一样的,爱,爱得荡气回肠;恨,恨得水火不容;死,死得轰轰烈烈。从来不会当面一盆火,背后耍大刀。我们不适应,我们迷惘。这让我们想念家,想念四川。有一段时间,我们五个人达成共识,每天除了认真备课、上课、批改作业,其他事情能不参与的就不参与,能不添言的就不添言。

4

第一次走上讲台,我被台下一片雪亮的眼眸吓了一跳。书上所说的“贼亮贼亮的”,大概就这么回事。我读初中和高中的时候都是班长,读大学的时候,担任中文系江岚文学社的主编、社长以及学生处宣教部部长,站在大伙儿前面装腔作势的机会可多了,但是从没见到过如此清澈明亮的眼睛。是不是因为著名的吕四渔场就在这个地方,他们打娘胎里就吃海鲜的缘故?不得而知。

我是个具有实用主义倾向的理想主义者。我教的第一篇课文,是王愿坚的短篇小说《七根火柴》。备课的时候,我见教学参考书从头到尾都在对语句进行分析,比如“暴雨夹杂着栗子般大小的冰雹,不分点地倾泻下来”中的“栗子般大小”表明了冰雹的什么形状?“不分点地倾泻”又进一步说明暴雨的什么情状?再比如“只有那只手是清晰的,它高高地擎着,像一只路标,笔直地指向长征部队前进的方向”表明了无名战士怎样的情怀和意志?等等。我不敢说编教学参考书的一帮家伙都不懂文学,但我至少可以肯定,编这篇教学参考的人完全不懂文学。

教育的目的是教会人思考,而不是告诉人该思考什么。小说的三要素是人物、故事情节、环境。在这篇小说中,故事情节已经非常生动、形象、具体地摆在那里了,只需带领学生稍微理一理就行了。

我的处理手段是,要求学生在预习的时候必须掌握生字词的写法和意思,通读文章,懂得大意,上课时用五分钟对预习效果进行测试,只有几个字词、几句话，这几个字词和几句话都是经过精心设计的，测试结束马上收上来。这作业我是一定要批改的，通过批改我知道哪些同学预习不彻底或者方法不对，及时提醒。接下来用比较短的时间理一理故事情节，接着引导学生一起分析“我”和“无名战士”的性格特点和精神境界。第一节课基本上就结束了。

第二节课，大概用了15分钟拓展阅读王愿坚同类型的小说《丰碑》，然后我从这两篇文章40多个从前不常见的词语，要求学生在剩下的25分钟里展开想象写一个片段作文，尽量多地使用我圈出来的词语，下课就收作文本。通过对片段作文的批改，我能及时发现学生是否能准确运用新词。如果能，即使他不能用书上的标准解释来说明这个词语，事实上他分明已经掌握了这个词语——在背词语解释与能运用这个词语之间，显然后者才有价值。

这篇课文，教学参考书上要求用三课时，我只用了两课时。我的目的是强化学生的阅读和作文写作能力。按照教学进度，我每周可以节约出两三节课，一节课用来给学生到教室外采风或者在教室里组织一次掰手腕之类的体育活动；另外两节课用于写作文，要求学生必须在课堂上完成。照教学参考书的规定，学生一个学期只有7次作文，我教的班在30次以上。

学生的阅读能力和写作能力提高的速度，令学生自己都感到惊奇。那时候在启东市教师进修学校彭少锋老师办了一份《海贝报》，我任课的班级，每学期有十多篇学生习作在那上面发表。

回顾我六年半的中学语文教学生涯，除了每天都有基本不需要动笔的预习作业，基本不给学生布置课外作业，除那么几次，上级教育部门要检查教师的作业批改情况，甚至要求每周不得少于多少次，达不到目标要扣工资，对我布置给学生定时完成的片段作文和远远超过要求量的大作文不予认可，我那些二指宽一张的预习检测又因样子难看拿不出手，才不得不让学生写过几次每次不超过五分钟的作业。

学生喜欢我的课还有另一原因，只要时间充裕，我就有源源不断的山野故事讲给他们听。他们也不能白听，我讲一个，他们得委派一个同学讲一个海洋故事。好几个学生的父母专程来对我说:“李老师,我那孩子以前最怕语文,现在说到语文就开心。”

但是我们充满故事和趣味的课堂并没有为我带来相应的荣誉,第一次月考,我所教的班级及格人数只有同轨班级80分以上人数多。教务处的领导找我谈话,说那么简单的试题,你教的班怎么考那么差。我当时要混得像现在这样的话,早抽他两个大嘴巴了。那都是些什么破题呀?比如填空,除了把前面所举的《七根火柴》关于那两句话的问题换成填空题出现,还有就是“《七根火柴》的作者王愿坚是( )人,( )代作家”。前一个空填“山东邹城”,后一个空填“现”。这都是些什么癔症题目?能提高学生的阅读能力吗?能提高学生的写作水平吗?能提高学生的素质吗?语文测试如果就以这些毫无用处的东西作为试题,会对孩子进行怎样的引导?难怪我们的学校教不出作家,不仅教不出作家,读到大学毕业连一段通顺的文字都写不出来,难怪我们的学生喜欢阅读课外书籍,却对语文教材上的课文深恶痛绝。

在我离开教学岗位之前,镇教育管理站曾组织全镇中小学语文教师在规定的地点、规定的时间进行了一次作文竞赛,可供选择的题目一共三个。竞赛结果没有公布,我今天不揭秘就会成千古之谜,因为竟然有三分之一的作文不符合要求。小学语文教师的写作水平高于中学教师,不符合要求的那三分之一主要集中在中学。其中一个平时牛哄哄的老师,其作文除了开头和结尾是自己勉强挤出来的,中间完整地搬了个龟兔赛跑的故事来凑字数。

再有就是,语文教师的评优评职称,要求的论文必须与语文教材有关。你所写的文学作品和关于当前某部文学作品的赏析评论,写得再多再好、发表在再高级别的杂志上都是不算数的,这直接导致我们的语文教师的目光整天盯着课本,不敢越雷池半步。如今那些专为评职称发表论文而存在的刊物越办越厚,每一期有好几十甚至上百个作者,如果把那些文章放到反盗版软件里去算一下,恐怕原创率会低得让发明反盗版软件的人难过得离家出走。

我这人皮实,经得起敲打。在吃了一次亏以后,在坚持我的那一套具有实用主义倾向的理想主义教学法同时,高举应试教育的大旗,不就是有重点地要求学生背吗?于学生来讲,小事一桩。在平时的考试中,我所教的班级不是最优秀的,当然也绝对不是最差的。可在我短短六年多的教学生涯中所送走的三届毕业生,语文平均分均超过同轨班级,最低的2分多一点,最高的居然高到5分多。我在心底里分析,大概是我所教的学生在阅读和作文上占了优势。

5

那年期末,我跟一位老教师被学校派到十几里外的一所学校去做监考老师。两个监考老师负责一个考室,跟我搭档的是一位上了年纪的教师,姓什么现在忘记了。我在前面做主考,他在后面做副考。开考半个小时,我们的副考大人从后门溜出去抽香烟,两支香烟抽完,干脆端了张凳子到围墙边上晒太阳去了。

有如此信任我的老教师,我感到莫大的荣幸,所以站在讲台前面眼睛都不敢多眨巴一下。下面的学生起初还规矩,后来磨皮擦痒,仿佛浑身都是虱子,借橡皮的、借直尺的、借圆规的、借修正液的、借用于揭错字的胶带的……此起彼伏。按照考试纪律,学生借这些物品,必须经过监考老师传递。因此学生一举手,我就上去替他们传递,我面对的学生规规矩矩,可背后传来窸窸窣窣的声音。后来我发现,我被这帮学生"声东击西"了,语文试卷让外星人来做都不可能用上圆规和直尺。

我想招呼教室外的老教师进来帮我。可人家已歪起个脑袋,在暖烘烘的冬阳下梦周公呢。

待考试结束,我所收的草稿纸上,无一例外都画了一只乌龟,还是戴了眼镜的,那眼镜跟我鼻梁上的一模一样。我心里那个恨啊,没法用言语表达。心想:走着瞧,下午有你们好看!

中午,学校招待我们吃中午饭,校长亲自来向我敬酒,我简直受宠若惊。校长对我说:“李老师,你监考很负责!我们得感谢你啊,你从四川不远万里来支援我们启东教育……”下面的词儿我不写了,只要读过《纪念白求恩》,被省略的话,套上来稍作改动就是了。

我本来不喝酒,下午还要监考呢。他亲自为我斟了一碗米酒,说:“四川是出好酒的地方,四川人哪能不喝酒呢?你们在圆陀角‘一战成名’的故事早已誉满启东!不喝酒你对不起四川人的光荣称号。”又说:“你尝尝吧,这是我们启东人自己酿造的米酒,绝对不添加任何化学成分,原生态,绿色食品。”我尝了一小口,甜甜的,口感不错。酒上还飘着几朵干桂花,很香。心想,我在到圆陀角喝过两大碗白酒不也没醉,还怕你这米酒不成?于是,装出很会喝酒的样子,跟他们碰杯,扯各种各样的话题。一碗酒下肚,怕有半斤的样子,校长又为我斟了一碗,我觉得差不多了,旁边的人说:“我们跟校长跟了几十年,从没享受到校长亲自斟酒的待遇。喝吧,我们校长看得起你,你得给我们校长一个面子。”

两碗酒下肚,好像也没啥事。校长还要给我斟酒,一同来的老师使劲给我递眼色,并坚决不让校长把酒斟到我碗里。我虽然一时不明白其中原因,但同校教师的眼色肯定不会是无缘无故递的,也坚持不喝。

在食堂里面又歇了一阵,也没觉得有什么。我一直在琢磨那教师的眼色,想不出个所以然,也就不去想了。到下午考试前半个小时,出了食堂门,一股风迎面吹来,我才发觉不对,头晕得跟坐过山车一样,脚底下踩的不像是大地,倒像是浮云。这会儿我算彻底醒过味儿来了。可惜,晚了。

从醉酒发作到进考场拆封试卷,不过半个钟头的样子,我连拆试卷袋的力气都没有,全身的力气像给谁没收了。我坐在凳子上看讲台下面的学生,每个都有两个脑袋。那老教师还是于考试开始后半个小时,就到屋外抽烟,后来,我视线里再也不见他的踪影,直到考试结束,他才回来跟我一起收试卷。

在返回学校的路上,我终于有些醒了。我对带我去的教师说:“我今天犯规了。”那老师安慰我说：“没事的，你所监考的班级，让他们翻开书抄，他们都找不到答案在哪个位置。”

我算结结实实又受教了一回。那天晚上，我吐了五趟，终于算彻底醒了过来。刚念了一句“今宵酒醒何处”，眼泪就流下来了。想起分配那天写在黑板上的对联，悲伤从头顶一直贯到脚心。

6

就算成了拿工资的教师，我骨子里还是个农民。我希望辛勤的耕耘能够取得预期的收获。我所接受的家庭教育除了善良、坦率、真诚、勤劳、忍耐、吃亏等之外，没有灵活变通、趋利避害。所以，稍不留神，就可能做出让自己追悔莫及的事情。

在安排班主任的同时，学校给我们几个新分配的教师一个很新鲜的职务：所任课班级的副班主任。其他新教师都没当回事，我却认为这大小也得负一份责任。因此在教学之余，还主动参与班级管理。我这行为给我惹下不小麻烦。

有一次，班上一帮女生到附近另一所中学打群架。为首的一个女同学成绩特别好，作文尤其棒。她家住在邮局旁边，我很信任她，几乎所有给女朋友的信都由她去邮递。有时候胶水用完了，我连信封都不封，就让她交邮局去了。

对方学校把这事告到我们学校，这涉及学校与学校之间的关系，自然不能等闲视之。学生犯事儿，以教育为主。我佩服这女学生，在这做人做事灵活变通到八面玲珑的启东，尚有带一帮人出去打群架的气魄，将来长大，绝非等闲之辈。不过，对这样的孩子尤其要引导。

于是我找了个我认为适合的中午到教室里。

我问她们：“听说最近班里发生了大事？”

几个女同学立即紧张起来。终于,一同参与打架的班长说:“就吵了一阵,没打。”

我心想对方学校这不明显是在小题大做吗?也说明这帮孩子考虑不周全。我问:“你们事前有没有料到结果只是吵一吵呢?”

“没有。”班长说,“我们本来就不是去打架的。”

我问:“这么说是对方给你们戴高帽啰?”于是,我不打算再开导学生,已经没必要开导了,我都替她们感到冤屈。但一堂课就跟一篇文章一样,只要开了头,就必须有起承转合,才能收尾。为此,我给他们讲了个从部队流传出来的打架故事。一个班的人出去打群架,回来排长会问:打赢了还是打输了?如果说打赢了,解散,该疗伤的疗伤,该擦药的擦药,是不会追究的。要是回来说没打赢,不仅得不到爱护,每人吃排长一脚,关三天禁闭。

男生都觉得很好笑,都笑起来了。有同学问:“为什么这样?”

我说:“打不赢回来丢脸。看着打不赢赶快溜啊,打不赢还打,这不是犯贱?”我随手在黑板上写了个“贱”字。

“老师,”那领头的、几乎每个星期都替我寄一封信的学生突然站起来,脸涨得通红,看得出来气得不轻,她问我:“老师请你解释‘贱’是什么意思?”

她声音很大,很硬,全班都屏住呼吸。我被她突然一问,也愣了。我马上意识到事态的严重性,我说:“这事跟你们没关系,我说的事情跟你们的事情没关系。”

可惜晚了,她像十多年后我家孩子跟她当年一般大的时候撒娇顶牛一样,对我说:“老师,您这是含沙射影。我们哪儿‘贱’啦!”说完坐下,伏在桌子上抽泣起来。跟她一道去的女生受到感染,班级里女生立即哭成一片。

我真后悔讲这故事,要讲也不要在这时候讲。后来我才知道,她们刚刚被学校政教处找去集体谈话,正有一肚子委屈呢。我这番举动,很容易就被人认为是含沙射影,这于她们来说,还是雪上加霜。

人家说,君王一言可以兴邦,一言可以误国。教师岂不也是这样的人么？我们自己在受别人委屈的时候，学生说不定正从我们这里领受来自于我们的委屈呢。回顾我短短的教学生涯，这是我一直觉得愧疚的事情。好在我不是故意的，可是不管是否是故意的，造成的伤害都是一样的。

7

因我的学生在《海贝报》频繁发表习作的缘故，市教师进修学校的彭老师在开报社年度工作会议的时候，专门打电话请了我。由此我认识了不少正从事初中作文教学探索研究的语文老师，沈衍冰就是其中一位。后来我们先后进入市里不同的机关部门，成了好友，每年要不碰那么几次头，觉得日子白过了。

可这次会议却给我种下了祸根。又一个新学期开学很久，不见《海贝报》，我以为是投递延误了，等一等就会来的，那几期报纸上都有我学生的文章。又过了很久，打电话问彭老师，彭老师说，你们整个乡，无论中学还是小学都没订，不晓得什么原因。

我没仔细琢磨，很快做出决定：既然乡里漏订了，咱至少可以在咱们班补订。彭老师只收了个工本费，投递费什么的就免了，每份好像是十二块钱。我让语文课代表全班每人收了三块钱，订了十多份。

后来在一次全乡教师会议上，一位干瘦的教管站的什么人说："现在从上到下都提倡要给学生'减负'。但是我们有的老师顶风作案，在我们取消了《海贝报》的订阅之后，还直接跟报社联系，未经同意，擅自向学生收钱订阅。这是一种无组织、无纪律的行为。同志们，此风不可长啊！"好在他没点名提姓，否则我大年初一给他家送花圈的心都有。我不知道我这一举动，为什么会引来雷霆震怒。暑期过后，我调到本乡镇另外一个学校。很偶然，那所学校的会计中午喝醉了，趴在会计室办公桌上地动山摇地扯着呼噜。从他摊开的学校收费账本上，我看到一栏分明写着"海贝报 24 元/份"的字样，终于明白，我踩了个不该踩的地雷。

那年冬天，我到宁老师办公室串门，见他们同办公室的一个音乐老师在织毛线手套，相当密实，相当精致。这是个初中毕业考取五年制大专的音乐教师，不到二十岁，姓彭。我顺口说了句："这手艺不错！"小彭老师说："你要喜欢我替你织一双。"我乐了，笑着说："难怪我昨晚梦见天上掉馅饼！"小彭老师说："你把毛线买来交给我就是了，举手之劳。你这长期熬夜写作的，半截指手套最适合你。"居然有这样的好事，心里说不出的高兴。可我手心常年都比较暖和，除了露在外面写作的右手比较冷而已，因此我不太喜欢戴手套，不过半截指的手套还真没戴过，特别想体验戴上半截指手套写字的感觉。我怕耽误小彭老师太多时间，就说："方便的话，帮我织一只，我要对我的右手好点。"我碰到的开空头支票的人太多，知道那些一拍胸脯就表态的人多半是靠不住的，因此以为这不过是小彭老师随口送我一个人情而已，回到自己办公室就把这事情忘记了。过了几天遇到小彭老师，她问我毛线买回来没有，我才觉得人家是当真的了。按她说的分量买回毛线交给她，没过几天就织好了，手套是两只。小彭老师说："两只手套，一只是你的，另外一只你猜给谁？"我愣了，这总不会是要我给你吧？谁不知道我有女朋友的？在这学校里，谁不是把你当小孩子看待？旁边一个三十多岁的女教师也问我这问题，她说："看你能不能回答正确。"这女教师的表情看起来不像开我跟小彭老师的玩笑。敢情小彭老师当初让我买毛线的时候就以一双来计算的？这女孩子，人不大，心思倒挺缜密的。宁老师上课去了，他的座位空着。我坐到他座位上去，脑子马上转过来了，我说："给咱难兄难弟的。"宁老师称我"李老者儿"，我喊宁老师"宁老者儿"。"老者儿"在四川话中是"老家伙"的意思，不是贬义的称谓，是关系密切且年龄相当的男人之间最密切的称呼。小彭老师和那女教师看着我问："谁？"我拍拍宁老师的桌子说："就这家伙！"正在这时候，宁老师走进办公室，小彭老师和那女教师都乐了，笑着说："说曹操，曹操到！"

这件事给了我不小的启发。本地人做事情乖巧周到，跟他们自小生活在这样的环境中，长期耳濡目染有关。一个不到二十岁的小彭老师就能考

虑到，要是我戴上那只手套，咱的难兄难弟宁老师没有，他心底会不会有难受的感觉？从那时候起，我开始琢磨启东的文化。多年以后，当我在总结与我的创作产生重要影响的文化时，不是东西方文化，在东西方之间，除了政治形态不一样之外，西方对东方文化基本上呈现覆盖的趋势，这从每年从国外翻译过来的图书与从国内介绍到西方的图书数量上巨大的差异就能看出来。而是，我与生俱来的巴蜀文化与二十四岁之后接受的江海文化相互碰撞、摩擦、融合的结果。这于我和我的文学，都是不小的滋养。

没有春天的春天

人跟人,表面上看,最大的距离莫过于心与心之间;事实上,更大的距离,来自于文化。

1

我打算到海边看海潮。那一阵,除了上课、批改作业、买菜、给女友写信,只要没什么事情,我就会到大海边去逛逛,尤其是涨潮的时候。

海潮依旧那么咸腥,充满诱惑与野性。

这天我心里闷得慌。会计在结报我们来时的路费的时候,用缝衣线仔仔细细在地图上,沿我们行进的路线,把我们从老家到启东来的距离量出来,再参照地图左下角的比例尺折合成里程,然后按照国家规定的千米单价,测算我们这几个人车票的价格,这一丝不苟的精神要是用在战场上、科研中,那绝对是顶呱呱的。这也罢了,还连续十多万次逢人就惊呼:"这几个人的车票总价怎么会不一样呢?"他老人家哪里想得到,宁老师的老家苍溪到我老家西昌,单火车跑,都要 20 个小时;成昆线上,不仅有隧道、桥梁,还有在几座大山中盘旋逐级上升的盘山铁路,在局部地图上铁路线像索套,在全国地图上根本不显示;同是来自宜宾的牟老师、兰老师、董老师,一个来自宜宾筠连,一个来自宜宾市宜宾县,一个来自宜宾市区。我们井也背了,乡也离了,离亲背祖,总价每人不超过 800 块钱的路费,如此计较,放到弥勒佛身上,恐怕都绷紧了笑不出来。

茅家港中学离海是那样近。渔船出海和进港的时候,躺在学校的宿舍里就能听到渔船的马达声。渔船归来的时候,还能听到接潮的男人和女人搬卸海鲜的接潮号子，铿锵有力的节奏，拽人心肺。从学校通往海边有一条平直的水泥路。在渔船上岸的时候，马路上铺满了渔网。渔网上还残留着不少低值鱼类，被阳光曝晒、雨水浇淋之后，腥臭难闻。补网的妇女就着小矮凳，要连续忙碌十天半个月。再次出海，路面才会彻底干净一阵。

当我走到海堤上的时候，大海正涨大潮，混浊的海水呼啸着，成排成排地拍打着堤岸。堤岸上长满三四米高的芦竹，整个堤岸就像是一条绿色的长龙。风从海上吹过来，芦竹身子成片成片地随风摇晃，叶子发出整齐的沙沙声，撼人心魄，悦耳动听。

我喜欢海，当我往看不见岸的大海深处望去的时候，远方堆叠的水汽会像整齐的山峦，在渺远的视野之内，形成一种看得见的缥缈的存在，使人的心会随之敞亮起来。从前抬头低头都只能看见群山的山里娃，现在，会因为不时有一片阔大的海可看，而变得心胸开阔，目光邈远。

阔大无边的大海，对于我性格和人格，默默地产生影响，进而影响我观察世界的方式，影响我的文字。

我走下堤岸，在护堤石的空隙间穿梭。看拍打着岸边的浪花，看天空中比落潮的时候翻飞得更勤的大海鸥，漫无目的地想着心事。

突然，不远处，大堤立坡下面出现两条肉肉的东西，定睛再看时，两条肉肉的东西中间好像有两片屁股在一起一伏。我怀疑我的眼睛出了问题，停下脚步，又仔细看一下，那两片像屁股的东西真是屁股，那两条肉肉的东西，是两条腿，其他部位看不见。这足够了，我顿时害臊得不行。小时候在山上放牛，曾经遇到过。那时啥都不懂，我们站在山坡上，看见一男一女在山沟底下的梯田田埂下面办这事。为首的一个大孩子带头，我们向他们甩石头和泥巴块儿。距离远，自然是打不着的。在老家农村，撞上这样的事，属于触霉头的事情，是要当事人买羊肉来冲晦气的。

据说人在涨潮的时候，容易产生性冲动。人家正忙着呢，这片土地我都还没踩热，羊肉自然是不敢去问人家要的。我回到大堤上，从被两边的芦竹棚成一条缝的小路往回走，走到他们办事的那一段，看见一辆摩托车停在芦竹丛中。那车牌号码我到现在还记得,我不是侦探,记着也没用,即使哪天撞上了又能说明什么呢。中国人光谈孩子,对性讳莫如深。事实上,得先有性,才会有孩子。后来又看到一则资料说,中国历史上一位圣人就是野合而生的。汉代以前,提倡野地受孕,吸纳天地之精华。莫非,他们准备生个天才出来?

这事起初埋在肚子里,后来一次喝高了,就说出去了。一起喝酒的当地老师说,那大堤上的芦竹林本来就是青年男女藏好事的地方,相当于伊甸园。“以后再去也得当心!”他说。我一个大男人需要当心什么呢?他说:“男人上船十天半月才回家一次,难免有馋得慌的女人……”我说:“难道还会被劫色?”他说:“那不是秃子头上的虱子么!”旁边一个老师帮腔说:“两三个女的结伴而行,你完不成任务不放你走!”见他俩坏笑的表情,我就知道他俩在编故事整蛊我。可从那以后,若无人做伴,独自不去看海潮。

我宿舍的墙上有一张老渔民送我的潮汛表,每次想海潮了,我就看看那张表,看看表上那一天是大汛还是小汛,什么时候涨,什么时候落。之后,心里就会像看过海潮了一样,有了相伴大海的幸福和满足。

2

之后不久,我跟宁老师受邀参加乡财政所一副所长女儿的婚礼。

那副所长的女儿比我和宁老师小三岁,被婚庆礼仪公司化妆后,年龄显得更加小了。宴席从一楼一直摆到三楼,四十多桌,菜肴多得碗上面叠盘子,二十二道菜,两瓶五粮液、两瓶红酒、两箱啤酒、两包软中华。这都不算,司仪花了十分钟才把男方下的礼单读完,又花了十分钟才把副所长两口子陪嫁的礼单读完。还没算完,女方的父亲,那个面相恍若晒过半个月的白萝卜的干巴中年人托出一个盘子,盘子里有一本存折。司仪打开存折,念道:

“某所长陪嫁女儿私房钱30万元!”以那时候的工资计算,我俩三十年工资累积起来还达不到这个数字。这地方有个不成文的规矩,男孩这方要准备房子,女孩这方准备装修的钞票和家具,女方送到男方的嫁妆,视男方下聘的多少来定。

从副所长的家里回来,被我称作“宁老者儿”的、很年轻帅气的宁老师很认真地问我:“我该娶个启东人呢?还是像你一样从四川骗一个来?”我被他气得笑起来。在他嘴里,后来从女友变成我妻子的那个人,是我骗到手的,到如今都不改口。这个坏种!我说:“这问题你得把自己摆到海堤上那片芦竹林里去思考!”说完还不解恨,把我们那男同事的原话背了一遍:“两三个女的结伴而行,你完不成任务不放你走!”原本以为会把他逗笑的,他的眉头却皱得更紧了。

不久,近海中学的岳老师(男)和何老师(女)结婚了。他们是四川籍教师中喜结良缘的第一对。大学时就确立的恋爱关系,到了启东又分到同一所学校。关于他们的爱情故事,我曾在中篇小说《青涩》中“借”用了一部分,那段关于“我”李苏启得化脓性肺炎,何娅煮的那一口带盐的稀粥让濒临死亡的李苏启把机器都抽不出来的脓液吐出来,之后身体慢慢痊愈的细节,就是在他俩身上真实发生的事情。

婚礼在学校食堂举行,我们同一批到启东的老乡都去了。当时没有哪一个不囊中羞涩,份子钱少得令我今天在写这段文字的时候,都不忍心写出来,这是我们这群离乡背井的四川人共同的伤疤——每人三十块。他们的宿舍就是他们的婚房,一间二十平方米不到的房子,刚够放一张新床,教育局的朱科长送的一套方桌安插进去后,打个转身都得小心。学校里的老师大部分都是代课教师,送的礼物千奇百怪,有位女教师送了几张隔年的挂历,印有日期的部分被裁掉。那位教师用自己熬的一大碗糨糊,把挂历贴到岳老师和何老师的“婚房”里,贴完了,看上去喜庆得像一堆梦:摩托、轿车、楼房、帅气的国旗手、性感的“路透社”美女……一切想要而不存在的,靠一碗糨糊和几张隔年的纸,一瞬间就配齐了。

婚宴很简单,但“吵亲”很厉害,岳老师和何老师的同事出的题目真多，有猪八戒背媳妇——岳老师背何老师，同时啃一吊在绳子上的糖块和苹果，把何老师跟朱科长共同裹在新婚被子里……反正，所有路数都是我闻所未闻、见所未见的。我不禁想起我跟我的女友，这样的场面，我从心理都承受不起，我那一向内向的女友，要遇上这场面，多半早被吓得精神失常。

3

参加了岳老师和何老师的婚礼后不久，冬天就来了。女友替我织了一件米色的毛衣寄过来。茅家港靠近大海，潮气重，湿度经常在70%左右。整天潮乎乎的，气温逼近零度，冷得钻筋透骨。在屋外，冷得像什么都没穿，屋子里也冷得跟冰窖似的。每晚静坐写作的我，常常在写完之后发现，膝盖以下麻木得不像自己的，为此我成了跟感冒频繁接触的人。

一天，一老师约我陪他去家访。他是班主任，我那天正好闲着，就跟他去了。我俩一人骑一辆借来的自行车狂奔在海滨路上，路上到处是散乱的渔网，让胯下的自行车不时猛地跳一下，前后轮同时脱离地面，必须很好控制车龙头，否则，那遭遇恐怕比触网的鱼还惨，在岸上就被打到网里。但我觉得很刺激，像在马路上进行没有观众的杂技表演。车轮碾在渔网上的时候，发出凝滞的沙沙声。

这学生的家紧靠大海。我们抵达的时候，屋里屋外都是人，到吃饭时，满满当当六桌人。我想他们家也许是有什么喜事，宴请宾客。这个村子的所有男人都是渔民，村子里所有人家都是三层楼房，样式大体差不多，分上中下三层。底层正中是堂屋，堂屋正中的墙上是一面大镜子，镜子底下是个祭祀时当神龛用的硕大的条形柜子，柜子前面是两张相接的八仙桌。堂屋左侧开有一道单页的后门，可通屋后。堂屋两边是厨房、客厅和杂物间。卧室在二层，三层基本上空关着，堆放一些渔船上的用品。他们家的房子在渔

村里是最大、最漂亮的，原因是这学生的老爸是一个有着二十三年出海经历的船老大。他的渔船即使在闹海荒的那些年，每一次出海打鱼，都不会空船而归。

我俩的那学生正接受他爸爸的调遣，给客人倒茶、递香烟。他爸爸更是忙得不亦乐乎。那老师在接受学生家长的安排坐定之后，没跟学生的父母谈那学生的情况，只是简单地说："这学生成绩一向很好，几乎挑不出毛病。"便开始跟那学生的亲戚吹牛、玩纸牌。我不会玩纸牌，学生一家老小忙进忙出，我也没插话的机会。一支香烟没抽完，四五个中年男女围到我身边来跟我说话。我说的普通话，男的基本上听得懂，女的大概很少出门，加上我的普通话不是太标准，有的听不懂，男的就扭头用启东话对女人们解释一番。他们跟我交谈内容是问答式的，他们问我家里都有什么人、弟兄几个、都在做什么、家庭情况如何、喜不喜欢启东、想不想永远扎根启东诸如此类。似乎还问了工资收入以及每个月工资支配情况。我都如实回答。我很早就读过一本书，说见面的时候，一上来就探问人家的家庭成员、工资收入等，相当于窥探别人的隐私，是不合礼貌规矩的。如果他们到了我老家，我绝对不会问这些。就是到了现在，遇上我多年未见的老师和朋友，我都不会问他们这些。当时我没多想，只是觉得他们是一群热情的渔民。对他们来说，他们不问我这些，难道还问我《七根火柴》的线索？

吃饭的时候，船老大跟刚才跟我说话的几位以及那位老师坐了主桌。船老大坐主位，我被安排坐他的右首，那老师被安排在他的左首。我的右手边是个女孩子，二十来岁，很漂亮，漂亮得我都没敢多看，怕人家评价我眼睛没规没矩。船老大端起酒碗站起来的时候，我以为他要发表祝酒词，说说今天吃这顿饭的主题，或者没啥主题，就因为有两个老师到他家来，他高兴，所以请大家喝顿酒吃顿饭。他都没说，只说了句："为了表示诚意，这第一碗酒我干了，大家随意！"好简单的开场白，我还第一次听到。酒桌上有先干为敬的说法。受敬者，如果对主人表示尊重，也得干了。我望了一眼酒碗开始敬佩海边的人，大块吃肉，大碗喝酒，他们都是些率直的人，这脾性跟四川人相似。但对我们这种酒桌上的新手来说，要这么一碗一碗喝下去，是够吓人的，不过有朱科长第一次带我们去看海回来那两碗酒的经历壮胆，这一碗我敢喝，但我必须用一句话来限制我的总量，否则不喝死才怪。我说："彭老大福大酒量也大，人爽气，几碗酒不算什么。我们要向优秀的人学习！这第一碗酒我也喝了，一方面表示对彭老大的敬重，另一方面也表示对大家的敬重。不过我喜欢喝慢酒，总量不超过两碗。这一碗喝了，接下来总量不超过一碗。大家同不同意？同意我就喝了。"说完，手持酒碗看大家。大家都看彭老大，彭老大似乎第一次碰上这么爽气的人，说："四川人就是爽气，豪爽的人我这老头子喜欢，就按李老师说的办！"那位老师使劲给我递眼色。我懂他的意思，他希望我帮他限个酒量，路上他就给我说了，他最多一碗。可我这会儿总不能跳起来说"我这同事只能喝一碗"，这话得让他自己说。他终于懂我的意思，他站起来说："我跟李老师不能比，他来自名酒之乡四川，我是土生土长的启东人，天生酒量不行，所以我的总量就一碗。"一桌子人都不同意，一些说你不能因为是启东人就搞特殊，我们大家都是启东人。还有人说你一个启东人，说啥也不能输给四川人。他只好硬挺着把第一碗喝了。再次斟酒的时候，死活只接半碗，多的坚决不喝。桌子都快被他们吵翻过来了。我说："彭老大，各位朋友，我这同事真的不太会喝酒。大家的热情我们领了，还是有多大量就喝多少酒吧！喝酒不在多少，只要愉快。"大伙儿不同意，非要把酒给他斟满。我看轮到我说话的时机来了，就说："这样，大家的热情让我很感动。我这同事确实不胜酒力，如果大家非让他喝，我看变通一下可不可以，你们把要给他喝的倒我酒碗里，我替他，行不行？"彭老大说："给多少喝多少？"我说："不，你们刚才是以我的标准来说的，应该是半碗。"彭老大见我喝了一碗多白酒，思路还很清晰，同意我的话。接下来，不断替我夹菜，频繁向我敬酒，非常热情。我也豁出去，狭路相逢勇者胜，那一顿饭，我一共喝了三碗双沟大曲。

彭老大特别高兴，喝了五碗。酒多了，话也多起来，嗓门特别大。他表扬我喝酒有度，仗义，话不多，但有分寸，酒品如人品。他还说，他希望我们好好关心他那儿子，让他儿子能考个好学校，将来去做城里人，免得像他们那样上船。别人只看见他们上岸有钱风光，不晓得他们在海上受多少苦，出

海多少天就多少天不洗漱，一次怪潮、一场风浪都可能遭遇不测。“上船是狗，狗都不如。上岸才是人啊李老师！”他说。他还说，他决定给女儿招女婿。女儿是爹娘的小背心，贴心……周围的人都附和彭老大说的是。

吃完饭，主讲还是彭老大。他开始颠三倒四，刚说过的话，不一会儿又再重复一遍。到后来，一句话才说了一半，歪在椅子上睡着了。周围的人各说各的话，偶尔跟我交谈一句。跟我那同事用当地话说得多一点。

过了一阵，那同事一边跟我使眼色，一边问我：“你上不上厕所？”

我知道他肯定要跟我说什么话。时间已是下午三点过，我们也该回学校去了。从堂屋左侧的后门出来，他说：“他们家看上你了！”我笑起来：“你没喝高吧？我一个穷小子。”他说：“刚才坐你身边的就是彭老大的女儿，彭老大是想招你做女婿呢！就今天这状况，他和他们一家都对你很满意。”我像突然中了埋伏，很恼火，这么大的事情，为啥提前不跟我透露点信息呢？这对我不尊重，也不公平。我说：“你知道我有女朋友的！”他说他知道。又解释说，这事儿他事前真不知道。我说：“你装蒜！”他一脸无辜说：“我真不知道，他们光说今天请我俩过来吃饭，现在怎么办？”我说：“跑呗！要不你留下来做人家女婿得了，你的优势比我明显，你们之间没语言障碍！”他的狐狸尾巴终于露出来了，他劝我：“你也知道我已经定亲了，好歹你还没定亲，没定亲一切都有可能。再说，你女朋友明年能不能分到启东来还是未知数！”我撒腿就走。他拽住我说：“招呼不打一声不妥。”我说：“要打你去打吧，一看就知道，这事儿是你惹的。”他急得酒醒了一半，对我说：“人家毕竟是诚心诚意的！”这话触动我内心的柔软处，我说：“你去给彭老大打招呼说声抱歉，就说我李某人喝醉了，提前回学校了。”他的情绪缓和了一点，问我：“咱们的车呢？难道不骑回去？”我说：“你黄鱼脑子啊？既然醉了还骑什么车？丢在他们家，难道怕人家拿去红烧吃了？”

他跑回去，不一会儿推着他那辆自行车出来，那学生的家人跟出来二三十个，冲着我挥手。我心头顿时泛起一阵酸涩，人要是能像孙猴子那样分身有术就好了，为彭老大一家的热情，为他们远远冲我挥手时还盼着我再来的神情。可怜天下父母心啊！可是，现实是我跟我女朋友恋爱两年多，彼此了解，兴趣和爱好也相投。何况，她已决定跟我远走天涯。而刚才身边那女孩子，除了漂亮，我一无所知。人生的失败，往往就因为在卷入其中的时候，自己毫无准备，而一旦清醒，木已成舟，追悔莫及。

这事我那同事是怎么收场的，我不得而知。好多次有询问的机会，我都主动放弃了。我辜负了一群人的好意，我不得不辜负这一群值得尊敬的人的好意。许多年以后，我已经从渔港通过考试进入市区工作，一次搭乘中巴车去茅家港，上车就听售票员招呼了我一声："李老师！"觉得面熟，直到下车都没想起她是谁。过了好多天，才想起她就是当年坐在我身边的女子。那时我跟我当年的女朋友已经有一个上幼儿园的女孩儿了。看得出来，开车的那个是她丈夫，敦敦实实的一个壮汉。她像一本装帧漂亮的书，虽然被翻旧了一些，但漂亮的格局基本还在。从那以后，再也没见到这位我连名字都说不上来的女子。也许后来遇到过，只是彼此都认不出来了。

4

多年以后，我总结这次"跟中了埋伏没什么区别"的相亲，我认为最大的问题不仅仅是我认定后来做了我孩子母亲的女人更适合我，还有一个原因是我们语言不通。拿被我称作"宁老者儿"的宁老师的话说："她在床上叫出来的声音，你都得请翻译！"确实，在刚到吕四茅家港的最初一年，我完全听不懂当地方言。我在《现代汉语》中找根源，这里属于吴语系中最最边沿的语系，使用面非常狭窄。当地老师口里的"祸丧子"，我抓破脑袋也想不通就是普通话中的"学生"。有个老师给我讲了个笑话，说他们这里有个干部开会的时候用被他们称为"启普发生器"的方言版普通话主持会议："兔子们，虾米们，不要酱瓜，要猪蹄，现在请香肠酱瓜。"会议结束了又冲大喇叭喊："兔子们，虾米们，今天中午的饭狗吃啦，大家都是大王八！"这是驯兽师在冲着动物说话吗？不是，前一句是：同志们，乡民们，不要讲话，要注意，现在请乡长讲话;后一句是:同志们,乡民们,今天中午的饭够吃啦,大家都使大碗吧! 有位官员,在饭桌上向客人介绍螃蟹说:“这个花(蟹)满脏(蛮壮,即肥壮之意)的,大家动筷子,不要客气!”客人想既然“满脏的”,怎能拿来招待我呢? 看看蟹螯上黑乎乎的绒毛,死活不敢下筷子。服务生问摆在桌上的洋酒要不要开,官员说:“奥开(别开)!”服务生“哱儿”一下把红酒开了。官员急了,说:“我叫你‘奥开’你怎么开了?”服务生说:“你不是说‘OK’吗? 你说‘OK’我怎么好不开?”好呢,单这瓶红酒,两万八。瞧瞧,已经被普通话过的方言都这个样子,足见当年我们在语言上的艰难。我跟宁老师经常说,我们要对学生格外好点,否则,他们当着面骂我们,我们还以为那是表扬呢。

而我感觉最大的不一样,是我血液里根深蒂固的巴蜀文化与江海文化的差异。

人跟人,表面上看,最大的距离莫过于心与心之间;事实上,更大的距离,来自于文化。

这是两种非常优秀、非常有趣的文化。多年以后,这两种文化融合与互补,给予我文学创作许多滋养。可是,在我刚踏上这片土地的时候,两种文化的争斗是那样剧烈,那样残酷,简直用得上不共戴天、水火不容这俩成语。

巴蜀文化相对于江海文化显得更阳刚、光亮、直率,磊落处事,透明做人,爱就爱得缠绵悱恻,恨就恨得轰轰烈烈,死也要死得惊天动地。比如台儿庄战役中的川军,一杆破枪、一条烟枪,拼光血本,只为证明:咱是中国爷们儿。

江海文化相对于巴蜀文化的传统、古典,显得更灵活,特别能变通,尤以富有创新精神和发散思维而令人叹服。启东是共和国版图上成陆时间最短的一片新土,除北部吕四有千年古镇之名,南部成陆时间不超过三百年。南部于清末由长江口诸多沙洲涨接而成,县域从南至北,分属崇明、海门、通州3个县管辖。1928年2月,始建启东县,1989年撤县建市。也就是说,这片土地,从1928年才有专属于自己的名字。全市陆地总面积1208平方千米,滩涂60多万亩,江海岸线144千米,人口110多万。因长江泥沙淤积,启东江海沿岸的土地不断拓生滋长,又处华东地区之最东,故以“启吾东疆”之意名之,得“启东”这滋长不息的名字。至今,启东仍在不息生长。据国土部门统计,启东市沿海滩涂一天一夜即可滋长出15亩土地,相当于一个欧洲小国的面积。启东先民多为移民,北部多为朝廷流放的罪人,南部多是从张家港、句容、崇明等地迁移而来的拓荒者。来自不同地方的居民,带来了迁出地的民风民俗和文化传统。不同的习俗和文化在这块土地上交流碰撞,让沙地先民在煮盐、农耕、捕鱼过程中,逐渐形成了自己独有的文化品质。那就是艰苦草莱、牧渔垦荒的拓荒精神,追江赶海、创新争先的超越意识和海纳百川、兼收并蓄的阔大胸襟,以及“不做出头鸟,金枪永不倒”的处世哲学,他们习惯于各人自扫门前雪,坚信“出头椽子先烂”。这并不是说他们没有主张,相反他们不仅有主张,还懂得选择最恰当的时机把自己的主张表达出来。以打仗来比喻,埋头猛冲的绝对是四川人,吃子弹的机会多,所以死得快;而喊得最响的是启东人,但他们一定不会冲到四川人前面,等四川人把子弹吃得差不多了,再冲上去,小则迎来最后的胜利,大则成为将军。

在这样的地方,我们五个从四川来的教师,随时都感到孤独。我有女朋友,牟老师、兰老师都有男朋友,写写信,打打电话,苦日子熬起来还有希望,还有盼头。这可苦了宁老师,他经常说:“老子啥时候能结束孤家寡人的日子啊!”就跟我中埋伏一样,他有没有背着我去相亲我不知道。在相亲这事上,只要不成功,都没啥值得说的,毕竟又不是跟诺贝尔奖失之交臂。

越是临近放寒假,宁老师回老家的心越发急切。他跟我说,除了几个老乡,在这里他没有更多的朋友,更没有亲人。他的本家、十几里外的海复中学的宁晓敏老师从到启东的第二个月开始,每到周末,不是在相亲,就是在相亲的路上。被我喊作“宁老者儿”的宁老师本想借酒浇愁,可他不胜酒力,一两酒还没喝完,已经醉得像在酒缸里腌了几天的萝卜。

有一个星期天,他趁海复中学的小宁老师没有安排相亲的空当,跑到他那里玩。两人估计谈得很投缘,多喝了一二两酒,说到背井离乡、语言不通、稍不留神就被当地人当枪炮使用的处境,动情处还号啕大哭。第二天回来,两个眼睛红得跟抹了指甲油一样。歇了一天,他说他右边肋骨底下隐隐作痛。我随口说了句:"那地方是你的小心肝儿!"宁老师是物理专业毕业的,我虽然学的是中文,曾学过两年中医,人体结构我比他稍微懂得多一点。

他被我说得脸"唰"一下白了。

后来才知道,这句话差点吓了他半条命。读大学时,他曾患过急性肝炎。痊愈后,医生嘱告他,以后一定要当心,不要再让肝脏受伤害。到启东这半年,我们从同事的口中得知,启东曾经是肝癌高发之地,全国很少布点的肝癌研究所,小小一个启东就有一个。他当时想,一定是肝脏出问题了。我陪他上位于吕四镇的启东市第二人民医院检查,出来的结果,一切正常。

宁老师摸摸自己的右肋下说:"好像真感觉不到痛了。"

我说看你那么棒的身体,肯定没问题。他说:"我本来想以此为契机回老家疗养一段时间的,看来没戏了。"他说得眼泪水都快上来了,就像一个饿极的人,远远看见前面有个面饼,似乎都能闻到面饼的香味,等走近,捡起来捧到手上,发现那不过是一块牛屎饼子。

这表情让我特别想家。我心想,要是他请假回家,学校多半要让我去护送。反正临近寒假,课程都教完了,每门功课都在复习,只等着期末考试。我接过他的化验单看了一阵说,"这还不容易!"

那时候的化验结果,项目和正常参数是打印的,检测结果却是手写的。他的化验单上那一串阿拉伯数字还是圆珠笔写的。我身上习惯带笔,这一天带的正好是圆珠笔。我相中了几处,在数字前面猛加了好几个"1",圆珠笔写的140,添一笔,就成了1140,大得够吓人的。这单子送到校长办公室,果然把一帮人吓呆了。就在校长准备在宁老师的请假条上大笔一挥,签署同意的时候,一个物理老师进来,看了化验单,指着其中几项说,如果肝脏真有问题,这几项应该比正常参数小,大成这个样子,所采集的血样,不像是人类的,要不就是医院的机器出问题了。

这人前世肯定是程咬金。为了把这场戏唱圆,我和宁老师商量,再到医院去检查一次。这一次检测结果出来,拿到化验单,所有检测结果还是圆珠笔写的，数据跟上一次没更改之前没啥区别。那一天离放寒假大概不到十天，我俩躲到医院外的一条田埂底下，为要不要在上一次加过“1”的数字前面再次加“1”矛盾彷徨。化验单像烧红的炭火，看上去很温暖，捏在手上灼人……

这事给“宁老者儿”带来的麻烦很快显见出来。每个想给他做媒的人一听说他曾有一次非常失常的血样检测结果，立马取消了本打算安排给他的相亲机会。他那么帅气，壮得像牛犊，往乒乓球桌边一站，就跟用两条腿走路的豹子似的。可我俩那时候谁敢说出其中的秘密呢？彼时年少，类似的荒唐事情，我们做过多少？后来，我才知道，宁老师的老家替他张罗一门亲事，要求他马上回去相亲。我们左折腾右折腾，时间耽搁了，不待放寒假宁老师起程，对方已经取消了这次相亲。

有瓦有墙即结庐

她怀念的是她的小桃树，我们怀念的是那段岁月，一丝空气散失在风中的岁月。

1

女友比我晚一年毕业。

1996年年初，农历春节，我和女友利用寒假分别去了我的老家四川西昌和她的老家重庆璧山，我俩的关系就算确定下来了。过完春节，再次返回江苏的时候，不管我如何精打细算，一个学期穷凶极恶攒下来的那点钞票，早已捉襟见肘。我选择从重庆乘船到南通，然后从南通乘班车到启东茅家港。在即将下船的时候，我碰到一个小伙子。那一夜的过往，让我从此觉得，做一个善良的人最大福利就是简单，简单的福利是宽容，宽容的福利是幸福。那是一个多么温暖的冬夜啊。

他问我："哥，这儿明天有车到启东吗？"当时，我就把小伙子当弟弟了。我是头年从四川到启东任教的，从南通坐车到启东不是一次两次了。

两个小时前，江渝号轮船快到南通港时，一个船员领了个小伙子来交给我。小伙子扛了个好大的蛇皮袋，假装老练的脸上，怎么掩饰也掩饰不住内心的胆怯。这表情征服了我，这多像我当年上大学第一次出远门的情景，我打心底愿意帮他。我从重庆上船，他从宜昌上船。高中毕业，他离大学录取线差1分。他要到启东找老乡，他的老乡在启东筑路。他说他也要到启东筑路，等攒够补习费，他还要回高中念书。这般曲折的经历也像我。我当时很感慨，自己要是大款就好了。要是大款，我立马拍胸脯说我来帮助他，并拉开钱夹的拉链抽出一沓钱来。可惜我不是,我仅仅是一个工作半年的教师。这一年省吃俭用,才把读书时欠下的账还掉了五分之一,还有五分之四在等着我呢。

这一班从重庆开往上海十六铺码头的轮船,核定载乘1200人,实际载了3000多人。除了一等舱,每张铺位无论肥瘦都安排两个人,船自然跑不快。由于吃水线过深,刚过宜昌就搁浅了,从半夜三点等到上午十点,终于等到一艘武汉逆流而上的空客船,匀了一半到那条船上,才重又起航。按照航行时刻表,昨天中午就能到南通港。而现在,到今晚深夜12点才靠上南通港的码头。我们得在车站等到天亮,才能赶车到启东去。

码头专车把我俩甩到越江路口,不管不顾地开走了。到天亮,这里有开往启东吕四的班车。

春节刚刚过去,春天还没有起程,冬天依然统治着这样的夜晚。严寒肆意搜刮着体温,寒风不时抽人一耳光、揍人一拳,弄得人的眼泪和清鼻涕想止都止不住。

我对他说:"你跟我走吧,我们去住旅店。"

小伙子为难说:"你去吧,我就在这儿等天亮。"

我知道他的底儿,跟我一年前一样,口袋里的每一分钱都是提前被规划好的。可在这样寒冷的夜里,谁能预料熬到明天早上会是什么结果。我说:"算我请你的,这风冻得死人。"

小伙子坚持说:"哥,你去吧,我不冷。"小伙子的话,每一个字都是从颤抖的牙缝里抖出来的。

我怕他被冻坏,更担心在这样的深夜他走错道儿,迷失了方向,那还不知要到什么时候才能到启东呢。我想起我贫寒的家,以及依旧在学业路上艰难蹣跶的三个弟弟。但我不想伤害他的自尊心,再说我口袋里的旅费也所剩不多。如果我俩都住旅店,天明除了买车票的钱,早餐肯定成问题。我说:"咱们没亲没戚,撞到一起就是缘分,我陪你在这儿等天亮。"

他没拒绝。他说:"我猜你也是农村出来的。"

"你是怎么看出来的?"

他说，我刚才在船上买东西的时候，他看见我的钞票是放在裤兜里的。他说城里人的钱都放在皮夹里，也不会像我那样理那么整齐。我不得不佩服他的仔细。

他问我是不是出来打工的，我说我在启东做教师。他有些吃惊："你从天府之国到大海边来做教师？"我说："革命群众像块砖，哪里需要往哪里搬。"这句话把他逗笑了，他说："哥，你在背语录呢！将来要是我考上大学，也跟哥一样做教师。"我说："也到启东来吧，哥算给你打前站。"他说："不，我回老家教书。"

我俩在越江路车站门口，门神那样一边蹲一个。车站的八字墙替我们挡掉一些风。车站里，连只野猫都没有，唯有穷凶极恶的风，疯狗一样乱扑乱咬。过了一个多小时，我的下肢开始发麻，膝盖以下一点知觉都没有，膝盖朝上痛得像刀割。我不时起来跺脚，他也不时起来跺脚。

他问我："这地方怎么这么冷？比我老家冷多了，超出我的想象。"

我说："这地方湿气大，湿冷，钻筋透骨。现在已过了最冷的天了。"

他拍了拍鼓鼓囊囊的蛇皮口袋说："我有被子，我们找个地方躲躲去。"

他这口袋我早就注意到了，我估计里面有被褥。我早就想提议找个地方裹上被子御御寒，可转念一想，这被子也许是他母亲、也许是他姐姐收拾的，那上面还有宜昌的阳光和肥皂的干净气味。现在用了，还没到目的地就弄脏了，说不过去。再说，刚才我邀请他住旅店他婉言谢绝了，就一直忍着没提。

车站里什么也没有，倒是附近的露天体育馆大门敞开着。这体育馆的门其实根本不能叫门，可以说完全没有门。在一个背风处，我们找到一张水泥平台，不知道白天是拿来做什么的。他从蛇皮袋里抽出一床花被子，同时被抽出来的还有一叠高中教材。他从中挑出几张试卷把平台擦了几下，见试卷没破，又收进那叠教材里面。他把教材分一半给我做枕头，说："我们一起裹上睡觉吧。"我摸了一下平台，最多一米宽。我犹豫，两个大老爷们儿，一床被子，那么窄的平台……他似乎看出我的尴尬，对我说："哥，出了家门，撞上了我们就是兄弟，相互不要嫌脚臭，你睡一头，我睡一头。以前，我跟我

爹到深山老林里放树,就是这么睡的。"

我对他做过伐木工的经历很好奇,他比我的经历丰富多了。我学着他的样子,和衣而卧,小心用被子裹紧自己。脚没理由不臭,在船上六天六夜没洗脚啦。一床被子刚好把我俩裹好。我才问了句:"你跟你爹在深山放了几年树?"似乎听他说差不多一年,就睡死过去了。

一觉醒来,太阳已经出来了。我带他去另一个地方赶车。我对他说:"兄弟,我现在送你去你赶车的车站。"他被我搞迷糊了,问我:"越江路口不是有到启东的车吗?"我说:"到启东有两条路,南面一条到启东市区。根据你昨晚讲的你老乡在信里特别向你交代的情况,你要乘那条路的班车,才能找到你的老乡。我们现在所在的这个车站,是北边一条路的起点,北边一条到启东吕四。"他没完全想明白:"哥,你昨晚咋不说呢?"我说:"怕你乱走,迷失了方向。再说,南面这条线的班车我从来没赶过,黑天黑地的,我也找不到那个车站,只有等到天亮了,我才找得到。"事实上,那时候这两个车站之间的距离,远得真的有些离谱。他终于明白了,不断向我表示感谢。

把他送上车,他感动得脸红扑扑的。他说:"待我挣到钱了,我就来你们学校看你。你是好人。"我说:"先挣钱把大学考上吧,这最要紧。"他点点头,从车窗后面冲着我笑,嘴角上露出两个纯朴的小梨窝。

重新向越江路口走去,我不知道,这一夜是我在帮他,还是他在帮我。太阳温暖地照在我身上,心里有感激,也有祝愿。

2

开学后,我跟牟老师不时上教育局,我们在为各自的另一半忙碌。先是打探这一年启东市教育局还到不到四川选聘教师。从开初不确定,到最后终于得到明确答复,前后三四个月。这三四个月对我们来说,就是一场煎熬。一方面，教育局的领导说，作为第一批从四川来的老师，如果教学上确有水平，那就还去选聘，如果不出成绩，选聘就到此为止。为这句话，我们几乎把所有的精力都投入到教学上；另一方面，我们又担心她的赵老师、我的巫老师要是不能被选中怎么办？赵老师的父亲和几个哥哥都在做生意，牟老师是城里人，办法总比我多一点，即使没有选中，牟老师再回四川，凭她一流的英语教学水平，随便在哪个学校找不到一碗饭吃啊？最艰难的是我，一个穷光蛋，除了会写几篇文章，发表之后换几个小钱，小小滋润一下生活，我既无社会经验，又无必要的财力。巫老师老家在人多地少的川东丘陵，一年到头在土里刨食，混不上温饱，还要供一个大学生，那家境也是可想而知的。

好在宜宾学院培养出来的学生，除了极个别的，大多数是能干的。赵老师和巫老师都通过了选聘，当通过选聘的电话打过来，我高兴得跳起来。那段时间，我一直处在兴奋之中。为了攒更多的钱备办我跟巫老师的婚礼，我跟宁老师分灶吃饭。这样，做菜的时候，除了油和盐，连味精都免了，能多省就多省一点。

我跟巫老师商量，远隔父母八千多里，将来回去一趟不容易。趁她毕业、我放假的机会，在我家办几桌酒，把婚结了。我写信给我爹，说我放假回来就结婚，办喜事的钱我准备好了。参加工作，省吃俭用一年，我攒了3000多块钱。乡下人领了结婚证是不算数的，须喝过喜酒才成。爹写信给我说，他把蔬菜给种好，我只要打点酒、买点肉就行了。办一台喜事，在那时的安宁河谷，2000元钱足够了。

我爹写信来说，他很高兴，一家人都很高兴，这可是在我爹我妈手里办的第一桩大喜事啊。他说他跟我妈决定算好时间把备办酒席的蔬菜种好。乡下人好面子，得搞得像模像样。

一放暑假，我赶了两天两夜的火车，直奔四川宜宾，扯着女友的手就走。她却说走不了，毕业证还扣在学校的某个保险柜里呢，得缴4000元“改派费”才拿得出来，否则派遣证就只能开回她的原籍重庆。我一听，傻了。为了我们可怜的爱情，我毫不犹豫地掏出准备结婚的钱。从财务室出来，我像一件刚刚买来的新衣服,被不怀好意的人恶狠狠地搓洗了几遍。

女友随我又坐了一天火车,从学校回到横断山深处我爹身边。刚见面的时候,爹很高兴。听了我讲完突发情况,爹呆了半晌,一句话也不说。一桩本可以很隆重的婚事,因为钱的问题,不得不重新考虑了。爹和妈的油水早被榨干了,别说我们弟兄四个那么多年的学费,单单我们在校的生活费都已让他们债台高筑。那一年,二弟还在读大学,幺弟还在读中学,老三虽毕业,分到一个国有集团公司里,却一个月开不了几天工。

爹说:“我替你去借!”

我没答应,参加工作了,老父还替我借钱筹办婚事,多丢脸的事。

爹老泪纵横,说:“这可亏了这么好的姑娘呀!”

我宽慰父亲说:“新式婚姻嘛,不兴办酒席。”

那天晚上,我和女友听见爹和妈在灶房间说话。

爹:“怎么那么赶巧,要改派费?!”

妈:“我这两个苦命的娃儿……”

很长时间听不到他们说话,隐隐传来哭泣声。

一连几天,爹同妈满脸忧戚。背过父母,女友问我:“你还有多少钱?”“700多元。”女友替我算了算,除了返回黄海之滨的路费,还有200来块钱。“我们还是请几桌亲戚来吃饭吧,要不然……”女友说,“做个仪式,象征性地办两桌!别说我俩结婚,就说请他们吃饭。”

7月26日,正好赶集,我跟她一起去买了肉,打了酒,登门请了这些年只要农忙就会出现在我们家的包产地上的亲戚。我们说:“请你们明天到我们家吃午饭!”

我一辈子都记得,那一天是1996年公历7月27日。爹见我站在菜畦边上发愣,对我说:“大儿子,我们割菜吧。”

晨雾散了。夜露耳坠般挂在芹菜、洋葱、莴笋、土豆、莲花白的叶子上,睡眼惺忪,娇羞可人。有风从田野上吹过来,掠过刚刚抖穗的稻谷,倏一声就到眼前的菜畦上,滑落一地晶莹的露水珠儿。

之前,我们没有告诉他我们请了多少亲戚。这会儿,我对爹说:“加上我们家里，一共三桌人，割三桌的菜。”见爹难受，我说：“没有像样的婚礼，不等于就没有像样的幸福！儿子会永远记住你们的好，记住你儿媳妇的好，我会好好对她一辈子的。”

二弟做厨，老三在灶下烧火，爹和妈在井边洗菜，我跟女友在堂屋里知会客人。客人来自我大嫚（姨娘）家，表姐我们都喊姐，大姐、二姐、三姐，以及她们的丈夫：大哥、二哥、三哥，还有他们的孩子丹丹、磊磊、龙龙、薇薇、融融。这群还没进学校念书的孩子，在院子里嬉耍，蹦进跳出，做游戏，跳方格子，欢乐的声音把院子灌得满满的，比炮仗喜庆多了。

几个哥哥姐姐闲不住，喝了几口茶，才点上香烟，还没有坐一坐，就到厨房和水井边帮忙。

芹菜牛肉、青椒回锅肉、酸菜鱼、鲜辣鸡块、爆炒洋葱片、凉拌莴笋丝、盖浇莲花白、青椒土豆丝……最家常的菜，最普通的粮食酒，最朴素的礼节，最真实欢乐的亲人聚会。整台中午饭，我的几个哥哥姐姐都没有想到，这顿饭就算是我跟妻子的婚礼。

唯一的仪式是，开饭前，我给李氏列祖列宗烧了三炷香。敬香的时候，我默默祷告。我身边站满家人和亲戚，可谁也不知道我在说什么。

吃了饭，送走客人。女友很懂事，这个与我一样在苦水里泡大的山城女孩，她知道从这一刻起她的身份变了。她喊了一声“爹”，又喊了一声“妈”。这一对忠厚的老人，“唉”“唉”答应着，眼里蓄着泪，脸上却是笑。

是夜，爹说：“可惜那一园子菜，只割了那么一点点。”

“赶明儿担到市场上卖了，贴补家用。老二和老幺你们还供着呢！”

“你们明天就得出发？不能再多住几天？”

“那边要求她去试讲，得赶在学校规定的时间去报到。”

“这一走，不晓得你们几时回来呢！”

“等我们有了孩子，我们抱回来给你们看。”

“好好对待正利，把我们亏欠她的一点一点补偿给她。多好的姑娘！”

“会的。”

爹沉默一会儿，用拳头捶打膝盖上的劳伤。爹常常用这种以痛治痛的捶打方式,治他的劳伤。爹自言自语说:“我儿有福,被这么好的姑娘看上。”

又说:“只怪你们生在我们这样的家庭。(我们)二三十岁正得力的时候,给生产队卖命,一年到头穷忙,还吃不饱穿不好。眼看包产到户好了起来,我跟你妈都是快五十岁的人了,想多做点多挣点,心有余,力不足。物价一年比一年高,学费一年涨比一年……看,连个像样的婚礼都给你们搞不起来。太简单了,简单得对不起人。只盼儿媳妇儿不要怪我们才好。”

我早泪流满面。我想说,能把我们弟兄几个供上大学,你跟妈是世界上最伟大的人,可我哽咽得一个字也说不出来。不知什么时候妻子站在我们身边,也在流泪。她说:“爹,看你说到哪里去了,快别这样说……”

第二天一早,父母兄弟把我们送出村口。我牵着妻子的手往前走,妻子的手很娇小,捏在手里像个小馒头。走出村口好远了,一回眸,还见一家人站在村口。见我们回头,他们朝我们挥手。他们跟我们一样,在默默流泪。他们身后是那幢熟悉而低矮的老屋,屋前几棵垂柳,几丛淡淡的翠竹。

3

当我跟妻子来到茅家港之后发现,更多的艰难才刚刚翻开扉页呢。

首先是,茅家港中学没有能容我们住宿的房子。我跟宁老师合伙住的那一间半屋子,两个都单身还勉强对付。赵老师跟牟老师声称要过几年才结婚,所以我住的那半间屋子,即将腾笼换鸟给牟老师的男朋友赵老师。我跟妻子必须另找住处,或者请求教育局分到别的能够提供住宿的学校去。

在茅家港中学工作一年,我已经舍不得离开这个地方,我跟我的第一届学生关系是那样融洽,我是茅家港中学第一个把学生带到课外去上作文采风课的老师，也是第一个只要上级不来检查就不给学生布置课外作业的语文老师。向教育局提出分配到别的学校的事，一开始就没有列入考虑范围。我跟妻子的住宿，只能在本乡其他学校解决。

一位同事对我说，我跟妻子不妨去请求乡教育管理站的领导关照一下，据他所知有两个地方可以解决我跟妻子的住宿问题：第一是到乡教育管理站，那里空房子多；二是到本乡另一所中学——三甲中学去，民国的房子，解放初的桌子，90 年代的孩子，历史沧桑得眼泪凉拌鼻涕。

乡教育管理站的空房子多是多，整幢楼没有厕所也没有水龙头，上厕所要跑到大楼外好几百米的地方。这问题还好克服，没有水，事就大了，意味着整幢楼里，我俩连个搁灶的地方都没有。

那很有历史的三甲中学空房子也多，可那地方曾经是坟场。在革命年代，还曾经是镇压“地主”和“反革命”的地方。开一条十几米长的排水沟，就挖出了四个头盖骨。放学后，偌大的校园，只有风刮过树梢的声音和冷不丁的鸟叫。

就是这样两个令人毛骨悚然的地方，我和妻子若不去争取还不一定能住上。眼看就要开学了，没有谁出面来替我说句话。

按照那位同事的指点，我跟妻子跟摸敌营一般，摸到乡教育管理站领导位于吕四镇农贸市场附近的家。八月末的午后，骄阳似火。他家住几层现在忘了，屋门分内外两扇，里面一扇木门开着，外面一扇镂空的防盗门关着。从镂空的钢筋向里面望，客厅里摆放着各式家具，很讲究、很富有。那领导穿了个大裤衩，躺在客厅朝里的一间房子里，呼噜声不时传出来。我们怕吵醒他，惹恼了他，结果会吃亏，就在楼道上等了两个多小时。眼看下午三点了，还不见那领导醒来，才开始敲门，并喊领导的名字。喊了一阵，呼噜声稍微歇了一下，很快又匀速地继续打起来。我俩等到天黑，到底没把那领导喊醒过来，只好回茅家港中学听天由命。人穷，两手空空，连喊个门都没底气。到如今写这篇文章的时候，我希望他那天是因为中午喝高了，才听不见我们虽然没有底气，却似乎并不算小的喊叫。

之后几天，我天天跑乡教育管理站，终于在五天后见到了那领导。领导先是自言自语地把茅家港中学骂了一通，看得出他并不欣赏茅家港中学。然后，出去上了趟厕所回来，才给三甲中学的校长打电话。三甲中学校长同意腾一间屋子给我们，作为交换条件，他要求巫老师必须到三甲中学任教。他还说，最好连我也到三甲中学。我舍不得我毕生语文教育生涯的第一个班学生，我很想看看我的学生毕业时是什么状况，看看我的教育方法是不是有可取之处，存在的问题在什么地方。我答应他送完这一届，就到三甲中学。

当我们穿过茅家港镇农贸市场，向东在机耕道上走了半个多小时，向五个耕作的农民打听怎么走，终于摸到三甲中学门口的时候，一位副校长正把一块写着学校名字的牌子换下来，把另一块挂上去。看得出来，学校从原来的乡级中学被降级为一个没有级别的学校了。

一踏进校门，从内部超凡脱俗的组成结构，可看出这所学校与经济发达的外部环境多么格格不入：几排简陋的平房，分别担当起教室、实验室、办公室和教师宿舍的重任。扮演操场角色的是一块晴天扬灰、雨天泥泞的平坝。学校作息时间靠铜钟敲打，铜钟挂在用作飞机航标指示的铁架顶上，尼龙绳牵着，拉绳子则钟鸣，每天有一个老师被轮流做一天“撞钟和尚”。学校四面环水，只在西边架了一道小桥，联系周围的村落。房子与房子之间绿树葱茏，尤其是刺槐树异常高大。学校一位老教师告诉我：“你知道为啥槐树多？这里原是坟场，学校建在坟场上，白天闹学生，晚上闹鬼！”

学校给的宿舍很小，十来平方米，但我们已经相当知足。天下之大，总算有一个容身之地：再小，它一样能担负起卧室、厨房、书房、客厅功能。

大热天，我们花了三个小时把屋子清理干净。火砖铺地，凸凹不平，稍不留神，就要摔筋斗；墙角有个洞，洞口还有蛇蜕。清理完毕才发现，这十来平方米的小房子过于空荡，我俩除了两大包书和两副简单的行李，没有其他可以填进来的东西。

找遍堆放杂物的仓库，只找到一张一米五宽的床。江海平原上的老式木床由三部分组成，两头相对而放的床头像缺了一边扶手的太师椅。一个“太师椅”四个脚，另一个“太师椅”只有三个脚。缺一个脚，没办法把床放稳。后勤师傅带我到小河边砍回一截手肘粗的槐树丫，用电线绑上去，就稳当了。只找到一块一米二的床板。床头过宽，床板过窄，没睡上去就担心随时滚到床下。还是师傅有办法，他叫我去把刚换下来的校牌扛来，靠在床板最里面，不宽不窄，刚刚好。敢情那校牌好像专为我们铺床而换的？又找来两张破课桌，一个当书桌，一个当饭桌。

就这样，我们建立起自己的家。

4

白天学校还算热闹，在寂静的村庄上空，朗朗书声飘散得很远。傍晚放学，学生和当地其他老师都回家了，学校就成了孤岛。除了树上吹过的风发出一些呜呜声，远在天边的晚霞还有一些色彩，偌大的校园就只有我跟妻子会发出点声音。

我俩没有朋友，没有亲戚，想串门都很困难，因为校外的村民说话我们完全听不懂，他们也不懂我们在说什么。他们中的好多人除了能听懂当地话，再也不会对其他语言产生反应。他们家价钱很贵的那种大彩电很少开，他们听不懂电视里的人说话，不知道电视里那些人为啥笑、为啥哭，只能看影子。

像掉进语言的沙漠，无聊、寂寞、孤独整天追着我们，缠着我们。妻子想家都快疯了，到校长室打了几次电话，她那尊敬的领导的脸就黑了。

乡村的夜晚本来就很安静，只有两个住户的学校就更安静了。夏夜，河沟里的青蛙原生态地叫着，还能陪伴我俩。其他季节，则什么声音也没有。实在寂寞的时候，我就希望遇上那位老师说的鬼：好不容易逮上个会说话的，只要不作恶，我一定跟它聊聊我的孤独、我的梦。

刚住下没几天，一天后半夜下起大雨。熟睡中，妻子推醒我说："你起来看看，房子好像在漏水。"我拉开电灯，房顶上果然有三四个漏水的地方，有

一处正好落在床铺上。睡得太沉了，室内的雨跟室外的雨又交织在一起，我们竟然没发现。我俩赶紧起床用面盆、脚盆接水。这都还小儿科，一年以后一场台风带来的雨水，连续落了十多天。一天夜里拉开电灯，只见洪水满屋，将近两尺深，拖鞋都漂在水面上，皮鞋都沉在水底下，三四个盆子像船就那么在水上漂着。洪水退了以后，打开门窗通风，干燥屋子。有一天晚上，感觉床底下不对劲，开灯一看，有四五只青蛙在下面赛歌。

5

人跟自然的距离有时真是很近。教师宿舍前面有一畦菜地，我们也分得一块。在那块比我们的屋子还小的菜地上，我种过葱、芫荽、辣椒、空心菜、番茄、茄子、丝瓜、豌豆、冬瓜、大蒜、小青菜。我像真正的庄稼汉那样开垦土地，然后到市场上去买种子或者菜秧种下去，从学校厕所担粪来浇灌，除草，松地，除虫。我们的庄稼总体上看不算好，经常比别人迟几天。最不好种的要数番茄和丝瓜，番茄要搭架子，要掐水苔，我的番茄架搭得很丑。我本想把它搭好点，又没这本事，可结出的番茄没太让我失望。丝瓜要搭高架子，我找不到合适的材料，只好让它在地上爬藤。我的丝瓜又短又胖，没长相。

种庄稼的时候，妻子在边上陪我。就那么点地，还不够我种。偶尔她也当帮手，比如把菜子递给我，或者分分菜秧，要不用毛巾来替我擦汗，或者端上凉开水，像标本式的村妇那样对我说："口渴啦？歇会儿吧！"

暑假，我俩的安静日子长达两个月。自己有了家，最没出息的才动不动就往父母家跑，何况我们的老家都在八千里以外，要坐一天汽车，两天多火车，车费对于我们来说是不小的开支。这段时间，校园静得假如真有鬼，鬼都嫌太安静，不会往这方来。总不能一天到晚看书写作吧，我就用自行车驮着妻子在乡村便道上飞奔，只要是路，只要可以通向远方，我们都去过，我们没有目的，也不选择方向，认准一条道，一直骑下去，直到感觉差不多了，再选择从另一条道返回。我们几乎把周围所有的便道都走过，许多当地人大半辈子，甚至一辈子都没有走到过的道，我们都走过了。

第二年冬天女儿出生。次年春天，宿舍门口的小菜地边长出了一棵小桃树。在桃树开花后那个夏天，这所学校连级别都不用降了，教师与学生被整体打包给茅家港中学。两年后，我们一家进了城。在进城后某年国庆节，我跟妻子带孩子去看她的胞衣之地。围墙拆了，不少房子也拆掉了，原来的操场和教室都变成了庄稼地。我们住过的房子还在，空关着，屋檐下结满蜘蛛丝。屋子前面的菜地还在，不知什么人在耕种，桃树却不知道被谁砍掉了。孩子回来写了一篇题为《重返茅家港》的文章，被《金色少年》杂志和《家教周报》采用，全文是这样的：

茅家港是我出生的地方。四年前，我随爸爸妈妈离开了那地方。

国庆节，爸爸妈妈带我重返茅家港三甲中学。那里已经变成了废墟，三甲中学已经在六年前被合并到另一所学校。原来十几幢大房子，拆的拆，卖的卖，现在只剩三幢。我们住过的那一间还在，已经长久没有人住。菜地一直种到屋檐底下，屋檐底下堆满了杂草，一些残破的蜘蛛网在檐角飘荡。小时候屋前那棵可爱的小桃树，不知什么时候被谁给砍掉了。我曾经吃过这棵桃树上的桃子，毛桃，比良种水蜜桃更甜、更香。

妈妈说，她和爸爸大学毕业从四川来到江苏启东，一个人带来一副碗筷、一床被褥，是三甲中学“收留”了“一无所有”的他们。在这里，爸爸和妈妈白手起家，从一副碗筷一床被子开始攒家，并养育了我，共同构筑了一个祥和幸福的家。一谈起往事，爸和妈充满深情和怀念，就有说不完的话。

回来的时候，经过一片空旷的田野，刚刚收过花生，地上零零星星还有一些花生。我感到非常新奇，就在田野上漫无目的地一边走，一边捡花生。妈妈笑了，她说：“这小家伙像只悠闲的小鸽子。”

写这篇课堂作文的时候，我的孩子八岁，上小学三年级。从这粗浅的文字中看得出，这孩子跟她经历了无数沧桑的父母一样，已经或多或少染上了淡淡的忧伤。她怀念的是她的小桃树，我们怀念的是那段岁月，一丝空气散失在风中的岁月。

无比辽阔的安静

像生活在深井里，我们的生活是那样安静，安静得让人战栗；整个社会也像一口深井，不同阶层的人占据了井的不同位置……

1

在茅家港中学送走第一届学生，我申请调到三甲中学，不为别的，只为能跟妻子靠得更近一些。在举目无亲的地方，我们是彼此的伴儿。

启东人历来就有尊文重教、以文化立业的传统。早在乾隆年间，即有东瀛书院、鹤城书院。据有限的历史记载，从明清至今，武将成杰、文官崔桐、《山堂肆考》编著者彭大翼、经学大师胡长龄、建筑大师陶桂林、《小品文研究》作者李素伯、在国际奥赛中斩获十数块金牌银牌的高中学生……恍若灿烂星河中 颗颗耀眼的明星。

与这历史不相称的是，三甲中学深居一片田野之上，一副蓬头垢面、不修边幅的样子。有九幢房子，分三排排列。我和妻子去的时候，有一半房子是危房，往墙上拍一巴掌，整个墙面往下掉灰。

学校大门开在校园西边，出门就是一条十多米宽的无名小河，在河上平铺几块水泥板，就是学校的“金水桥”。三甲镇原是启东市的一个镇，在乡镇合并中被撤并到茅家港镇。三甲中学曾跟茅家港中学平级，乡镇撤并之后，连续十多年没有获得财政投入，教师队伍老化、教学投入严重不足，曾连续好多年让茅家港中学把成绩优秀的小学毕业生选走，剩下的才到三甲中学。

这里原是一片坟场，从学校北面数十棵硕大的刺槐树可以看出当年作

为坟场的宏大与辉煌。我的孩子出生的时候，班里的学生送我十多只肥壮的刺猬，就是从那些槐树底下熏出来的。他们把刺猬装到一个塑料桶里。我揭开桶盖，立即露出一片跟校园夏夜无处不在的磷火（俗称“鬼火”）般的眼神，顿时背脊凉得像撞见隔世的鬼魂。等学生放学，我跟巫老师又把那群刺猬放回槐树林去。

我有个宏伟的计划：这三甲中学就像一个积贫积弱的国家那样，起点低，咱俩只要把平生所学都投到教学上，很快就可以显山露水。若能遇上一两个赏识我们的领导，说不定可以捞上个教研组长。有了这平台，我就有机会把这两年攒下来的语文教学经验推广开来，我送走的第一届学生，语文平均分高出同轨班级接近 5 分。接下来，要是还能捞上个教导主任，我有信心让这个学校的教师和学生都看到希望。人不管在什么位置上，都不能总是匍匐在地上，你要总是匍匐在地上，就怪不得人家总在你面前趾高气扬。年轻的时候，有一点抱负、有一点猖狂、有一点嚣张的人，才可能在某个领域取得一定成就。

刚到三甲中学上了几天班，遇上个令人闹心的孩子，在我上课的时候，不是招惹前排或者后排的同学令其惨叫，就是捏腔拿调用唱国际歌的腔调吹鼻涕，惹得全班同学哈哈大笑。这阵势，是我从教以来没遇到过的。在茅家港中学，除因在不恰当的时段讲了个不得体的故事愧对几个学生，我从来没有责骂过任何学生，更没有想到老师的威信要靠体罚来获取。

这孩子每节课都这样，每隔几分钟要间歇性发作一次。这毛病怎么看都不像来自身体，而是来自脑子，使我不得不考虑找他谈一次话。为这次谈话，我进行了风险评估，既不伤学生的自尊心，又得让他认识到自己的过失，而且还尽量不要让其他学生知道。

那天下课，我有意让这孩子把堆在讲台上的作文本捧到我办公室。我走到他身边，很轻地对他说：“某某某，请帮我把作文本送到办公室。”交代完，我回办公室了。在办公室等到上课，不见他把作文本捧来。这一节课结束后，我让同学带信给他，他对那同学说：“这关我什么事！语文课代表又没死！”

这事就这么过去了。第二天上课,这小家伙更是变本加厉,除了逗前后排的同学怪叫、捏腔拿调吹鼻涕,还在一个女生的后背贴了张纸条,上面是:“单价200美元。”这次我还是给了他一个面子,让他把纸条撕下来。下课的时候我轻轻对他说:“请上我办公室来一趟。”他立马站起来,活脱脱一个趾高气扬的大臣那样跟在我后面到了办公室,毫不客气,一脸老道地坐到我前面的一张凳子上。我问他是不是对我有意见。他说:“好像没有!”我又问他是不是我讲错了?他说:“好像不太可能!”我说你上课时能不能专心听讲,不要做跟学习无关的动作?他说:“老师,这好像超出你的职权范围了!”我说:“你的意思是,我除了讲授课文外,没有维护教学秩序的权利?”他说:“我没这样说,你要这样理解,我不反对!”口气大得能给人当爹。愤怒差点把我点燃,我控制住自己的情绪,不愠不火对他说:“我明确告诉你,维护良好教学秩序不仅是教师的权利,也是每个同学必须遵守的规则,你已经影响其他同学正常听课,违反了中学生守则……”这时铃声响了,他撂下一句:“老师,我得上课去啦!”得胜的将军一般,大摇大摆出了办公室,迈着方步向教室走去。

这事儿也这么过去了。第三天去上课,师生行礼刚结束坐下,教室里就窜出一股浓烈的火硝味。我目光巡视教室一周,发现全班同学就那男生不规矩,斜着身子靠在墙上,手还在抽屉里摆弄什么。我向他走过去,他一脸无所谓。不仅无所谓,简直有恃无恐。我仔细观察,他右手边的墙上有一个洞,里面还有没有燃尽的火柴梗,在冒着烟。我强压着怒火说:“请你站起来!”他说:“老师,我要听课,你凭什么让我站起来?站起来干什么?”我问:“你刚才在做什么?”他答:“听课!”那语调既坚决又干脆,一副不关你事的腔调。我有点火了说:“火硝味不是从你身边的小洞里出来的吗?”他用挑衅的口吻回答:“可能是,也可能不是。”全班同学哄堂大笑。

我知道全班几十双眼睛都在看着我怎样处理这件事,稍有不妥,就会给以后的教学工作带来隐患。我很客气地对他说:“你,请出去。”他狡黠地问:“到哪儿?”“到我办公室。”没等我说完,他二话不说就出去了。

大约过了十五分钟吧,这孩子把校长带来了。校长跟那孩子一个表情,校长对我说:“李老师,让他进教室吧,有事下课再说。”

老天爷,你不知道我多下不了台。

既然校长大人发话,进来就进来吧。到了座位上,他又专心致志地开挖墙上那个洞。

下了课,别班的一个学生跑到我办公室对我说,校长要我到他办公室谈话。我以为自己听错了,违反课堂纪律的是那个学生,要是头脑发育完善,应该知道先找谁谈话。等那位同学把话重复一遍,我终于确信,我碰上了个搞不清状况的主儿。

校长坐在太师椅上,见我进来,既不让座,也不招呼我坐,劈头盖脸就说:“李老师,你刚参加工作,以后教学时间还长呢,有些事要跟老同志学着点,要厚爱差生,不要体罚学生……”

我心想,既然有学生故意捣乱教学秩序,按照校规校纪规定,让他暂时回避一下,这怎么就叫体罚呢?难不成要等他跳到我头上拉屎吗?

校长不给我解释的机会,我要插话,他伸出右手,掌心朝下,一个盖篮的动作,就把我说话的权利毙掉了。他滔滔不绝说了一个多小时,最后一句话是:“这个学生是全校最难转化的特差生。谁理会他?都由他去。”

多年以后我想,也许校长跟这孩子多次交手,均以失败告终,为保护我不受这小子更多的凌辱,所以用校长的权威逼迫我像韩信那样,只要他不去刨校长和我家的祖坟,把“师道尊严”塞到裤裆里去,将这孩子的所有不良行为习以为常,把他当空气,视若不存在。

走出校长办公室,我心里想,就算我今天彻底败在校长手上,冤也罢,屈也罢,还得先找那学生谈谈,毕竟我还得在这个班上课,一上就两年。照这孩子这样嚣张下去,我有一天不仅要受胯下之辱,还会被他赶出教室,在我一个从四川来的外地教师面前,他具有得天独厚的“地头蛇”优势,他整蛊我会比整蛊当地教师更肆无忌惮、更不择手段。

这次谈话超过半个小时,我苦口婆心,推心置腹,要真是石头倒也没办法,只要是健全的人,不为所动的除非是鲁迅描述过的“喝狼奶长大的”。这学生脸上始终摆着一副无所谓的样子,而且气焰比先前更嚣张,那表情像在听我讨饶。等他又回教室去了，同办公室的老师对我说：“李老师，你讲的都在理，可对他没用。这小子早就是根儿八百斤清油都炸不透的老油条了，有谁拿他有办法？算了吧，多用点心思在其他同学身上吧。”我心头一热，我的同事是那么可爱、可敬。普普通通的几句话，我听出了温暖，也听出了无奈。可我还是把这个学生往好的地方想，我认为，只要是人，都是能听得懂人话的。我跟这孩子前世无冤后世无仇，他若能体会到老师的良苦用心，逐渐会有所收敛的。

接下来一天上课，在我面对着黑板写板书的时候，突然从背后传来同学们的哄笑。一个同学告诉我，有人在我的背上贴了纸条。另一位同学帮我把纸条取了下来，上面有一行字：“你以为你是谁?”同学们用目光告诉我贴纸条的就是那位同学。我严厉地说：“请这位贴纸条的同学下课后到我办公室，继续上课。”下课后我等了他十分钟他也没有来。

他又胜利了。

再一次下课后，我到教室里去把他请到办公室来。我说：“你知道我为什么找你吗?”

他还是那副无所谓的棺材表情回答说：“说知道也知道，说不知道也就不知道……”

随着 声“放肆”， 个巴掌打在他脸上，他立即怒吼：“老师你，你……”

我豁出去，用像从地底下冒出的闷雷般的声音说：“你什么你，你还是学生么！你的这些行为流氓才做得出来！”

他捂着脸，脸上愤怒和惊异交加。听我说“这些动作流氓才有”，脸“刷”一下子红到耳根。见他不知所措，我让他坐下来，对他说：“你好好想一会儿，看你这几天都做了什么，所做的是不是一个合格的中学生该做的。想好了，再来跟我谈。”

在这三个小时里，这学生没离开办公室，我也没离开办公室。他用仇恨的眼光看我，我用愤怒的眼光直视他，直到他把目光转到其他地方去；过了一阵，他又用愤怒的目光看我，我还以比他更愤怒的目光直视他。我右手掌始终保持随时抽他一耳光的姿态。一个人的自由是最可贵的，剥夺一个人

的自由是不人道的，但国有国法、家有家规，对故意捣乱违法乱纪的人，就必须采取必要的措施限制甚至剥夺其人身自由。教育部门确实规定不能体罚学生。我理解，“不能体罚”的前提是，那孩子还是“学生”，他的行为还符合学生的身份；如果一个孩子的行为已经超出“学生”的范畴，更接近于流氓、混混，作为一名教育工作者在苦口婆心教导无用的情况下，不让他吃点皮肉之苦，岂不要直抵古人所说的“危而不扶，颠而不持”的危险境地？又过了一阵，他终于垂下头，两只手开始绞起衣服的下摆，我知道，他开始在反思了。我没理会他，该备课就备课，该批改作文就批改作文。这是教学生涯中的“上甘岭”，也是我所任课班级的“上甘岭”。这一仗之后，所有的困难都不是困难。

过了大约三个小时，他终于主动要求和我谈话了。在这三个小时的后两个小时里，他是哭过来的。从他的谈话中，看得出他原本是个有上进心的学生，从小家里宠坏了，他说要干啥就干啥，他要揍谁就揍谁。邻居上家告状，他的爷爷奶奶和爸爸妈妈倒把别人骂走。上了小学，恶习不改，以把教师急得束手无策作乐事。老师到他家家访，他的爷爷奶奶和爸爸妈妈干脆把老师拦在屋子外面。所以在小学里他无法无天，上了中学以后，长大一些了，放肆的程度有所收敛，可他还是习惯给老师出难题，尤其是新来的任课教师。而且，他从屡战屡胜中总结出一条规律，那就是只要有哪个老师对他不客气，他就到校长那里告状。谁要教育他，他就到校长那里告状说谁谁体罚他了，剥夺他听课的权利了，声称校长要是不管，他就要给教育局写信。校长正为学校降级的事情闹心，这时候，要是真有学生向教育局反映存在“严重体罚学生”的行为，他这最后的自留地恐怕就保不住了。这是这学生制伏他老人家的“撒手锏”。

我问他：“从来没有哪个老师打过你？”

“哪敢？”话一出口，他发现自己口气不对，说，“教师体罚学生是犯法的……我从小学就知道。”他说他喜欢看圣斗士星矢，非常崇拜这个反抗英雄……那天下午我们谈到天黑。

我说：“杀人还是犯法的呢！可对于无恶不作，不遵守国家法律法规的严重违法犯罪分子，必须依法判处死刑！这个比喻有点重，但话重理不重。你必须先明确两点：第一，教师体罚学生那不叫‘犯法’，最多算违规；第二，作为学生，你故意扰乱课堂秩序，任何一个教师都有权力管你，把你管好。我问你，你上课扰乱课堂秩序，除了让自己痛快，你想达到什么目的？难道是想让全班同学一个也不能安心听课？难道是要让所有老师对这个班级彻底失望？然后把你当羊放三年，毕业后斗大的字不识几个？难道你不想想我们班还有好多同学需要通过读书去改变一生的命运？”

这一巴掌征服了这孩子。从那以后，他上课再也不捣蛋，老师们都说他变了，变好了，同学们也开始接受他。他是个聪明的孩子，作文写得不错，后来还在《海贝报》发表了两篇习作。

对于怎样处理违纪的学生，不妨换个角度来说。如今父母两人只带一个孩子，该算精力和时间都充沛了吧。但只要是孩子，都有捣蛋的时候，教他这样做，他偏那样做；叫他做的他偏不做，教他别摸电门，他偏有兴趣摸，跟他讲道理，连哄带诓，他根本不吃那套。关键时候，采取非常手段当然要掌握好轻重，点到为止，才能效果明显。下次再遇到类似情况，他明白由着性子来，会招致小手挨打。等长大了，懂事了，明白了，他自然不会干摸电门一类的事了。贪玩是孩子们的天性。一对家长面对一个自己的孩子尚不能脱俗，更何况一个老师面对几十个学生。

校长终于知道我打学生一巴掌的事，因此又找我谈话。他说：“你还年轻，前途无量，不要在哪天上级要提拔你的时候或者评职称的时候，让这事给搅了。要为自己的前途着想，要厚爱差生。”我明白了，为了保住他最后的一块自留地，他也使出他的“撒手锏”了：对于教书育人这样的小事，不求有功但求无过，过一天混一天，干满十年就可以混个一级教师；你呕心沥血地干，也要等到教龄满十年，才能评上一级教师。两相对照，哪样划算，对他来说是人生的准则。

2

漫漫长夜，我继续着我的作家梦，这是少年时代埋下的种子，现在成了打发长夜的精神寄托。只有沉浸到文字里去，我才能忘却世俗的烦恼。写作成了我的精神支柱。

在那间不足二十平方米的房间里，我要是伏在灯下写作，妻子就在旁边读书，写完了交给她校对。一张桌子，我用她就不能用。她要是批改作业，我就只能看书。

写作与阅读是一对孪生姐妹。在那间小屋子里，我们读了大学里来不及读的书，中国的，外国的，古代的，现代的。学校周围没有书店，更别奢谈图书馆。家里的书读完了，我就得不时花上一天的工夫进城买，为此，常常花去月工资的一半。

客观地说，我是勤奋的，写了不少，家里到处是手稿。多年以后，我当年没有写成的手稿，成了我修改、完成再创作的素材。可惜，我发表得并不多，我以为这跟我身处闭塞的乡村、陷于语言的沙漠、无法接触最新的观念、不能吸收最新的信息、把握不了时代的脉搏有关。我整天幻想有人来拉我一把、引导我一下，可我不知道向谁求教。多年以后发现，我那时候的文字是多么淳朴干净，就跟乡下的空气那样，弥漫着青草的芳香。我那时候写的短篇小说《饭票》，投了好多地方都退稿，十年过后，偶然翻出来，《青年作家》用了，随后被《读者》转载，好评如潮，后来被选进好多部散文精选本。

像生活在深井里，我们的生活是那样安静，安静得让人战栗；整个社会也像一口深井，不同阶层的人占据了井的不同位置，我俩时刻担心掉下去，随时担心被人踩死。我就这样孤独地活着，孤独地思考着，孤独地写着。我差不多快困死在这种安静中。精神快窒息的时候，我就像阿 Q 那样安慰自己：文学创作暂时得不到提高就得不到提高吧，可我过去和今后的创作，除非不写,写就要表达自己独特的发现,包括独特的语言、独特的结构、独特的思想内涵等。我写出的,别人无法替代。

为打理我们日渐增多的书籍,我跟妻子专程上了一趟海复镇,海复镇以卖手工木器出名,我们挑了一个200块钱的大书橱。对于月收入不到500块钱,还有一笔数目可观的读书时欠下的学费债的年轻夫妻,这也是个天文数字。为了买下这个书橱,我俩在伙食费上动脑筋。别人吃肉,我们吃青菜;别人吃鱼,我们还吃青菜。每个月省30块钱,省了半年多,终于如愿以偿。这是个除了"龙骨"是普通实木、其他全是单面板的书橱,装载了我们的青春和未来。到离开三甲中学的时候,所有的橱格儿里都装满了书。之后,先后搬家近十次,当废旧物品卖了许多东西,却从没想过要把这露出斑驳与沧桑的书橱脱手。

我俩天真地认为,只要我们能使所教学生每一次考试都取得优异成绩,辅导的学生在报纸杂志上多发表习作、多获几次奖,就会有人器重我们,能把我们拉到靠近井口的位置。有一天,某头儿语重心长地对我说:"发表几篇文章有啥了不起?人跟人都是差不多的。精英毕竟是少数,不可能是你我。小民百姓,要的是本分!"横空出世的这句话,让我和妻子伤心了好一阵。

如果既不打算看书,也不想写作,更无作业可批改,我便拥着妻子。妻子像听话的妹妹拥着她唯一的依靠、唯一的哥哥。我们在屋子里散步,从床前走到书桌边,从书桌边走到饭桌边,走到灶前,再走回来。周而复始,一圈又一圈。外面黑,妻子不敢出去。冬天,妻子的手寒冰一样冷。医生说,气血不旺,阳虚,得用人参补。到药店,一看价钱,妻子拉着我就往回走。以后,每天晚上散步的时候,我就把她的手攥在我手心里,或者让她把手放到我衣兜里。走着走着,妻子就哭了。我们好比孤儿,被抛到了无法不被忽略的位置上。

3

我曾打算写一篇《绝版的三甲中学》，由于种种原因，至今没写出来。我不知道是不是每一个地方的人都有“欺生”的嗜好，反正我跟妻子刚到启东那几年是吃了不少苦头的。随着时间推移，在跟同事和领导接触过程中，他们逐步认识到我跟巫老师都是坦率真诚的，我们也向他们学到了一些与人交往的技巧，彼此的关系渐渐融洽起来。不仅如此，还获得了令我和巫老师终生难忘的帮助。比如，学校考虑到我跟巫老师都是外地人，除了两双手，没人替我们带孩子，在安排课务的时候，特意错开安排，我有课，她就没课，确保有一个人能照管孩子。有时候我们都在办公室忙的时候，孩子午睡醒了在床上哭喊，就有老师到我家去把孩子抱起来哄哄，甚至帮我们替孩子换尿布。我们的邻居周老师特别关照我们这孩子，有好吃的，总要给她留点。我们到别的学校监考或者批改试卷的时候，这孩子就托给她了。有一阵，孩子不到晚上睡觉是不回家来的，总在她家跑进跑出。

说到周老师，我得谢谢周老师的爱人、我的同事姜老师。

三甲中学相当“环保”，教室外面除了操场是块天晴扬灰、下雨泥泞的泥巴坝子外，其他地方长满蒿草。在我们还没有到这个学校任教的时候，姜老师夫妻俩跟学校另外几个老师一起开了两片荒地，一年四季时鲜蔬菜不断。我们分到这所学校以后，校长说要平均分配菜地。有几位跟校长没少饶舌，说每年他们种的那么多菜不都是全校老师你采一点、我割一点吃掉的？生土种成了熟地，分掉了，舍不得是自然的。我开玩笑说，校长此举是“打土豪、分田地”。被几个老师听到，对我大有意见。

对于分在宿舍门口的菜地，我们从最初盲目兴奋到后来的手足无措。不是不会种，我十九岁以前都生活在农村，而是没有工具。要侍候一份土地，少不了锄头、钉耙、粪勺、粪桶。但是我们一样工具也没有，为巴掌大一块地买套工具又不划算，而姜老师家一样不缺。想去借，又怕姜老师责怪我说过的那句混账话。但最终还是去了。周老师用我当时还听不懂的启海话对姜老师说了一句什么，姜老师迟疑了一下，很快做出了不让我尴尬的决定。

这事启发了我，话不能乱说，玩笑不能乱开。伤了感情，到哪里都落不到体面。

姜老师本是学校语文教研组长。开学不久，校长迫于“目标教学”模式的需要，就把语文教研组长换给我做。姜老师做语文教研组长是当之无愧的，他是六十年代上海某名牌大学毕业生，从事语文教学工作已经三十年，而且每一届学生都成绩突出，他本人多次获得嘉奖、记功。我读过他撰写的多篇论文，篇篇都有独到的见解，绝无一般教师为评职称而发表的所谓论文的“仿造”痕迹。

那时候红极一时的目标教学法，从理论上说确实不错。一堂课开始，向学生明确这堂课要解决的问题，接着围绕这几个问题展开教学活动，最后围绕这节课的目标，进行5～10分钟练习，堂堂小考，节节了清。

可惜在实践过程中，不少人将这种教学模式教条主义、形式主义，机械地、固定地、程式化地操作，一堂原本生动的语文课，被搞得呆板没有生气，终极结果是学生厌学、教师茫然。乡教育管理站的相关领导下来听课，只管对照目标教学手册上的教条对教师的课进行评价，不管一只活生生的麻雀是否被肢解得面目全非。

我在全市推广目标教学法的典型茅家港中学工作的时候，已经意识到目标教学法的弊端，因此，是较早犯“修正主义”的人。上级来听课，咱就严格按照上面的要求来，让领导们挑不出毛病；平时上课的时候，在吸取目标教学法长处的同时，把课堂尽量组织得生动有趣一些，让最讨厌语文的孩子都能喜欢语文课。

论教学经验，我远远不及姜老师。我提出向姜老师学习的要求，姜老师说：“你是教研组长，你向我们学习老一套不妥。”话虽这样说，我真走进他课堂听课学习，他也没明确拒绝。听他的课是一种享受，他的讲解是生动的，

他把学生带进神圣的语文殿堂，让学生在神奇瑰丽的汉字构架的中文语言王国，充分领略祖国语言神秘而又优秀的风采。粉笔字极好，板书精要而恰到好处。他没有刻板地告诉学生这堂课有几个“奋斗目标”，可他无时无刻不在围绕“目标”组织教学。严格地说，这才是真正意义上的“目标教学”。我把从他课堂上汲取的营养，杂交到“目标教学”模式上，产生了非常理想的效果。这使我明白，对于教师来说，教学模式是具有共性的，但更应该表现个性。我从心里把他看成我的导师。

然而，在被歪曲了的目标教学模式“疯”行的日子里，只要有上级领导下来听课，姜老师几乎成了受气、受批判的对象。每次上公开课，他不会像我们一样，先跟学生打好招呼，说清楚明天有“没文化的教育官僚”下来听课，请他们配合一下，只当是一次演出。他平时怎么上课，到那一天还怎么上，因此，他就成了靶子，被批得一无是处。后来，再遇到上公开课，我都要帮他循规蹈矩地按照所谓的“目标教学”模式设计教学过程。这样的课，他上得很蹩脚，学生也听得一脸问号。可就是这样窝心窝火的课，姜老师却得到“教学风格大大进步”的肯定评价。这不仅让他哭笑不得，也让我心里难受。在学生身上做试验，成也一代人，败也一代人，这比制造氢弹、航天飞机的责任大不知多少万倍。

姜老师涵养好，我从来没有听到他为此发过牢骚，也没有见他叹息气馁过，一副“得意淡然、失意坦然”的样子，只要没有人盯着，他认准该怎么干，就怎么干。而我认准了向他学习，还向他学习。

我勤恳好学，加上为人厚道，跟他脾性相合，我们很快成了忘年交，学校的老师也不再计较我那句“打土豪、分田地”的混账话，我跟姜老师成了工作上的师徒，生活中的朋友。

周末和寒暑假，姜老师约我钓鱼。我们一起选择钓鱼竿，一起炮制鱼饵，一起去挖蚯蚓。第一次到河边钓鱼，他把最好的位置让给我，那个下午，我钓了五斤鲫鱼，他钓了三斤。我们烧鱼不得法，烧出来的鱼总有股土腥味，姜老师就让周老师手把手教我和我妻子。过端午节，他叫周老师来替我们包粽子。过年的时候，我们在一起喝酒。离开故乡八千余里，让我们找到了回家过年的感觉。姜老师和周老师的一儿一女,跟我们夫妇差不多年纪,一个在南京工作,一个在上海工作,都非常优秀。姜老师经常对他的孩子说,要向李老师和巫老师学习,他们在异乡不靠父母白手起家,搞成现在这副模样真是了不起的!听得我和妻子心里酸酸的,作为外地人,要不是遇到许多像姜老师夫妻那样的好人,想打开一片天地,没有这样经历的人体会不到那一份艰难。

姜老师的两个孩子结婚,他都像待自己的亲人一样,郑重其事地向我们一家发出邀请。那一阵是我家孩子最开心的时候,不管看到姜老师的女儿还是媳妇,都要快乐地大喊"新媳妇儿新媳妇儿",他的女儿或者媳妇就会上来,愉快地把欢蹦乱跳的孩子抱到他们家去。

姜老师没有担任过官职,也就没有丝毫患得患失,到点就退休,该钓鱼钓鱼,该种菜种菜。他会唱民间流传的启海小调,悠哉游哉的,生活过得跟神仙一样。

4

我的另一个忘年交是老顾,我到三甲中学任教的时候,他已跨过五十岁的门槛。他是个大大咧咧的人,我却从他身上学到不少东西。

老顾过去教了几十年物理,在我来三甲中学任教前一年,他改行教语文。这跨度赶不上把上海搬到北京去,也差不多赶得上把上海搬到启东来。

之所以改行教语文,是因为他本科自考原想选物理,因物理的进化速度比人的进化速度快,十个题目他有九点九个连题干都看不懂,无奈之下只好选择语文。选择语文是因为那毕竟是汉字,为通过本科自考,他们一家不仅搬到学校来住,而且把课余所有的时间都用在死记硬背二十几门自考课程上。老顾的刻苦是令人敬佩的,他宿舍的墙壁上到处都贴满写着问题和答案的练习纸。要贴的东西太多,他又舍不得多挤点胶水,只贴个页眉,吹风的时候,他家总是哗啦哗啦的,墙壁上像藏着十万降兵,都举了白旗在大喊饶命!坚韧不拔的老顾就这样顺理成章地通过自考。拿到自考本科文凭的时候,他五十三岁;评上一级教师职称的时候,他已经五十四岁。

有一次,在教学杨万里的"毕竟西湖六月中,风光不与四时同"这句诗时,他说古代一年不止四个季节,还存在第五季。我查看了九本古代文化常识的书,本来想证实他错误,却最终证实此言不虚,从此对他以及自考这种形式都佩服起来。

在三甲中学安静的夜里,我常常以老顾作为榜样,读书,写作。书虽读得多,却除了教学之外,百无一用;文章写了不少,可一年却发不了几篇文章。我不晓得何时才能圆我的作家梦,但这些书、这些文章却陪伴了我和妻子无数青灯古佛般寂寥的岁月。多年以后,回想起这段岁月,这是我一生中最安静的日子,这种安静来自于内心深处。岳老师从近海中学来我们学校看我,心痛得眼泪都快出来了,他很认真地问我:"新勇,你的明天在哪里?"一句话,把我眼泪都问落到了地上。可在这样的学校,安静,也许是我和妻子的最佳状态。我们没有任何目的地读着好书,没有任何功利安静地写作。清寡的日子,过得既安静,又丰富。

老顾跟初中物理课本打了几十年交道,满脑子都是受力面积、电阻、电荷什么的,突然改行教语文,手脚并用还觉得力不从心,许多小儿科的问题,学生知道他还不知道。他特别谦虚,只要不懂,他就向人请教。可方法似乎欠妥,当着学生的面他问我:"李老师,j、q、x 跟 ü 相拼的时候,怎么 ü 头上的两点就没有了呢?"他的学生立即不客气地对他说:"顾老师,你怎么连这个都不懂?"要换了我,先人都羞死干净了,他却理直气壮地对他的学生说:"我原来是教物理的。不懂就问,这叫'不耻下问'。你们之所以成绩不拔尖,就因为你们缺少这种精神。"

他的语文课堂教学组织得用"死板"来形容都算抬举了,必须得用"棺材板"。大致是读生字、读课文、划分段落、归纳中心思想、口述笔录课后答案。如果遇到古文,他便领读几遍。这种方式对付小学生还马马虎虎,要敷衍初中生简直太难了。他继续“不耻下问”，声称因为我李某人是语文教研组长，所以必须到我课堂上来取经。于是他天天都来听我的课，有时候连班会课都听。当时，我对他说：“欢迎你来，多提宝贵意见。”心里却想，求你了，你从下节课别来吧，你就不知道被一个跟我父亲同龄的人“学习”（或者“监督”）有多不自在。但是，随着时间的推移，我对这种“监督”竟然慢慢地也自在了。有一次我提的问题比较难，学生回答不出来，他竟举手站起来，替我的学生回答。当时他戴了顶翻毛瓜皮帽，回答问题时是那样认真，恭敬得像个学生。从此，只要他在课堂上，我再也不敢提太难的问题。感到欣慰的是，他的学生渐渐喜欢听他的课了。

让我感到奇怪的还有，他的女儿那时只是十三四岁。有一天我忍不住问他：“你这晚婚是不是也太晚了？”他说，“我坐过三年牢。”我感到奇怪，坐过三年牢还能当教师？他说：“三十年前，我曾是上海某高校物理系的大学生，20世纪70年代北京有个人死掉了，在追悼会上默哀的时候，站在他前面的一个人放了一个相当可笑的屁。我用鼻子寻找这个触及灵魂的屁的时候，听出来，那个屁是有节奏的、合韵律的，具体地说，合得上中音“哆来米”曲调，“哆”一拍，“来米”一拍，抑扬顿挫，非常婉转。我当时忍不住，噗嗤一声笑出声来。这一笑就成了“现行反革命”，一天之内被剥夺了工作权利，一周不到的时间就被判处有期徒刑八年。好在历史很快翻开新的一页，坐牢第三年便平反了，之后重新落实工作。出来的时候早过了结婚的年龄，而且人家只要听说我坐过牢，就不谈了。别人只考虑你坐过牢，谁管你怎么进去的？没有我这样经历的人，不知道娶个媳妇有多难！”

这使我想起还没有结束单身生活的宁老师。

老顾在我离开乡下的时候退休了，回到他农村的老家，自此我们很少见面。之后我调了好多个单位，就再也没见上面了。

5

平淡无奇的日子，日复一日地重复着安静。来自于外界和内心的安静，让我不时有入定之感。感觉自己就是校园西边，那条河边上的一棵树、一株芦苇、一茎狗尾巴草、一只从远方飞来又匆匆飞走的无名的小鸟，没有谁来关注、没有谁来赏识，我就是自然的一部分，任我生灭，顺其自然。

好不容易攒了几千块钱，妻子让我到市区买一辆摩托车，方便我买菜，一家三口外出也方便些。我带这笔钱进城，抱回去的却是一部电脑，586的机子，在当时的茅家港，算最好的几台之一。从此，我就成了一个用电脑写作的人。当然，我跟妻子还用这电脑备课。

电脑备课的好处是，设计一次，以后再用，可根据实情和时情进行必要的修订、补充。在三甲中学，无论老师还是学生，都认可我这做法。几年以后，到了另外一个学校，开学第一个月就被请进教务处谈话，原因是我这样的备课有偷懒之嫌，“而且也不符合统一的规范”，要求我把电脑设计的教案重新抄写在统一下发的备课本上。那件事之后，我突然发现，在教育工作上，并非一人努力就能成事儿，跟办国家大事一样，要具备天时、地利、人和等条件，缺一样都会前功尽弃、功亏一篑。

买回电脑之后一个月开始，单位就发不出工资来了。不晓得是哪里出了问题，全市性连续数月发不出工资，各个单位都这样，写申诉信、上访都没用。我刚刚买了台电脑，花去我家全部积蓄。这在有着节俭传统美德的乡村中学，我这行为差不多可列入败家子行列。这里有句古话叫“吃不穷，穿不穷，不会计算一世穷”。

眼看着就要揭不开锅了，我硬着头皮去跟单位领导商量，向单位借钱。我想反正脸都丢了，而且丢得非常大，一不做二不休，干脆多借点，写了五千元借条，好歹抵扣一下我丢掉的面子。校长没多问，学校有钱，就在借条上签署同意。我成了第一个向学校借钱的人。

开初,大家本以为拖欠几个月也就罢了,不成想,半年过去了,还不见发工资。我那五千块钱还没用完,那些可爱的同事们早濒临饥饿边沿,顾不得斯文,纷纷加入向学校借款的行列,到九个月不见工资,我花完五千块钱,再次提出向学校借款的时候,会计把学校的账本摊在我面前,上面赫然只剩大洋五十元。会计说:"请李老师手下留情,留下这五十元守守账本!"我已经顾不上那么多了,什么面子、道义,都见他娘的鬼去!写了张五十元的借条给校长交了去……再次从会计室出来,会计叼着从以前掐掉的烟屁股上好歹收拢来卷成的一支喇叭筒"香烟",闷头闷脑地嘀咕:"这下搞彻底了,这账本可以拿到食堂做引火柴了!"

一次,电脑出了故障,需重装系统。那时候的电脑经常需要重装系统,我便带着电脑主机进城。那时从吕四开来,经过三甲进城的班车,只能开到城北汽车站,也就是现在的烈士陵园那位置。下了车,有五种选择:一走路,二搭二等车,三搭俗称"摩的"的摩托车,四乘出租车,五等公交车。公交车间隔时间长,几乎不选;出租车太贵,也不选;走路不花钱,可要走的路太远;搭二等车倒不错,可抱个电脑主机在怀里实在不方便。就如做选择题,别人随便选哪一个都是正确答案,我只有一个答案,那就是搭摩的。

我选择了一个帅气的摩托车驾驶员,我看重的是他的摩托车擦得比别人干净。他把头盔扣到头上,一拉油门,摩托车开始奔跑起来。有那么一刻,我羡慕骑摩托车的人,如果当初没把买摩托车的钱买成电脑,这会儿,我就可以像别的老师上启东市区那样,一拉油门,就能飞奔而去。很快这念头被另一个念头消灭了,到现在全校老师都快闹饥荒的时候,我们一家三口还能苟延残喘到竟不至于比其他老师更惨,一靠我跟妻子节俭,二靠这电脑敲出来的文章,时不时换回一些买油盐的钱。帅小伙儿问我干什么的。我说我是教师。他松了一下油门说:"我刚才以为你是哪家企业的打工仔呢。"我说我确实是教师,到启东都快五年了。他问我在哪个学校任教。我说在三甲中学。他问我:"你那里是渔业地区哦!渔业地区经济条件一向很好,你们的工资有保障吧?"我心想,看来他对我们教师这行当还是相当了解的。

我说:“有啥保障,快一年不出粮了!”他问:“不出粮你们吃啥?”“跟学校借呗。”我说,“不过,学校账上最后五十元被我借走了。”他问我:“下一步怎么办?”我说我不知道,大不了到学生家里吃派饭,只要不被饿死,三尺讲台还是守得住的,就跟士兵的天职是守住阵地一样。说着话,很快就到了地方了,我付给他车钱,他坚决不要,他在调转车头的时候,老练地说:“老哥,不瞒你说,在下也是教师!”我在他肩上拍了一巴掌说:“你行啊!真是天无绝人之路,门道比我多啊!”这会儿我后悔当初没买摩托车了。他丢下一句:“今天周末,多少挣几个钱来吃饭,明天又得回学校去了。”说罢,一拉油门,又向来时的路奔去。

多年以后,我跟当年在圩角中学做过教师的西门吹乱雪聊起当年穷得差点吃不上饭的事,他说,他那时候还好,平时是道貌岸然的堂堂教师,周末就开上摩托车到车站去跟二等车夫和出租车抢饭吃。说这话的时候,西门先生是有“二号首长”之称的市委书记秘书。当时我一愣,心想当年那个免了我车费的帅小伙子是不是他呢?想问,又问不出口,到底没问。即使问,我想他多半记不起来了,就像我现在,只能确定那是个帅气的小伙子,可要让我把那帅气的小伙子跟今日活生生的西门大官人作一番比对,我实在比对不出结果来,我已确确实实勾勒不出那小伙子的面貌来了。那时,有多少人就这样安安静静蝼蚁般生活在无法不被忽略的角落,为让自己尚有足够的气力站在三尺讲台上,不得不暂时把面子塞到裤裆里!

多个角色在诞生

爱，有时很复杂，有时又很简单。

1

我跟巫老师的感情始于大学二年级第二学期。其实我们认识的时间更早，因为我俩是同班同学。那时，大学的风气已开始松动，但是尚未完全开化，不过对于手牵手这样的素恋爱，学校是不会干涉的。作为过来人，倘若我是大学校长，每签发一张毕业证书我要问问大学期间有没有谈过恋爱，如果没有，哈哈，对不起，留级，留到哪天谈过了，哪天正式毕业。我认为，大学里不谈几场恋爱，那大学最起码有一半白念了。缺就缺在情商培养上。大学期间，面对那么多年轻异性，真是锻炼自己眼力的好时机。只要留心，轻易就能通过外貌发现一个人为人处世的长处、弱项和不足，知道这人值不值得托付。有的人可能很会伪装，但再狡猾的狐狸也有露出尾巴的时候。出了大学门，接触的异性少了，可供选择的对象更少。是该看一个人的人品，还是选择相貌？手忙脚乱，不得要领。经常听人叹息：这人婚前啥都好，婚后怎就问题一大堆呢？谁在恋爱的时候不是拿自己最好的一面来面对对方呀？

在跟巫老师接触之前，我跟一个同是从大凉山考来的女同学接触比较多，她漂亮，文采斐然，并且我们同是中文系文学社的创作骨干，接触的次数多了，彼此感觉合适，就差说出口了。那时候，向一个人表白还属于惊天动地的大事情。有一个周末，她邀我一起逛宜宾城。欣然前往。时值初冬，走在大街上，心头的喜悦挡不住身上的寒冷，我尽量让寒战含蓄些，可明眼人

瞟上一眼,就能看穿我的窘相。她那天好像很严肃,不怎么说话。她带我在宜宾城大观楼南门正对的一条大街上穿梭,那条街两边有无数地摊,无一例外,都是二手货。她在好几个毛线衣地摊前徘徊,翻看几件男人才能穿到身上的毛衣。起初我并没有意识到她要做什么,后来我突然明白了,这一明白就不得了,心中像打翻了一世的苍凉。读者朋友,当你读到这里,请合上书,静下来问问自己:倘若我有一定经济条件,平生送给对方的第一件东西,除非古董,您会拿二手货吗?

这一段彼此心照不宣的好感,在逛大街结束以后,很快无疾而终了。

我写大学生活的中篇小说《别说再见》,里面的众多人物都是虚构的。只有那个叫"石莲"的女大学生能找到原型,原型就是当初的女友、后来洒家的妻子巫老师。

那时候,中文系的女生除非不谈恋爱,要谈都跟其他系的男生谈。中文系跟中文系怎么谈?你这里来一句西厢,对方立马接一句红楼,都是一个老师教出来的,半斤八两,既没有神秘感,又没有噱头。因此,中文系的男女生谈恋爱,最多只能算无聊的人找无聊的人说话,是当不得真的。确实如此,当我跟她开始恋爱的时候,班上无论男同学还是女同学都没当回事。开初,连身为"男一号"的我都不敢确信,感觉虚无缥缈。女友的老家在重庆璧山,我们两家相距 20 多个小时火车,我们大学毕业都要定向分回各自的老家,毕业之后注定要各奔东西。可有一件事之后,我意识到,我跟她是命运之神手中的一双筷子,离不开的。

跟她交往之后,冬色更深了。那时候巫老师让我把稿费和家教酬劳攒起来,问她攒起来干啥,她笑而不答。等凑够一定数字了,她邀我进宜宾城,直奔某商场二楼一个柜面,让我试穿一套藏青色雪花呢西装,刚好合身,第一次穿西装,别提多精神。我嫌价格贵了些,摊主说:"看在这女孩那么有心到我这里连跑了四趟的面子上,便宜你 8 块钱!"这话像一道吉祥的闪电,划过我的心窝:这辈子就她了。

我俩都出身贫寒,贫寒的人一样有爱情。当她替在外漂泊、在生意场上打拼的母亲担惊受怕的时候,能从我这里获得有效的安慰,而我的文章写完了,总交给她校对。细细碎碎、平平常常的,我们的感情就像一粒种子,发芽了,长叶了,抽枝了,一天天向上生长。

因那些年高考招生及大学毕业分配政策的特殊性,我跟同班 12 名同学早其他同学一年毕业。我到了启东,我们的爱情依然不折不挠地在继续。到她毕业的时候,她也通过启东市教育部门的面试,来到了启东。跟她同一批分配来的,大多数分配到全市各所高中,而她为了能够跟我在一起,主动申请分到茅家港镇。因住宿原因,落脚离茅家港中学最近的一所濒临撤并的乡村初中——茅家港镇三甲中学。学校先给了我们一间宿舍,后来又从一幢往墙上拍一巴掌,整个墙面就刷刷刷往下掉灰和小石子的危房里,安排了一间给我们做厨房。我们就这样,在三甲中学那片坟场上建起来的学校里,建起一个只有被褥、碗筷、灶具和纸笔,其他居家必需品一应俱无的简陋的家。

2

面对妻子,我始终不会提"婚礼"这两个字,因为至今,我欠她一场婚礼。妻子有篇《我跟我的爱情穿过小街》的散文,把我们那时的辛酸和浪漫都写完了。征得她的同意,全文照搬如下。那小街,就是如今的吕四镇。如今的吕四镇,鳞次栉比的高楼,恍若无数展翅高飞的白鸽,无言地而又无可争议地展示着今日的繁华与辉煌。可那时的吕四镇,不过是把几十幢楼房集中,没有章法摆在一起而已,全镇连条像样的街道都没有。

十月的阳光暖暖的,微风从海面上吹过来,迈着小碎步穿过树叶、纤草、灌木和菊花,带着一身体香,从推开的玻璃窗上钻进来,俏皮地来到我的卧床边。

这是个周末,校园十分安静。我的他起了个大早,煮了粥,炒了一小碟花生。我刚睁开眼睛醒来，他裹挟着一身米粥和花生的香味来到床前："懒虫，起床啦！"他像个孩子，乐呵呵的，挠我痒痒。他在催促我跟他一起去举行一个仪式呢！

我们准备用一种特别的方式为我们的爱情绾一个结。我们都商量过了，设宴这仪式太传统，何况在远离故乡八千多里的地方白手起家，没有亲人帮衬，凭我俩的能力搞不起来。上教堂虽然新鲜，可对于在这片土地上新落脚只两个多月的我们，教堂在哪个方位，也不知道。昨天晚上，他说："咱们就去拍张照片吧，正儿八经地拍，老祖宗在成语词典上早就替我们准备好了的：一拍即合！又简单又特别，怎么样？"他的话把我逗乐了。

从知事起，我曾无数次悄悄地、满含羞涩又无比激动地替自己设计婚礼：花轿、彩车、唢呐、热闹的亲友披红挂绿、满天飞舞的彩纸和糖块，我身着华贵而高雅的婚纱被两个漂亮的伴娘牵着，矜持地向前迈着脚步……我的他应该帅一点，最好像张学友，嘴巴也应该会说一点，像冯巩的同门师兄弟，还应该是个殷实人家。在遇到他之前，这梦就像一块玉，经年累月地被我小心打磨，一点一点被修正，一点一点在完满。我常常为一些精巧的设计悄悄感动，感动得泪水盈盈，还常常这样问自己：别的女孩子有没有这样想过？如果只有我这样想，谁能说我不是女孩中最聪明的。遇到他以后，我知道那样的婚礼对于他来说是不可想象的，毕竟他……而我，我爱的是他这人，而不是其他。于是我希望拥有一场刻骨铭心而又更加别具一格的婚礼。我没有想到，到头来，会去"一拍即合"，给一个古老的成语做一个特别的诠释。

我不乐都没有理由。

吃了早饭，他用自行车驮我上路，我坐在自行车的后架上，向我们要去的渔村小镇飞奔，方圆几十里地，只有那儿才有一个很小的照相馆。从学校到小镇有六七千米，本可以乘公交车的，他说骑车去，还建议路上我们都不说话，正好把以前的事情回想一遍。二八圈的自行车是我们省了一个月的工资买的，像匹高头大马，在他的牵引下，坚定有力地飞驰在紧靠大海的乡村路上。

是在大学二年级吧，中文系发生了惊天动地的事情，这事情就是我跟他恋爱了。这之前，中文系的女生都是“出口”的，而男生一般都到其他系“打猎”。之前谁也不瞧谁：瞧你，凭才学还是容貌?！我俩同班，都喜欢文学，经常在一起，无话不谈。在我生病的时候，他为我买药，我喜欢替他买他喜欢的书。起初人家都说我们在谈恋爱，我们谁都不觉得这就是恋爱，等忽然发觉这就是恋爱的时候，彼此已经爱得很深了。按说搞文学的应该纤细一点，可他偏长得敦实憨厚；很少高谈阔论，却不乏幽默。至于家境，他父母都是土里刨食的农民，却奇迹般地供着他和他的两个弟弟读大学，还有最小的一个弟弟在读中学。大学期间，他的业余时间几乎都在校外打工，其余时间除了上课、考试，都用来捣鼓文学。就因这，曾让好几个倾慕其文才的女孩急速地靠近他，又迅速悄悄离开。使我决定跟他在一起的，不是他的文才，也不是怜悯他经济状况，而是全世界都流行学业毕业、爱情也毕业的时候，他本来有条件到温州或者进一家大型企业搞宣传的，可他都没有去，原因是这些单位不要女性。为了能在一起，我俩同闯天涯。

走到半路，也许他该想的都想得差不多了，他说：“听我唱歌，怎么样?”说完就开唱，《牵手》《爱拼才会赢》《小雨伞》……都是老歌，嗓音算不得美，可真诚、浑厚，是用心来唱的。他要我把耳朵贴在他背上听他胸腔里的歌。那真是歌啊，如果歌声有源头，它的源头就该在那里，在靠近心脏的地方，伴随咚咚的心跳。我好感动！

他说：“历史会为我们记一笔的，像我们这样的婚礼。”

我觉得好笑，就笑了：“你是谁呀，谁会为你记一笔！”

他认真地说：“真的，至少我们中有一个人会记一笔的。”

我说：“这是私人财产，是隐私，别人想知道，我还不一定说呢！”

他说：“利，你不觉得我这是阴谋吗?”

“阴谋? 你也有阴谋?”我笑得差点从车上落下来，自行车随着我的笑声晃起来，“谋我什么?”

他没答我的话：“你知道我口袋里有多少钱?”

“一百元，照相管够。”

“不仅照相要靠它，这个月工资发下来之前，对付嘴巴也得靠它，这是我目前拥有的最大一笔财产。”

他把车停下来，我也从后座上跳下来。他撑起自行车支架，对着我，再次问我：“你后悔吗？”

我见他表情凝重，异常认真，让人感觉有些不对，我也认真了：“后悔什么？”

他眼里有泪花在闪：“我的贫寒。你跟我会很苦的。你如果后悔，我们就回去。”

我惊讶地看了他一阵。他的忧虑我的闺中密友早就跟我说过，而我老早就想清楚了。这是个实实在在的问题。可我相信他，就凭他三更灯火五更鸡痴迷追求文学的韧劲；就凭那一次我们一起挤火车，秩序乱得想上的上不去，想下的下不来，他扎一块红布就把几节车厢的秩序搞定的机智；就凭他宁舍花柳繁华地也愿两人在一起的真诚；就凭他对我无微不至的关心与呵护。

看他难受的样子，我笑了。他见我笑了，轻松了一点，他说：“拍个照片就算结婚？我这哪是玩特别呀！其实，我是因为没有……”不等他把那个字说出来，我说：“你上不上车？我数到三，你还不上车我就后悔了。”

小街终于到了。

在街口我们遇到一对迎亲的车队，九辆黑色的别克轿车，车身饰满鲜花，新娘子穿着雪白的婚纱，千娇百媚，怀里还抱一大团红玫瑰。到这海滨渔村时间虽短，我们有幸参加了一个财政所干部嫁女儿的婚礼，场面之隆重就别提了，陪嫁一张存折就三十万元。

他把车停在路边，等他们的车队过去。他说：“咱们不眼气人家，没有那么隆重的仪式，我们照样要幸福！”我说：“我正为他们祈祷！”他笑了：“你为人家祈祷，谁为我们祈祷？”我说：“这世上，还有比自己为自己祈祷更真诚的祈祷？”他觉得有理，我们都笑了。

经过百货大楼，他提议我们进去转转。他在一件女式皮衣前面站了好半天。他右手放在衣袋里。我估计那一百元钱要能喊，一定会大声抗议他把它攥得都快没形儿了。他见我在看他，不好意思了。我指着不远处的首饰专柜，做了个鬼脸对他说："要不到那边看看?"他被我的恶作剧逗乐了："等着吧，总有一天。"顿了一下，又说："最多五年。"说完拍了拍手，像掌上有灰，转身带着我向商场门口走去。

出了百货大楼，就快到小街的尽头了，不远处就是我们今天要去的目的地。我的女孩年代就将结束在那里，我虚幻的梦也将结束在那里。从那里出来，我将换一个身份跟这个世界说话了：我相信自己，请世界相信我的选择。在走进照相馆之前，我说："等一等。"我替他把领结正了正，他把我落到脸上的几根头发绾到耳后。

"结婚照是吧？好。几张？一张，好。彩扩几张？五寸三张，一寸四张。好。坐前面凳子上，男左女右，好。请坐直，先生下颚低一点，小姐往先生靠一点，好。目光平视，看我这边。表情自然一点，放松，放松，对。微笑，微笑，对。准备，三，二，一。"

"咔嚓"一声，整个仪式就结束了。摄影师说照片要过三天才拿得到。摄影师是怕我们急了，事实上我才不着急呢，如果不是要给双方父母寄我们的结婚照。未来的日子还长，人家说的，经营这份承诺，得用全部心力和一生的时间。

（作者巫正利，原载《读者（原创版）》2008 年第 2 期，署名川木香）

我们拍摄的是一张用于办结婚证的照片，加印的三张五寸照，是寄给双方父母的。从那一声清脆的"咔嚓"声开始，我的角色正式从男朋友转换成了丈夫，巫老师也从这一刻开始，从我李某人的女朋友转换成了我的妻子。爱，有时很复杂，有时又很简单。

这么多年我很惭愧，但我不想弥补，至少现在不想，让它成为我永远的痛，让我永远的警醒。这么多年来，不是没有遇到过比妻子更优秀的女子，才华上品貌上，可是每次面对她的时候，看见她干净的目光，我就觉得一切都是浮云，只有她是真实的，我愿我的目光跟她一样干净。

3

第二年春天某个下午，妻子突然不舒服，不时想呕吐，什么也吐不出来，吃不下什么东西，却好像什么东西都想吃。早上起床的时候说很想吃油条，等我蹬着自行车奔驰在乡村小道上把油条买回来，她却说啥也不想吃了。不仅不吃，还责怪我买什么油条，油腻腻的，看起来恶心，说罢又忍不住毫无内容地呕起来。我以为她生病了，心疼她，自己委屈就委屈点吧，拿宁老师的话来说，谁让她是我“骗来的”呢！过几天，她说她想吃鸡肉。说这话时的表情，馋得恨不得马上把烧鸡啃到嘴里。再次蹬着自行车飞奔在乡村便道上，到了市场，这次我学聪明了，买了一只烧鸡，同时买了一只刚刚宰杀的小公鸡。心想，这下可好，要吃烧鸡，马上就能吃到嘴里；要吃炖鸡，给我一个小时的时间，这刚宰杀的小公鸡就能变成一锅香喷喷的鸡汤。待我满怀喜悦飞奔回家，她正翻箱倒柜找花生，说想吃得不得了，还非是没炒过的不可……

老天爷，这女人是怎么了？怎么会变得这么不可理喻？折腾折腾我也就算啦，还动不动就掉泪水珠子。妻子的哭于我是有很大威慑力的，她流着泪，很伤心，但从不像别的人那样一抽一抽地哭，她就那么默默流泪，眼泪跟开闸的水一样，扑扑簌簌地落，谁看了谁心痛。

这状况没逃过校长的老婆——一个经常在语文课上读错别字的代课教师的眼睛。她给我的印象是很善良，从来不端校长夫人的架子。她对我说：“小李，我看巫老师大概是怀孕了，带她到医院里检查一下就知道了。”

我吓了一跳，这意味着，我要做爸爸啦。

怀揣着兴奋与忐忑，我带妻子上医院。

检查显示：妻子果然怀孕了。

幸福常常这样，冷不丁落到头顶上的时候，当事人一点心理准备都没有。

我从吕四镇新华书店买了一本介绍孕育常识的书回来，跟妻子一起学习。天底下，做教师要培训，做技工也要培训，这些事情跟造人育人比较起来，小得何足挂齿，可是千百年来这造人育人的事情从来没有专门培训的机构，更没有专门的人来教，轮到即将做父母了，恶补几本相关的书，太必要啦。读完这本书的第一章，我们才知道，妻子那是妊娠反应，是女人迈向“母亲”这称谓的第二道坎，当然第一道坎是受孕。这第二道坎坚持了三个月，当我们知道这就是妊娠反应的时候，妻子的反应已接近尾声。

妻子的肚子一天天大起来，到六七个月的时候上医院做 B 超，那医生说：“多半是女孩，要不要?”我们所在的地方属于渔业区，重男轻女的状况直到现在都还很严重，有的孕妇怀孕六七个月，做 B 超，一旦是女孩就打掉，直到怀上男孩。医生大概是问得嘴顺了。我跟妻子的意识都比较“唯心”，不管是男孩还是女孩，都是天地给我李新勇和巫正利的馈赠，哪有说不要就不要的道理?

妻子的肚子越来越大，七个月以后她根本看不到自己的脚。每天迈着笨拙的步子去上课的时候，我都在替她担惊受怕，怕她踢到什么、绊到什么，或者一脚踩空了。我在茅家港中学上课，从周一到周五，每天各有两个半天看不见她，每次骑车出门的时候，心就悬着。回到家看见她笑盈盈地在我面前，悬在半空中的心才落了下来。

4

那是怎样的夜晚呢？深冬的夜空中，校园里除了几缕四处流浪的风，安静得出奇。家里比屋外还安静，我的宝贝儿在她妈妈腹中也很安静。大地成了摇篮，一切都屏住呼吸，等待这孩子的第一声啼哭。

凌晨三点，我突然感到腿上凉丝丝的。开灯揭开被子一看，妻子羊水破了，这孩子在预产期内如约而来了。

即便日子紧巴巴的，我为这孩子的诞生攒了两千块钱，这是我送她娘儿俩上医院的底气。

从三甲中学到茅家港医院有四五千米，一半是坑坑洼洼的乡村便道，一半是正在翻修的公路，非常难走。

我在一架提前准备好的三轮车上垫上两床被子，把妻子抱来躺到上面，再盖上被子。我怕寒夜里若有若无的风侵扰她们母女，把妻子裹得像个蚕蛹。在这过程中，我有些慌乱，在脑子里过了无数遍的细节，临了还是忘了好几样。倒是妻子相当冷静沉着，她提醒我带水壶、面盆、毛巾。

我深一脚浅一脚地拖着妻子向茅家港医院奔去。我在心底无数次向神灵、向李氏列祖列宗祈祷，保佑她们母女平安；那一刻，我为背井离乡的无助感到孤独和委屈，羡慕那财政所副所长的女儿，如果是她这会儿一定是在温暖的轿车里面，还前呼后拥一大帮亲人。

从三甲中学到茅家港大桥，乡间毛路黑如墨染，这是我每天都要奔波无数次的路，哪儿有个石头、哪儿有个坎，我都烂熟于心，并不觉得多难走。

从茅家港大桥到茅家港医院这段路程，把人折腾得够呛。这一段路正在翻修，到处都是高坎和堆土，寒冷把被各种车辆碾压得稀烂的车辙冻成一道道峁梁。三轮车不仅颠簸，有的地方根本过不去，好在周围随手能捡到十几斤重的石头。我用石头支在一个车轮后面，防止后退，然后推另一个车轮。左侧上去了，用石头支好，再去推右轮。在乡下，打120是没用的，那时候整个学校，只有校长室有电话，此时校长室铁将军把门，屋里屋外都只有毫不相干的风。路两边，灯光忽明忽暗，恰似我心头的焦急与无可奈何。

还好，茅家港医院虽是小医院，但妇产科一直不缺值班医生。医生辨胎位，开处方，挂盐水。我鞠躬，敬礼，掏钱。这一系列程序走完，已经是早上6点半钟，妻子在那张诞生过无数小生命的床上翻腾着，痛苦扭曲了她的脸，汗水打湿了衣衫。这可怜的女人，一边站着生命，一边立着死神。

孩子临盆了，值班医生却不在身边，她们在产室替另一个妇女接生。我急得几次去喊医生。这场面医生见得多了，轻描淡写地说：“让你老婆再坚持一会儿。这种事情，早一个小时出来晚一个小时出来都是一样的。”

终于轮到妻子进了产室。医生一看我跟妻子的情状，让我进了产室。那中年医生说：“自我做妇产科医生以来，你是第一个进产室的男人。”“嗨，您当我不想避讳啊？可我能不进去吗？”

羊水流得差不多了，上了产床，谁知是不是被多闷了一阵，我的孩子往外拱的力道小了，露出个小毛头，身子却半天拱不出来。妻子只顾得上叫喊，她不知道下面的情况，我急得都哭出来了，我说：“医生，请快采取措施呀！”那医生本来还没太当回事儿，这时候进来一个姓周的医生，见势头不对，立即上来帮忙，手套都没来得及戴，只把袖子一挽，果断采取措施，满是胎垢的孩子终于出来了。

周医生倒提着还没被我命名的小家伙，先拍打小脚心，然后拍打小屁股，轮番拍了几下，预期中的哭声并没有响起来。刚才那医生才意识到有些不对劲儿，从产床一侧跑过来帮忙。看她手忙脚乱的样子，我一下慌了神。十月怀胎不易，功亏一篑却很简单。周医生沉稳，她喊我去拿热毛巾。我的双脚颤抖，几乎挪不动了，我都不晓得是怎么跑到候产室的，提了热毛巾再进产室，我全身都湿透了，两条腿抖得抽筋。

周医生把热毛巾焐在孩子的胸口和脚底下，还口对口给孩子做人工呼吸。等待是漫长的，仿佛过了一百年，孩子的鼻翼终于开始翕张，过了一会儿，像受了天大委屈一样，开始小声小气地抽泣起来。我看见孩子的身体在抽泣中渐渐长大。不一会儿，“哇”的一声，响亮地哭出来了。

产室里的三个医生额头上全是汗水。

孩子的哭声，一声比一声响亮。这是个健康的孩子，也许被多闷了一会儿的缘故，哭得特别委屈，从这天上午的九点多，一直哭到晚上。兴奋和疲劳时而离开我，时而紧追我，在把她们母女推进住院的房间后，我忙碌于给妻子准备牛奶、吃饭，办手续，以并不熟练的姿势把孩子抱在怀里哄……连续奋战三昼夜没合眼，到第四天早上，我想看看时间。刚想着要看时间，竟忘了应该抬起手腕看手表，而是在房间里找，床上、床下、床头柜、抽屉、装杂物的包……都找了，到后来，竟想不起我刚才在找什么。我问妻子：“你知不知道我刚才在找什么?”妻子说:“这得问你呀,我怎么知道!”我很气馁,我怎么一点记性都没有了呢?歪在床边歇了好一阵,抬起手腕来看时间,上午十点过了。到这时我都还没想起,刚才是要看一下时间。从此,我落下了健忘的毛病。

我在心头默默祝福孩子:未来的一切从此就该由你去续写了。你身上布满了爸爸妈妈的希望,你将用属于你的生命,写一个大写的“人”:别用衣服写人,外表的华美抵不上内心的诚实与谦逊;别用筷子写人,肥了肚肠少了骨气;别用绞索和刺刀写人,别用棍子写人,别用舌尖写人。要写,就用心来写,用爱来写……说这些是不是过早呢?不,不早!人一生的坐标和航向,最初多半是父母确定的。

住院的第二天晚上,走廊那头手术室里突然传来几个人歇斯底里的哭泣,那样凄惨,那样绝望,听得人揪心。孩儿的生命,有时需要母亲用生命换取。

5

从位于茅家港大桥桥头的邮局出来,冬日的阳光被海上来的冷风揉散了,胡乱地涂得我全身到处都是,让我感到眩晕,感到有些不确信。

刚才,我给父母拍了一份加急电报,内容四个字:母女平安。

这是我第二次上邮局拍电报。上一次还在读高中,我那在一所农业中专读书的初中同学失恋了,打算回家来疗伤,写信让我以他哥哥的名义给他发份电报。他没交代发什么内容,我想只要让他请到假,就给他发去四个字:家急速归。很快,他从另一个城市急吼吼地赶回来了,回来第二天,专程跑来骂我。他说:“你不晓得电报是吓得死人的啊?我真以为我爷爷不行了,人都给你急死了!我这次倒是如愿了!将来我爷爷真不行了,那假该怎么请?谁的爷爷可以死几遍啊?”我这才意识到自己干了一件多么愚蠢的事情。世界上最简洁的文字是电报,最令人不安的也是电报。那时候不像现在，手机、网络把世界的距离减缩到嘴巴与手机、键盘上的指头与指头、屏幕上的摄像头这么短，那时候，主要联络方式是书信和电报。

电报分为普通、加急和特急三种。“普通”电报保证一周内收到，“加急”电报三天之内收到，“特急”电报理论上当天收到，当然价钱一个比一个高。

女儿出生后住了五天院，第六天出院，这已经是第七天了。我选择了“加急”给孩子的爷爷奶奶拍一份电报，好让他们放心。

因有上次教训，我的电文非常明确，短短四个字，耗资 9 元钱。这一来，我口袋里只剩 32 元钱，这 32 元钱是我最后的家当。靠这点钱继续养活一家三口，可以坚持一周，一周之后怎么办，我一片茫然。

我眩晕得有些惭愧，我就这么紧紧巴巴地升格为父亲了，我的父母也因这个小生命的降生而升格为爷爷奶奶。对我来说，意味着一份不轻的担子，一份无怨无悔的责任。可是，我像个负责任的父亲吗？32 元钱，在城市里，买份牛排都不够。当报务员报完价格，我犹豫是不是该把电报级别改成“普通”的时候，坐在里面一间的操作员已经在问“母女平安”的后面要不要用标点，要用的话，用感叹号还是句号。标点按照正常文字收费。我赶紧说能不能改成“普通”。里间回答我说：电报已经发完了。外面的报务员见我痛心疾首的样子，宽慰我说：“不就多 4 块 5 毛钱么？生儿育女，添丁进口，多大的事啊，怎么说也该让远方的父母早知道。早一天知道，就早一天快乐。多好！”

谁知道我一贫如洗呢？

别人不知道，我的父母知道，古语说：“知子莫如父”。这份电报拍出去一周，我收到 868 元电子汇款，汇款人是我的父母亲。那时，我两个弟弟在读大学，最小一个弟弟在读高中，我父母比我还一贫如洗。在随后收到的信中我知道，这 868 元中，600 元为父母所赐，268 元为小孃孃所赐。我小孃孃的两个孩子那时候也在读大学。我不清楚他们怎么舍得一次性拿出那么一大笔钱，又是怎么凑起来的？是借的，还是把什么大牲口卖掉了？

莫非，这就是父辈的责任？

骑着自行车回到家，我不再眩晕，也不再似是而非。我很明确地意识到，我是一个孩子的父亲，我要像父辈拉扯我们那样，无论吃多少苦，受多少累，流多少汗水，都要把孩子培养成人。

这厚厚一叠钞票，替我解决不少难题：奶粉、童车、小被褥等。我的观念从“要像父亲那样”去忙碌，转变到“我忙碌，因为我是父亲”。

那一年我26岁，妻子24岁，我俩从此开始一个真正意义上完整的家的历程。

在这里，请允许我像挂车那样，挂上另一件事情。

半年过后，由于计生措施不到位的原因，妻子再次怀孕，我俩大剌剌地傻高兴着。消息传出去，学校和乡镇有关人等像我在炮制炸药那样，带着紧张而严肃的表情在我们家进进出出，套路无非是，关心我们在这里生活习惯不习惯，询问各自的家庭成员，然后直奔主题。他们的意见非常明确，一是赶紧到医院处理掉，当什么事情没发生；二是生下来，条件是罚款20万元兼开除夫妻二人中其中一人的公职，另一人的职级评聘永不提升。没有哪一条是活路，没有第三条路可走。之后相当长一段时间，家里几乎没有笑声。

又过两个月。不是我和妻子软磨硬蹭，不服从配合，而是我们需要那么长的时间来做心理准备，来接受这一切。那一天早上十点过，妻子还躺在那张诞生过无数生命也毁灭过无数生命的产床上等待麻药消失。手术已经结束，我提着医生递给我的一小包东西走向填埋场。风在树梢上穿梭，天阴沉着，我期望哪怕有一缕阳光洒到我身上，也洒到那一小撮刚才还在与母亲以同样的心跳生长着的东西。我几次抬起头来，天空阴沉、严肃，没有一点点阳光的迹象。走出医院大门，我禁不住号啕大哭。我冲着那一小撮东西说：孩子，请宽恕你的父亲母亲！请宽恕这个世界！我在这样说的时候，我已经宽恕了这个世界。当夜，我想写一篇《空摇篮》，才写下标题就已泪流满面。写不下去，每一笔每一画都像钢针，直戳心窝子。我想起，在跟那一小撮东西道别的时候我说过，我已经宽恕这个世界了，因此这篇文章我不写了，永远不！

可我到底还是不能释怀。2011年，我在鲁迅文学院读书。6月11日深夜，写累了，斜在椅子上听音乐，准备结束一天的写作上床休息。突然，我被一首名叫《摇篮曲》的马头琴音乐击中，我又想起我那短暂存在过的“老二”，泪水夺眶而出，禁不住提起笔来，写下一首题目叫《用一首歌的时间来怀念你》的诗歌。期间，我把《摇篮曲》放在反复播放状态，直到我写完这首诗，直到我沉沉睡去。

深夜，在北京，一个历经40年沧桑的父亲
用一首歌的时间
一首用马头琴演奏的《摇篮曲》来怀念
怀念那有幸母亲腹中待了三个月的孩子

ta该跟我的灿儿是一对好姐妹
或者是好姐弟
可惜这个只滋长了三个月的
刚刚成型的生命
不得不离我远去

多少年过去了，十年，二十年，甚至时间更长远
ta的父亲——我，可以驾驭成千上万的文字
写小说、散文、诗歌、讲话稿
却无法
无法用“他”或者“她”
这样简单的两个字来为“ta”定性，更无权为ta命名
孩子，我心爱的宝贝
你从黑夜走向黑夜
你从无辜走向无辜
你从无意识走向无意识
你从怀念走向怀念
你给一个父亲留下的是永远的痛
永远无法干涸的悲伤

可曾化蛹皆成蝶

送走这个班的学生，好长一段时间，我的心空落落的。我爱这些学生，就像爱自己的孩子。

1

有必要用一些笔墨，写写三甲中学那个曾经被世界杯足球赛的负能量给整体搞垮的班级。

这个班入学那年，正赶上世界杯足球赛，那是一次主赛场设在西班牙巴塞罗那的足球盛会。班上无论男女同学，都喜欢上了足球，连最不喜欢足球的女同学，都能说出世界排名前三位的足球队和球星的名字。班里有若干支球队，组合方式有男生跟男生、女生跟女生、男女混合。放学铃声一结束，学校那满是泥巴的操场上，立即翻腾起他们生龙活虎的身影。下课十分钟，他们都会在教室前面的空地上来上几脚。上课的时候，同桌两人把教材立到桌子上，挡住老师的视线，捏一个小纸球，用笔轮番"踢"纸团，在课桌上举行盛大而简朴的足球对抗赛。

全校没有谁不说这个班是"烂班"，连他们自己都这么说。前面所述被我扫了一耳光的小个子，不算是个特例，打架、上游戏机房打游戏、逃学是这个班学生的家常便饭。成绩考多少，于他们更是无所谓的。

但是这个班级却有无比巨大的向心力和凝聚力。

别看他们平时在班级里打打闹闹、帮派复杂、你争我斗，一旦受到外辱的时候，他们"抱团"的力量让人震惊。校内就别提了，所向披靡，初三年级的同学见到他们都俯首称臣。

在我接手这个班级的时候，班里一学生的邻居新砌的厕所，正对这学生家的堂屋门。这同学的家长去跟邻居交涉，却反被邻居打伤躺在床上。我们班的同学听说了，凑了份子钱买了水果去看那同学的父亲。原以为探望一下也就罢了，没想到，这五十多个同学竟把那间刚盖好的厕所拆掉了，砖头和瓦全被砸到茅坑里去，一块好砖都找不出来。还警告那同学的邻居，必须把那同学的父亲送到医院检查，拿钱出来疗伤并赔礼道歉，另外选地方盖厕所，“否则下次我们来把你们家从里到外砸稀巴烂！”他们这样警告人家。这家人的男主人是村里的小干部，不是小干部干不出那种在别人家门口盖厕所的缺德事，当时眼睁睁看着一群十四五岁的孩子在他家“闹革命”，魂都吓散了。孩子们一撤走，他又牛起来，先是到我那学生家长的病床前声嘶力竭地咒骂一通，凶恶得要不是那学生的家长已经躺在床上，保不定还要挨一顿狠揍。第二天还跑到学校来告状，声称三甲中学的一群“流氓学生”拆了他家的房子，要学校赔。校长不明白是怎么回事，派政教主任把我喊去，我也不知道怎么回事情。在我走进校长室的时候，这个班的学生得到消息灵通的同学的消息，陆陆续续走进校长室，三十多个在校长室里面，二十几个在校长室外面，把小干部围在中间。孩子们的手都放在裤包里，个个脸拉得像长白山。手在裤包里，看上去随时都可能抽出来，甩给那人几个巴掌。

孩子们你一句我一句问那个小干部：“你说谁是流氓？”

校长问他们：“你们做什么？”

学生说：“校长，您问问他做了什么？”

“校长，他仗势欺人！”

我们班的班长，一个耳朵有点背的女生用最简短的话把事情的来龙去脉说清楚了。校长问：“你们谁带头的？”

十几个同学说：“没有人带头，路见不平有人铲！”

这话一出来，校长立即找到契机，对那干部说：“看来这有因由呢！不怪我们学校，也怪不得我们的学生呢！”

那小干部的脸色气得比死了三天的尸体还难看，但无话可说。

那干部回去以后,不敢到那学生家里吵闹了,也另选了地方修厕所,就是不愿拿钱出来赔礼道歉,这孩子的家长仍旧躺在家里的床上。这五十几个同学又去了一趟,冲进那小干部的家里,像早有分工那样,从电视机、洗衣机到桌子、柜子,每一样器具边上都围了几个同学,一副随时要把这些东西抬出去砸了的架势。

架势摆足了,才派代表跟那小干部谈判。

那小干部终于领教了这批学生的厉害,连连打招呼。学生说:"我们交代给你的事什么时候办?"那小干部马上答应,并明确具体时间,这批学生才从他家撤退。

我正苦于没找到合适的突破口呢,这简直是老天给我的机会。我仔细分析了这个班的情况,论聪明程度,这批孩子个顶个的聪明,一个叫姚海华的学生在小学毕业会考的考场上,发现最后一道题出错了,按照题目要求不可能做出答案,经他举手报告,整个乡镇的考场对整个题目进行修改,数学考试延长20分钟。在这个班的老师没有谁能收到一个作业本的情况下,年级前三名全在这个班上,前二十名里有一半也在这个班上。论思想品行,他们除了有绿林豪杰的义气和不计后果的冲劲之外,没有更多的什么坏毛病。有几个学生的成绩确实太差了,是从小学带来的,一百以内的加减法,没人辅导不一定能算得出。在拆小干部家的厕所这件事情上,这些孩子确有不计后果,甚至侵犯人家住宅权的一面,但跟小干部的仗势欺人、蛮不讲理、对邻居下毒手比较起来,简直是小巫见大巫。我就是个自小在受人欺压的环境里长大的人。我知道,在山高皇帝远的地方,一条"地头蛇"可以左右乡邻的悲欢,可以胡作非为、横行霸道。我那学生,如果没有全班同学去替他家撑腰,他父亲可能告一辈子的状,不仅得不到一个公道,还可能付出更大的代价。

校长就这件事,准备亲自到我们班开班会,"好好教训一下这些'造反'的同学!"我请校长相信我,我自己班里的事情先让我处理。"如果我处理不下来,再劳校长大人大驾。"我在笑眯眯送走校长的同时,无形地给自己下了一道军令状。

我肯定他们这次行动:一是伸张正义,教训了恶人;二是体现班级的凝聚力,展示了团结的力量;三是每一个孩子都有一颗正义的心,这一点最可贵。同时指出他们可能面临的两个风险:一是如果砸毁他们家的电器和家具,按照法律,不仅侵犯了他人的住宅权,还属于故意损毁私人财物的行为,要受法律惩罚;二是如果还伤及对方,我们有理,一瞬间就可能变得没理;三是假如我们的同学受到伤害,那我们的亏就吃大了。但是我明确地大声对同学们说,“你们路见不平拔刀相助的正义感,老师永远肯定你们!”我的话讲完,立即赢得全班掌声。事后,同学们告诉我,他们原以为我要跟他们算账(批评)的,没想到老师也是个通情达理的人。

为了上好第一节班会课,我一个足球的门外汉,向学校体育老师请教了两个小时的足球。我知道,这个班并不像外界和他们自己说的那样“烂”。这节班会课是在我接手这个班后第三个星期召开的,我从足球、竞技、竞争,讲到一个班的名声就跟一个足球队一样,需要每一个同学努力维护。我提出“从头开始树立新形象”的口号,给学生提出明确要求:一是自己绝不要说自己的班级是“烂班”,自己践踏自己比别人践踏自己更可悲、更可怕,因为我们这个班不烂;二是在校园里多做好事,展示我们班的精神风貌;三是杜绝上课随便交谈的恶习,一节课能背一个公式、一个单词都是胜利,努力完成作业,要给科任老师一个全新的印象;四是周末回家先完成作业,星期天下午我陪他们在操场上踢球。

第一点和第四点最受他们欢迎,其他两点他们也同意。几个特别顽皮的学生,诚恳地对我说:“一是请老师多监督,二是如果一时半会儿改不彻底,要给我们再次改错的机会。”这话听起来很受用,这些孩子再顽皮,其实也是相当懂道理的。

男厕所小便池被一个石头堵了很久,便池里的小便都快溢出了。轮到我们班打扫厕所的时候,那个吃了一耳光的男生伸手去小便池中把石头抠出来,解决了困扰全校男性一个多月的问题。我不仅在班级里表扬他,还写了个材料报到校长室。校长室让政教处另外整理了一个材料贴出来,这事为我们班赢得了很好的声誉,每个同学都体会到了。校长逢会就讲这事,把这同学表扬得越来越不自在。有一天，他悄悄跑到校长那里去，求校长以后不要讲这事。正好这时候，他的一篇题为《顾烂丁》的作文在《海贝报》上发表，校长把表扬他的事迹换成了那篇作文。

有一个学生，在半年前巫老师教他们语文的时候，跟巫老师犟嘴，失手把巫老师推倒在地。那时候巫老师怀上孩子还不到三个月，引起出血，差点出险，住了几天院才算把胎保住。这孩子就是属于成绩最差的一类学生。因为出了这事，全班同学都鄙视他，别说跟他玩，话都不会跟他多说一句。全校师生都知道这件事，也很看不起他。他在学校相当孤立。有一天他从外面回来一身湿透，迟到将近一个小时。那是个大冬天。我问他怎么了。他低着头，红着脸不回答，似乎在等待我批评他。在我接手这个班后，我在没有搞清楚原因之前还从没批评过他，我不会批评任何一个同学。我带他上我家，把我的衣服找了几件给他换上，我的衣服大，他个儿高、人瘦，衣服挂上去不像个样子。他迟疑了一阵，终于对我说："老师，能让我回家换衣服吗？"我同意了。

他刚走，校长室里来了个老太太，声称要找一个衣服湿透的学生。我心想：果然惹祸了，这小子真不是盏省油的灯！校长也以为我们学校的学生惹祸了，小心让座、倒茶，随时准备赔不是。

那老太太还没开口，眼泪就出来了，咿咿唔唔边哭边说，说了半天，终于把事情说清楚了。原来她女儿嫁到隔壁村子去，连生两个孩子都是女孩儿。那家人家从来没把她女儿当人看，小吵天天有，大吵三六九。今天早上一家人又给她女儿气受，她女儿一时想不通跳河，打算一了百了。两三米深的水，前后无人，好在三甲中学一个天天从那里经过的学生恰好走到那里，跳下河，拼命把她女儿救起来，还把人送回娘家……当这孩子再次出现在我面前的时候，我装做什么也不知道，问他为什么迟到，他还支支吾吾。

我在班级里专门召开班会表扬这孩子，校长也为此专门召开校会，让这孩子在校会上发言，还把那妇女送来的锦旗展示给大家看。这孩子的发言是我替他写的，我见他自已写的开头，第一句话就不通顺，十四个字里就有三个错别字。若不替他写，好事就变成了受苦刑。

针对班级学生成绩太差的情况，我苦恼过。都已经是初二的学生了，其他诸如品行、班风可以从头开始，文化课如语文、政治、历史也勉强能从头开始，数学、物理、英语怎么从头开始呢？换了我，在这几门功课的课堂上，我会跟他们一样很无聊。我跟这几门功课的老师商量，没个好主意。大家的意思是，只要他们不自由交谈，他们想做什么，随他们去。可是，换了我，老僧打坐一般，一节课不说话办得到，要是连续几节课都要保持不自由交谈、不走神的状态，我也做不到。有人给我出主意，给这些孩子看《故事会》。《故事会》确实是本好书，全班同学都爱看。我担心一旦容许完全听不进课的学生上课可以读《故事会》，说不定将来全班都会在课堂上读《故事会》，这是有风险的。后来，我尝试着给那几个同学买了几本字帖，让他们自己选，喜欢哪本练哪本，上课听不进就练字。别人做作业，他们的作业是练字。他们的写字本由我批改，过一段时间我要对他们的进步进行评价。这一招管用，这几个孩子到毕业拿到了毕业证，实际文化水平只相当于小学，可一手好字比好多研究生还写得好。

2

在解决班风、学风这两样具有“根基”性质的风气之后，我腾出手来为心中有更大梦想的同学实现人生目标助一臂之力。

这时候，发生了一件事情。学校每个学期都要评优秀班级，每个年级一个班。我们班平时被校长表扬最多，涌现出通便池、寒冬河水里舍命救人的事迹，却榜上无名。学生怎么也想不通，要去找校长做解释。我也不知道，这个班为什么榜上无名。这时候我很清楚，就优秀班集体的荣誉和激励学生搞好成绩、勇攀高峰之间，后者更有现实意义。而为了实现后者，暂时牺牲这个荣誉，就会让学生在心头憋足一口气，为了争这口气，他们就会奋起努力，二者相权弃其轻，二者相权取其重。为此我作了一次简短的讲话，我说我们班目前的纪律、班风都是最好的，涌现出那么值得大书特书的好人典型，但是为什么还没有获得“优秀班集体”荣誉称号？只有一个原因，那就是我们班的成绩还不是最好。如果我们班能够囊括年级前20名的大多数名次，学校要是还不给我们这个称号，那么这个评比就会毫无意义。在这上面，跟谁讨道理都是没有用的，事实才是硬道理。

这时候离期末考试不到一周时间。我的这次讲话，相当于战前动员，产生了良好的效果。前面所说的姚海华，以前不管大考小考，总是第一个交卷。待试卷发下来，才为自己一遍也不复查唉声叹气，为此他总与年级第一名失之交臂。他的父亲在新疆打工时，从脚手架上摔下来，造成半身不遂，影响了他的学习情绪。我曾找他谈过几次话，也帮过他，收效甚微。这件事发生，我这一席话之后，让他立即振作起来，投入学习。这个班的孩子，从上初中第一天凑到一起踢球开始，就形成了“为了班级的荣誉不顾一切”的风气。个子矮小、踢球的时候总轮不到上场的王建华成绩稳定，很聪明，优势明显，但以前从不冒尖，这时候也下了拼劲，其他同学尤其是成绩好的同学，也都付出了最大的努力。在期末考试中，年级前20名中，有15名是这个班的。王建华以超出年级第二名14分的优势取得年级第一名。

这个班级一仗成名。在期末校会上，学校特别增加了一个“班风、学风优秀班集体奖”给这个班。校长在学期结束之前就把荣誉称号的名额用完了，为表扬这个班，不得不想出一个新名称来，大不了多买一本获奖证书。校长解释说，这个奖与“优秀班集体”荣誉称号一样光荣。这个班的同学却说，这比那个荣誉称号含金量更高。我让班干部召开一次班会，就此展开讨论，让这个奖比那个荣誉称号含金量更高的观念，在每个同学的心头生根。

世上没有一劳永逸的事情。

一个暑假结束，学生返回学校，班级里少了五名学生。留下来的，个个面色黧黑，看上去更加健壮了。科任老师让课代表收缴暑假作业，一本都收不上来，连课代表自己都没做。原来，整个假期，我这个班全班同学都去踢足球了。难怪有老师对我说，你们班的女生看上去比其他班的男生还要健壮，敢情都是踢球踢的。他们用自己喜欢的世界级的球队或者球星为自己的球队命名，我这个班集中了“世界顶尖级”的球队。男同学的球队有意大利俱乐部、国际米兰、西班牙皇家马德里、巴塞罗那红蓝战士，女同学的球队有欧洲皇后、蓝鹰都灵、阿根廷梅西，男女同学混合的球队有英超曼联、皇室切尔西。教政治的殷老师跟他们开玩笑说：“我到你们班一上课就头晕，身临世界级球队，你们个个都是世界级球星！你们的‘佛光’经常把我晃得睁不开眼睛！”

这五个没来的同学，有两个挂了彩，还窝在家养着。另外两个玩得已经忘记了返校的日子，吃过早饭，跟往常一样，骑车到他们踢球的草甸，见没有一个同学，没往心里想是怎么回事，又把车骑回去，打开电视机，调到体育频道。

只有一个女同学原因不明，她家没有电话，上学期考得不错，猛地前进了12名，是班级里进步最大的学生。她有个弟弟在读初一，也在这个学校。上学期结束前开家长会，见到过她父亲，他是来参加两个孩子的家长会的。开会的时候，他没到我班来。我在家长会上表扬了一大批成绩进步、品行优良的学生，包括这孩子。会议结束后，他从他儿子的班到我这里来。这是个接近五十岁的中年人，高个子，粗壮结实，长方脸，宽额头，头发凌乱，胡子拉碴。他给我打招呼说不好意思，两个孩子同时开家长会，他只能顾一头了。我说没关系，然后表扬他的女儿进步很大，照这样的势头继续发展，应该有很好的前程。这中年人把我拉到屋子的山墙边上，低声对我说：“老师，请您不要表扬我那丫头。她现在翘得很呢，声称她能读到哪里就要我们供到哪里。您知道我有两个孩子，我们能力有限，只供得起一个。他弟弟读书成绩不错……我再三再四请求老师，您不要表扬我那丫头！”我当时觉得这人很奇怪，心里很不爽，难怪只参加他儿子的家长会不到我班来！重男轻女的思想未免太严重了吧！

在班里一个同学的带领下，我到了这孩子的家。远远的，我看见这孩子在水井边淘米，准备午饭。看见我来了，她喊了声“老师”，就泣不成声，眼泪扑扑簌簌直往下掉。原来她父亲以家里没钱为由，不让她上学读书。我进了他们家，这确实不是个富裕的家庭，家里的家具简单，摆设也很古旧。不过我注意到，屋子外堆着好几万匹红火砖。

我问孩子："这火砖是谁家的？"

孩子说："我爸买来准备替我弟弟盖房子的。"

看来不是真的没钱嘛。

这中年男人既然说他儿子成绩也不错，照我的理解，就是将来这儿子能考出去，到外面工作。

那家里还砌什么房子呢？

不行，这事我得管。

孩子的父亲和母亲正从田里往家里赶。我对这孩子说："无论如何要读下去，否则过不了三年，你爸妈就会把你拿去换你弟弟的彩礼钱！没有文化，如果再摊上个不思上进的男人，过不了十年，你可能也会为孩子读书的学费发愁！孩子，从你这一辈人努力！从你自己开始努力！自己才在自己身上使得上劲儿！"这几句话很简单，但每一句都击中要害，孩子含泪直点头。

我跟他父亲交谈没几句，就吵上了。他声音大，我比他声音还大。他说我多管闲事，我说他违反义务教育法，如果他不让这孩子去读书，我支持孩子去告他。他说他没钱，我说没钱你还买几万匹砖。他说他儿子成绩更好。我说你就别哪壶不开提哪壶了，我就那个学校的老师，什么不知道！这时候围上来许多邻居，他怕我把他儿子的老底拆穿（不到万不得已，看在孩子分儿上，我不会拆穿的），他终于口气软和下来。他说："这丫头要读书也可以，我没钱给她交书钱学费，她有本事自己去借，将来自己还。"旁边的邻居听不下去，纷纷谴责这做父亲的过分了。我那学生不知什么时候走到我身后，这时她接过父亲的话，对她父亲说："爸，这是你说的，你当着我的老师和邻居说的，你说话要算话！"

这孩子终于返回课堂，她的学费是她自己到亲戚那里借来的，我向学校争取替她免除部分。这孩子后来考上南京一所财会学校，毕业后留在南京，命运真的从她这里开始改变。她弟弟的情况没有听说，那堆火砖大概派上用场了。

我用将近两个星期的时间，抓两头，促中间，好不容易把他们的足球心思收回来。但是其他的事儿又来了。

一天，一个中年妇女来告她孩子的状。她说：“我那丫头不好好学习，整天缠着我要钱，问她要钱做啥，她说买衣服。我管不了这丫头，她威胁我说，不拿钱给她买衣服就要死给我看！”说着，抹起眼泪来。这地方的父母称呼闺女叫“丫头”，没有褒贬含义。

我知道她的孩子进入叛逆期了，而且已经进入青春的感情萌动期。孩子进入这阶段，想让自己漂亮，吸引人的眼光，是再正常不过的。这阶段的教育是特别要讲究科学的。孩子的母亲自然不懂，应该说中国的大多数父母亲都不懂。从前孩子多，父母在一个个孩子成长过程中，总结出许多经验，一个孩子比一个孩子带得好。如今，大多数一个，少数两个。采取的措施正确也罢，错误也罢，不等总结出经验，孩子就长大了。

我让孩子的母亲先回去，待我仔细观察这孩子再说。

这一观察不打紧，一观察吓我一身冷汗：每天放学，有两个长相十分帅气的社会青年开摩托车来接这女孩子。我问班委什么时候开始的，他们说有两个多星期了，我问他们为什么不向我报告，他们说，这女同学对大家说，那两个青年是她表哥。看来这个班上的大多数孩子还没进入青春萌动期呢。

我是直截了当制止这女孩子呢？还是直接把两个社会青年赶走？还是让孩子的妈妈放学的时候来堵他们？

我对这三个问题进行了风险评估，觉得三个方法都会把孩子推到教师和家长的对立面，会让她义无反顾地跟这两个社会青年混到一起。“狭路相逢勇者胜！”每到紧要关头，这句话就在我心头萦绕。

第二天，快放学的时候，我带了一包香烟走到学校门口，两个青年已经在那里。我若无其事地上去跟他们聊天，一人递了一支香烟，我自己也抽一支。几句话之后我就知道他们的兴趣，我从他们的兴趣谈到别的，包括他们的姓名、年龄和家庭住址，有无固定职业等信息。

放学的时候，我那学生见我跟他们在一起，觉得很奇怪。这女孩子一定吓得不轻,她一定以为我什么都知道了,犹豫要不要过来。看这情态,这女孩子一定没告诉他们,她有这样一位班主任。我喊她的名字,让她过来。这女孩子走到我们三人身边,一脸惶恐,指着我对那两个青年说:“这是我的班主任老师!”两人吓得脸都斜了,香烟翘在嘴巴上,嘴巴张开,尴尬地互相看着。香烟冒着青烟,要掉不掉的样子。

我在两个小伙子肩头上看似友好,其实使了老大一股劲儿,各拍了一下。我说:“你们不是来接某某同学的吗?”两个小伙子中一个反应快说:“我们是来送她回家的!”正中我下怀,我说:“我们一起送某某回家,她妈妈做了晚饭正在家里等她回家吃饭呢!走吧,一起走!”两个小伙子勉强跟着走,一眼就看出来他们是没胆子去见女孩的妈妈的——这些天真的孩子,要是再长几年,我会鼓励他们,成全他们。可是,女孩现在还不满十六岁,还在读书;两个小伙子还不满十八岁,没有正当职业,他们整天闲着无聊,只是想找这女孩子玩玩,如此而已。这女孩子也怕我就这么着,把他们仨“押解”到她母亲那里,所以走得很慢。

趁此机会,我给他们讲几天前,我一个在公安部门做事的哥们儿的事情,给他们“朝中有人”的感觉。几天前,他开了辆警用三轮摩托车到学校看我,全校没哪个不知道。

两个小伙子果然吓得不轻,半路上找借口溜掉了。等他们跑了,我问我的学生:“他俩是你表哥?”女孩子点点头,马上又摇摇头,她怕我真把她送到她妈妈那里对质。我又问:“在哪儿认识的?”女孩子说:“在一个亲戚家吃喜酒的时候认识的。”我说:“你了解他们吗?”女孩子说:“不太了解。”我马上把这两个小伙子的姓名、年龄、家庭住址等信息都说出来了。女孩子脸都吓白了。我说:“孩子,你们的心思我懂,老师也是从你们这么大的模样长大的。要是你不是学生,再长四五岁,老师会鼓励你们,成全你们。不过现在太早了,你还不满十六岁呢。我们谈个条件行不行?”女孩说:“老师您讲。”我说:“只要他们不再来找你,你能把心思放到学习上,老师绝对保密,只当什么都没发生过。老师说到做到,你能吗?”女孩子感激得哭出来了。

第三天,我通知她妈妈来学校,对她说:“经过观察,你女儿没什么状况,放心。不过,孩子大了,买几件体面的新衣服是应该的,不过分。女孩子爱美是好事!”不久,这孩子果然穿了新衣服来上学。

多年以后,这女孩子已经是两个孩子的母亲,见了我非常客气。我让她不要提当年的事儿,她还是提了。她说:“老师,我觉得你当年太厉害了。要不是你,说不定那时候就把一个女人献给婆家的礼物弄丢了!”

3

临近中考那一个月,班级里分化非常严重。所有的球队都解体了,十几个曾对未来充满期望、希望考上高中,却因为迷恋足球而不得不跟校园生活说再见的同学很失落,他们把曾经奉为宝贝的足球戳破了塞在抽屉里。别的同学忙于复温备考,他们交流的是:“你毕业以后上哪里?”有的很明确做小五金,有的说跟亲戚到外地去做学徒工,有的很茫然。这部分很茫然的同学是因为既没有做小五金的本钱,也没有到外地去做工的亲戚。有门道的同学就安慰说,等他们在那边发展得有眉目了,就回来带他们出去。简单质朴的话语,流露出这些孩子淳朴真挚的友谊。

那几个练字的同学已经练成了一手好字,学校出黑板报的时候,经常把他们抽去写板书,他们的字超过好多老师。有老师评价说:“可惜了这一手好字!”被我听见,连忙示意他们不要说下去,三年初中读完,好歹练出了一手好字,收获也算不小的。

我带姚海华等几个成绩特别优秀的学生到市区参加启东中学选拔考试回来,教室里一下子少了 15 个同学,他们集体签名给我留了一张字条:

“李老师您好!越到毕业,我们的心越发空虚和难受,后悔当初把大好光阴都拿来踢足球了。但是后悔没有用,世上没有后悔药。心里很堵,坐在教室里感到惭愧,也感到压抑,当别的同学在认真复习的时候,我一点也看不进书,除了语文和政治的汉字还能认识,数学物理化学英语一窍不通。为了不影响复温备考的同学，让我的心情能好受一些，每天生活得愉快一些，请老师允许我在中考前待在家里。我保证：一、按时参加中考，绝不会缺考（签名后有我们的联系电话，老师您可及时跟我们联系）；二、这段时间我会保证自身安全，不到处乱跑，若有乱跑，由此引发的一切责任由自己承担，跟老师您和学校无关；三……”

看着落款上的签名，眼前闪过一个个熟悉的面孔。这些孩子不管成绩差到什么程度，他们都是有血有肉有感情的人，具有人所应该具有的、值得尊重的尊严。设身处地替他们想想，他们说得有道理啊。有好多同学，从进入初中的第一天开始，就已经进入惭愧和压抑的状态，他们每天在这样的心理状态中忍受煎熬，都忍了三年了，终于向我——他们信任的老师提出休学在家待考的要求，这不容易啊！如果没有足球、没有那么多排遣他们孤独和无助的足球队、没有让他们多少能找到一点自信的对抗赛，要什么样的人，才能忍下这三年的时间？

在一个学校，缺课 15 名学生属重大教学事故，必须向学校报告。我冒着风险把这件事情压下来，我知道再叫他们回来木偶般坐在教室里，对他们可以说是摧残。

我按照署名后的电话号码给每一个同学挂一个电话，分别嘱咐一番。他们表现得出奇地懂事，纷纷表示每周给我打个电话，请我放心。

刚把这些事情处理完毕，学校有关方面找我去对我说，我班有同学公开谈恋爱呢！我说谁呀？他们指着在学校操场上逛了一圈，然后向校门口冲去的摩托车说：“你看。”

摩托车上有两个人，一男一女，都是我们班的学生。女生是 15 个签名在家的学生中的一个，男生也是成绩极端靠后的一个，但是不在 15 个签名的学生中。女生长得很漂亮，男生长得很帅。十多年后，在不同的场合分别见到他俩的时候，似乎一个比当年更漂亮，一个比当年更帅气。男生骑车，女生从后面揽着男生的腰，就像一对情侣。

看着这场面，我热血轰顶。这跟当众扇我耳光有什么区别？

好在大学里学过的教育学、心理学帮我快速冷静下来，做出正确的选择。在这时候,疏导比压制效果更好,尤其是在临考前这段时间,我要保证把我的主要精力用在教学上,而不是班级管理上。

就在我要实施我的计划的时候,这两人又一次开摩托车逛学校。

这一次他们运气不佳,碰到了校长。校长一看,这还了得,这不是公然对抗校规校纪,蔑视中学生守则么?他把他们堵下来,请到校长室。在校长室里,几句话不合,这小子跟校长吵起来,还摔了校长的茶杯。我听见情况不对赶过去的时候,校长室一片狼藉,校长坚决要开除这个学生。那女生早被吓哭了,这男生见女生哭起来了,吵得更厉害,声称要炸校长的家,要他走路当心、喝水小心。

我走进校长室,这孩子的嗓门小了。我对这学生说:"有话好好说,有理不在声音高。"

校长说:"对待这种早恋的学生,坚决开除!"

这话再一次刺激到这学生,他冲着校长吼:"你有本事你开除,我还怕你不成?兔子逼急了还咬人呢!"

我给校长找了纸杯倒了一杯水,请他消消火。我很想还他一年多前,在我教育那个后来发表《顾烂丁》作文的那个同学时所受的委屈。但是转念想,我们的目的不是冤冤相报,何况这两个学生是我班里的。校长正束手无策,没台阶可下,我这一举动,给了他一个缓冲。

我问两个学生:"你们真的在谈恋爱?"两人点头。我说:"为什么?从什么时候开始的?"男孩说:"反正念书也念不进,学校也考不上,不如先谈恋爱。"我说:"你还没回答我从什么时候开始的呢?"男孩掰起手指算了一下,用征询的语气对女生说:"前天?"女孩点头:"是的,前天。"按照大自然的普遍规律,这种彼此的好感来得快,去得也快。我敢肯定,不出两个星期,他俩一见面就腻歪。我没说他们年龄小,也没说中学生守则和校规校纪。我对女孩子说:"你是有保证书的,我兑现了承诺,你呢?"女生立即惭愧地低下头。我说:"你一个人不守承诺,我就有理由怀疑所有人都不信守承诺,你得罪的不是我一个,你得罪的是你们一起签名的 15 个人,你知不知道?"女孩子立即意识到自己如此冒失的严重后果,头更低了。男孩子见女孩子惭愧成这样,一声不吭。为了缓和气氛,我对校长说,我把这两个学生带到自己办公室。校长说他要立即通知政教处。两个孩子不知道校长通知政教处是什么意思,我知道:校长要叫政教处草拟通报,开除男生,或者连女生一起开除。我知道不便当着学生的面跟校长争,就带两个学生上我办公室,待跟他们交流完毕再来做校长的工作。

到了我办公室,我让女生先回去。我说:"我没多的话要说,我们彼此信守承诺!"待女生走了。男生对我说:"我也要签名!"我说:"如果当初你就签我同意,现在不行。"男生问:"为什么?他们几个难道要特殊点?"我说:"对,要不他们在签名的时候,你怎么不签?"我心想,现在要放你回去,指不定你俩头脑一热,做出什么事情呢。我继续说:"我不让你离开学校,是不想让学校把你开除了。"他说:"反正初中毕业证书不值钱,他要开除让他开除好了!"我说:"作为一个男人,不能逞一时之快,目光要长远。确实,在这时代初中文凭不值钱,但一个人的荣誉和尊严值钱。如果校长真把你开除了,校长的理由是充分的,他有这个权利。可你呢?你从此一辈子背上一个被学校开除的坏名声,将来你拿什么来面对自己的孩子?你难道希望别人在你的家人和孩子面前说:'某某人枉有一副帅气的皮囊,当年是被学校开除的一个坏学生、一个混球!'指不定说得比这更难听。为了自己的名声,你从今天起安安心心待在教室里。"经我这么一说,男生也意识到后果的严重性,他担忧地问我:"校长真的会开除我吗?"我说:"谁知道呢?你先回教室,还有我呢。我得马上到校长室,晚了可能就来不及了。"

政教处果然已经在草拟开除这男生的通报,我赶紧对他们说等一会儿再拟。我到校长室去,我说:"这孩子的工作做通了,他决定安心坚持到最后,不给学校和您添麻烦,也不给我和班级添麻烦!"校长说:"无所谓了,我让政教处开除他。"我说:"开除他确实是件容易的事情,但是校长您有没有想过开除他的后果,对学校、对班级、对我和您?这是个成绩非常差的学生,三年都熬过来了,却在最后几周被学校开除,放谁身上都可能想不通。综合评估一下,我认为,既然他的思想工作已经做通,我们就得做出一个姿态,对他宽容一些。"校长说:"我难道怕他不成!"他有些恼火。我说:"现在世界,谁怕谁呀？不怕讲理的，就怕不讲理的，尤其是像这样半懂事不懂事的小年轻，引导为主！”校长终于被我说动了，他说：“你叫他来见我。”我知道，校长今天找这学生再谈话，肯定不合适，多半谈不到一块儿去。我说：“这样，我让他明天来。”第二天，俩人沟通得非常好，校长也不谈开除这学生的事儿。

回顾我整个教学生涯，我以护犊子出名。这俩孩子从那天开始，没到一周就腻歪了。那男生对我说，跟那女生见面，“连说句话的兴趣都没有！”

什么是心血来潮？这就是。

4

姚海华在启东中学提前招考的残酷拼杀中脱颖而出，毕业考试还没结束，已经拿到启东中学正式录取通知书。这事引起了跟他同样优秀的几个同学的情绪波动，我迅速用最简短的话开导几位同学，调动他们的学习积极性。

拍完毕业照之后没几天，他们就被送进考场。他们的考场被安排在吕四中学，早上到校集中上车，下午考完再由汽车送回学校。前面离校的 15 名同学悉数返回学校参加考试，经过一段时间的沉寂，他们似乎更成熟了，有的已经着手经营生意，有的已经做好外出的准备，反正每一个看起来都比以前快乐，这是我最愿意看到的。

车是中巴车，女生和晕车的同学坐，男生站。有同学给我让座，我说：“你们是‘参战人员’，你们坐。”

汽车奔驰在通往吕四的公路上。突然，后边一辆像故意跟我们这辆车比赛一样，抢到这辆车前面去了。我们这辆车的驾驶员也是个小年轻，马上轰大油门，赶超过去。

车里的同学觉得这很来劲，纷纷喊：“超！超！超！超！”

很快后面一辆又超上来，这驾驶员不甘示弱，又超上去。

我马上干涉他们，要求驾驶员为保证大家安全，不允许再超车。

可这帮曾经的足球健将，个个兴奋得不得了，使劲儿喊着："超！超！超！超！"

驾驶员听不进我的意见，只顾换挡、踩油门。

如是三次，两个车就有些控制不住节奏了，随着车厢猛烈地晃动，车里发出一阵阵尖叫。

后一辆车再次从左前方切到前面的时候，由于靠得太近，这辆车的驾驶员猛向右侧打方向，车直奔马路边冲去。幸好及时刹车，车辆在剧烈颤抖中，猛烈地左右晃了两下，停下来。我的怒火早就按捺不住了，我冲着驾驶员发火了，教这些学生两年来，他们第一次看见我发那么大的火。要不是车厢里拥挤，考虑到安全问题，我会冲上去揍这驾驶员。我在心里骂了句脏话，逞一时之能，不把全车人的性命当回事。这车子要真栽跟斗，即使没有任何人受伤，都可能耽搁学生入场考试，都是很大的事故，都可能在启东教育界引起震动。

车上有一大半的同学吓得脸色刷白，好在这些孩子是踢足球长大的，经历过一些惊险，很快就恢复平静。这下，驾驶员也老实了，把学生送到考场后，我立马打电话给校长，报告了这次超车事件，强烈要求更换驾驶员。

许多年以后，这批学生几乎每一个都记得那次险些出事的超车，好几个当年参与喊"超！超！"的学生说："当年我们太年轻了，根本没意识到危险！"

考完试，学生派代表来对我说："老师，我们想借您家的炊具搞一次聚餐，邀请全校老师参加！"我心想，如今的孩子多是娇生惯养的，有几个会做饭的，况且要煮四五十人的饭菜，这要放到农村里，都得要一个厨师队才能完成。不过这一充满人情味的举动，赢得我的赞成，我给予他们最大的支持。我联系学校，请他们把闲置近半年的食堂打开，让同学们把我家的灶搬到食堂里去。同学们从家里带来蔬菜，凑份子到市场上买回鱼、虾和肉。原来他们谁带什么，早就商量好的，顾芬芬负责总调度，分派同学洗菜的洗菜，擦桌子的擦桌子，洗碗的洗碗，到灶下烧火的去烧火。在初中阶段，我从来没发现她有这样的才能。这是个帅才，可惜我发现得晚了些。多年以后，这学生成为商界人才，印证了我那天对她的评价："你具有将帅之才！"张华平等几个女同学主厨，张华平是个在班上不怎么说话的沉默女孩儿，面对那么多人的饭菜，先做什么再做什么，她却是自有主张。男同学的眼风很好，她一抬手，就知道要盐还是油，赶紧递过去。

男同学去买来了啤酒和黄酒，热情地把每一个老师包括后勤师傅都请了来，把学校领导和任课老师分插到五张饭桌。起初我问他们几个菜，他们说两位数。我想大概是十二个菜，走遍中国，十二个菜可算大宴了，等菜上齐了，每一桌二十个菜，不重样，每样的分量不是太多，碟子和碗堆满桌子，这些餐具都是几年前我岳母在茅家港市场上开馆子用的。这是一场奢华而简朴的大宴，我喜欢上启东土菜，就是从那时候开始的。校长很感慨，悄悄对我说，"幸好当初没把那个男生开除掉。"酒桌上他俩好得跟叔侄一般，你敬我一杯，我敬你一杯，直到把校长喝得酩酊大醉。让我开眼界的是，不仅男生会喝酒，女生也会喝酒，酒量还不小。到最后男生都醉得东倒西歪了，女生还能把所有的餐具收拾好。宴会即将结束的时候，同学们要我讲几句，作为他们的毕业留言，我推给校长。校长说在别的班级他可以讲，在这个班只有我这做班主任的讲合适。我说："同学们，从今天开始，我们就是朋友。三甲中学将成为你们终生的记忆，你们也将在我的记忆里铭记终生。时间多么短暂，仿佛昨天才来报名，今天就要离开了。将来不管你在哪里，从事什么工作，只要你想学校了，想老师了，随时欢迎回来。临别之际，我送大家四句话：一是贫穷不可怕，怕的是安于贫穷，一个人一旦习惯了贫穷，就再无进取之心；二是有梦立即追，这当然是指正当合法的梦，只有想不到的，没有做不到的，不要等老了，才叹息自己一生庸碌无为；三是善待亲友，重情重义；四是保重身体，健康是自己的福气，是家人的福气，也是朋友的福气。预祝大家一生平安、一生幸福！"

我说完这话的时候，全场肃静。突然，班长王建华喊了一声："起立！"同学们都站起来，老师们也站起来。同学们跟平时下课那样，齐声一字一顿地喊："老，师，再，见！"这一声课毕时的师生之礼，触动了在场所有老师心中最柔软的部位,同学们都哭了,老师忍不住流泪。

送走这个班的学生,好长一段时间,我的心空落落的。我爱这些学生,就像爱自己的孩子。

十年之后,他们建立了“启东市茅家港三甲中学99届”QQ群,我的QQ号被吸纳其中,成了群中一员。同一年毕业的其他班的同学声称自己“找不到组织”,也纷纷加入其中。十四年之后,2013年农历年初五,这批学生举行毕业之后第一次聚会,邀请我和妻子。帅哥更帅了,靓女更靓了。个个都过得很好,都有一个可靠的职业,都取得了不俗的成绩。尤其重要的是,都成了家,家庭很幸福,有一个还没孩子,其他人有的有一个,有的有两个。有好几个同学由于这样那样的原因,未能到场,也都打来了电话。我问他们还踢球吗?男同学说:“逮上机会,还踢!”难怪体形保持得那么好。女同学说,早忘了足球怎么踢了。怪不得越看越具有大家闺秀气质。他们有一半在启东,有一半在外地,北到内蒙古海拉尔,南到云南红河州,东到福建蓬莱,西到青海格尔木,分布全国近20个省市自治区。这不晓得跟他们当年的班主任我是从四川西昌到江苏启东来生息之间有没有因果关系。一晃,他们都跨过了三十岁的门槛,当年我做他们教师时不过二十七八岁。唏嘘间,我人到中年。再看这些当年的孩子,更像自己的弟弟妹妹。

冷　暖

若有足够的自信和勇气，只要不违法乱纪，做自己喜欢的事情，不管结果如何，都是可心的。

1

提前几天，学校领导就得到有关部门的通知，说上面有领导要来对我们这所薄弱学校的教师思想进行调研，要大家本着“从大局出发，不被其他学校合并”的思想，“本着良心说话”。他们说，三甲中学走到濒临穷途末路的境地，跟教师严重老化、教育观念落后、教学设施十数年得不到添置、生源差等原因有直接关系。跟哪些因素有间接关系呢？谁都没有说。后来发生的一些事情，让我明白，三甲中学最终要被合并，还有更深层次的原因。

这一天，天气晴好，初夏清新的海风伴着渔船忙碌的马达声，几只鸽子和海鸥在校园里翻飞。头一天被各班学生打扫了又打扫的校园虽是泥地，但是让人望一眼，就能感觉到新扫过的干净，跟洗得泛白的军装那样，简朴却不乏大气。

我们被集中到一间教室开了整整一上午的会，接近十一点的时候，终于轮到教师发言。一位头颅硕大，秃顶，面色红润得好似施粉的中年教师站起来。他把两只衣袖向上各卷了几卷，像要跟人打架似的。他中气很足，声音洪亮：

“自从上级给我们戴上薄弱学校的帽子，学校的食堂就开始生火冒烟，热闹起来了。”说完这句，他故意耐人寻味地停顿了一下。

接着他以一泻千里、惊涛拍岸卷起千堆雪的气势，一口气说完以下一段话：

"上级领导常来关怀我们学校,经常来'调研',这是好事,看得起我们。但是非常抱歉,我想冒昧问问各位:你们'调研'之后得出什么结论?提出了什么指导意见?'处方'在哪里?能不能讲出来给我们听听,拿出来给我们看看?让我们获得启发,受到教益,不要光让我们学校食堂里的师傅白忙活,要知道,为体现对各位领导的尊敬,食堂师傅提前两个星期就忙碌起来。不容易啊!

"各位领导上午所宣讲的教育理论很先进,我在书上也看到过不少类似的文章。你们最大的优势就是手中有权,有权就可以借助这个权力从理论到理论给大家灌输理论。动不动就是陶行知讲叶圣陶说,一会儿俄国教育家、一会儿美国教育家。古今中外,引经据典,头头是道。我琢磨来琢磨去,感觉都不是你们自己的东西。这些东西,对你们来说都还是一堆冰棍,就怪不得我们这些小教师消化不良:吃进去的是冰棍,拉出来的还是冰棍。'实践是检验真理的唯一标准',这话不是我的发明,当然也不是各位上座领导的发明,容许我贩卖一次,你们若是真要心帮助我们,下一次来的时候,请你们也进课堂,让我们观摩学习你们上课。你们怎么上我们也跟着怎么上,看看问题究竟出在什么地方……"

台上那几个,刚才轮番给我们布道三个多小时、生怕我们漏听半句而不许任何人上厕所的领导们,小脸儿红一阵白一阵。把每一个人的表情浓缩一下就是:以后就是天天请我来吃五十斤重一个的王八,也不会到你这倒霉的地方来!

当时,我对这老师又敬佩又赞赏:英雄啊!

2

英雄自有其成为英雄的原因。我对他的好感还没坚持三天,就崩塌了。

这一天,学校请了几个小工来修围墙,在校园中的一块空地上搅拌混凝土。英雄不知从什么地方推来一辆翻斗车，把小工和好的混凝土拉了一车走了。过了一会儿，又来拉一车。待他来拉第三车的时候，管后勤的主任出现了，问他拉那么多混凝土干啥去？英雄说："你问那么多干啥？校长都没发话，你多什么嘴？"主任不让他拉走，英雄偏要拉走，嘴里骂骂咧咧："你充其量就是校长的一条狗！让开，好狗不挡道。与其让校长捞饱，不如让我们小教师的日子也改善改善……"原来，他家楼下的场子里的水泥地面坏了一块。在英雄的眼里，不管哪一个人，只要是官，无论大小，都贪污腐败、鱼肉人民。英雄再来拉的时候，校长站在他面前，他仍旧不管不顾地往自己的翻斗车里装混凝土。校长说："某老师，这是公物。"英雄说："你也知道这是公物啊？你在往家里捞的时候，怎么没想到那是公物呢？"校长说："某老师，你说话要有凭据，污蔑栽赃是犯法的。"英雄说："你是共产党员吗？你是共产党员就要听得进批评意见，有则改之无则加勉！"说罢，哼着小调，把那一车混凝土拖走了。

我还第一次见到那么蛮不讲理的英雄。同办公室的同事说，在英雄那里，他说的就是道理，在这个学校是没人敢惹他的。他们还说，英雄不仅在学校是这样，在家里也是这样，他老婆受不了他，要跟他离婚，跑回娘家。他跑到满是淤泥的水沟里，滚了一身又脏又臭的烂泥跑到老婆娘家，和衣睡到老丈母床上，声称老婆不随他回去，他睡老丈母娘床上不走了。姑爷睡丈母娘的床，放在中国哪个地方不是大笑话？自此以后，他老婆受他再多的气，都不敢回娘家去。英雄在成为英雄之后取得的最大成功是，他那小学和初中成绩极不出众的儿子，到了叛逆期没干过他老子，忍无可忍，发誓把书读好，"离开这不讲理的老家伙"，最终考上南京大学，毕业后留在南京。他家孩子从上大学二年级开始，再也不愿回来跟英雄打个照面。英雄之所以为英雄，就是无论海枯了，还是石烂了，他依旧老马不死旧性在。不讲道理惯了，自然就以"不讲道理"成为得道成仙的法门，凡夫俗子的那点本事，是镇不住他的。

英雄教物理，他所任班级的物理成绩，及格人数一般不超过十人。他在课堂上，上管天，下管地，中间管空气，从学校管理体制一直批评到国务院，从美

国人的险恶用心一直骂到联合国的欺软怕硬，古今中外，无不在他诅咒的范围内，偏偏不管自己的本门学科——物理。一节课结束，一道物理题都还没讲完；一个学期结束，一本书才讲了一半。就这样一个英雄，他还到处神吹自己从读书就在这所学校，后来又到这所学校教书，一干几十年，中途有好多次其他更好的学校校长点名调他去，都遭到他义无反顾地拒绝。每说到此处，英雄总会发表重复一万遍的感慨："一个人不爱自己的家乡，谈什么爱国！"

到了收学费的时候，那时候全国上下没几所学校不收学费，英雄就给所在班级的学生说："你们要联合起来反抗收学费的不合理制度，外国早实行免费教育了，九年制义务教育就是在义务教育阶段不交学费但有书读……"学生问："怎么反抗？"他说："从明天开始你们都待在家里，不来上课。谁也不会追究责任，你们又不是罢课。学校来问你们都说自己家里穷，交不起学费。"

第二天，他所教的两个班果然一个学生也没有。这情绪迅速感染了其他班级的学生，到了下午，把全校到校的学生集中起来，凑不够总数的一半。学校召开全校教师紧急会议，要求每个教师和班主任立即出去做缺课学生的家访工作，尽快劝说学生返校，尽量不要造成学生流失。校长最后讲话说，此次劝返学生的工作将与年终奖金挂钩。校长不说这句话，我们也会想尽一切办法把这工作做好，毕竟一个学校没有学生是开办不下去的，哪怕校长的年终考核，最高的与最低的差距不超过五十元钱，年终奖总共就只有三百元钱。

英雄就在这会儿发话了。他说："尊敬的校长，你派我去请学生不是不可以，虽然自古以来都只有学生请老师的，如今这叫倒插杨柳，但在去之前，请把去年学校的透支款，到底透支在哪些地方公布一下吧？"去年那个造成学校账面透支的校长已经于年底调到其他学校，据说走的时候把账本销毁了，但透支的款项还摆在那里，为填补亏空，学校不得不把这笔钱以水电、电教费的名义分摊到学生头上。校长立即意识到，英雄在玩借刀杀人的把戏，如果再次追查透支款，原来那校长自然脱不了干系的，他这当任校长为替学校填平账目也得受追究，弄不好旧创未除再添新伤，好一个"一箭双雕"。校长反应快，他说："某老师的意见非常正确，但提得不是时候，我们的当务之急是动员所有在家的学生返校,鉴于某老师在我们学校的威望,我们请某老师担任这次劝学生返校活动的活动组长,重点负责某老师任教的两个班级。”这一招果然灵验,因有了“组长”的头衔,英雄再也没提其他意见。但他的业绩并没有因为他是“组长”而更出色,他所任的两个班级,一共有九个成绩本来就差、没心思读书的学生,再也不想回学校,跟父母或者亲戚出去打工去了。英雄虽然没有完成任务,可他所任教的两个班,因为走掉几个物理学科打死也考不及格的学生,分母变小了,他不费吹灰之力,两个班物理成绩的及格率大大提高了。

这学期结束之前传出消息说,本学期结束,三甲中学就要整体打包合并给茅家港中学。英雄无时无刻不对此表示愤慨,多次表示要大家跟他一样“以死相拼”。学生在英雄的课堂上,从此听不到与物理学科有一点关系的内容,他历数三甲中学的种种辉煌和历任校领导的种种罪状,鼓励学生不要到茅家港中学去。英雄对学生说:“你们那么差的成绩,到茅家港中学去只会被看不起。你们要向教育局、市政府写信,你们只有继续待在三甲中学才有尊严……”这时候的学生跟我一样,早已看透英雄的真面目,全都在看他的“独角戏”。是年七月,三甲中学终于在一个伪革命者的呐喊中散伙了。我再次回到我曾经工作过的茅家港中学。

3

有关方面预想的抗命事件并没有发生,曾无数次标榜自己“深爱这所学校”的英雄对学校被撤并没有发表任何不同意见。我在搬办公室里的书本回宿舍的时候,校园里来了几个神秘的人物,在我眼前一闪就不见了。待到我午休结束,再次回到办公室的时候,我的办公桌没有了,其他老师的办公桌也没有了,办公室的后窗也没有了。我迅速浏览整个校园,向着校外一侧的窗户几乎都被撬走了,学校食堂的大门敞开,一口可以煮半条牛的铁锅不

知什么时候失踪了，看得让人毛骨悚然。我跟妻子商量："赶快搬吧，要不然，纵使我俩待在家里，恐怕也守不住自己的东西。"（后来，果然丢了孩子小时候用过的一张婴儿床。）当一个单位解体，一大堆财产处于"临时无主"状态时，那句话就管用了："世界有个加拿大，中国有个大家拿"。

七月的阳光在空旷的校园上空穿梭，明晃晃的，相当扎眼。新调来刚做了一年的校长在学校被撤并前，念及我和妻子都是外地人，替我们向上级主管部门争取，搬到茅家港中学北面更加靠近大海的一幢房子里去。那里原是幼儿园的教室，幼儿园搬走之后，荒废多年。屋子后面是茂密的柏树林，杂草丛生。这屋子许多年没人经管，到处是老鼠洞，蛇蜕随处可见。在几位学生家长的帮助下，冒着酷暑，我买了两拖拉机火砖，把教室隔成两间，再把靠门的一间隔成两半，就有了一大一小两个卧室，一个小厨房。

我和妻子开始一段全新的生活。

孩子刚两周岁半，还没达到上幼儿园的年龄。要是在三甲中学，放在自己身边就行了，学校的课务安排，保证夫妻俩有一个能照顾孩子。再说，我们的邻居姜老师和周老师也能替我们照顾孩子。

茅家港中学班级多，有孩子的老师也多，换了我也没办法替有孩子的老师错开安排课程。这么大的孩子正是什么都不怕、见了什么都好奇的年龄，没人带是非常危险的。宿舍紧靠马路，曾有孩子就因为家人稍微大意了一会儿，就被人贩子拐走了。马路上晒满渔网，车来车往，也有孩子被车碾死在渔网里。

我得想法把孩子送进幼儿园，其实幼儿园离我家就两堵墙。带孩子出去玩的时候，我故意带孩子到幼儿园门口，隔着栏杆式的铁门看院子的各种各样的壁画，孩子对即将进入的幼儿园非常感兴趣。到开学的时候，幼儿园贴出告示，要求家长带上孩子的出生医学证明、户口本和疫苗接种手册前去报名。我牵着孩子的小手往院长办公室走去，这段路我走得很忐忑，我不晓得迎接我的是什么结果，因为全乡要上幼儿园的孩子是那么多，我的孩子还差半岁。作为孩子的父亲，我得替孩子争取入学的机会，这也是在替自己争取一定的机会。幼儿园园长是位五十来岁的阿姨，我向园长出示了孩子报名所需要的证件。园长看了说,“还差半岁呢。”我说,“要是等明年,就要超过大半岁了。”她说:“主要是考虑到孩子太小什么都不懂,麻烦我们没什么,关键是怕影响孩子以后对学习的期盼程度。”我向她说明我们家情况的特殊性,没有时间带孩子。我说:“我这孩子有一定的生活自理能力,吃饭、上厕所都不需要大人帮忙,自个儿会。请园长暂时把这孩子收下来,如果孩子确如我所说,就请您收下;如果不是那样,我还带回去。”园长就把孩子的名字登记下来,到开学那天我把孩子送去,没见着园长。放学回家,孩子说:“小朋友都在哭。”我们问:“你知道他们为什么哭?”孩子说不知道。我们问她哭没哭。孩子说没哭。问她为什么。她说幼儿园有好多小朋友跟她玩,她很开心。过了几天,园长打电话来说,这孩子真不错,很懂事,吃饭、睡午觉、上厕所都不需要老师操心。我悬着的石头终于落地。

从孩子满周岁开始,每天晚上要睡觉的时候,我都要给她讲一两个故事。周末空闲的时候,我把孩子抱来坐到腿上,指着图画给她讲,她能安安静静听上一个多小时。有时候,我连着两个晚上重复同一个故事,孩子就会说:“爸爸,你昨天晚上讲过啦!”在她这个年龄,许多故事她还不懂呢,能听出相同,说明她有双机灵的耳朵。在我的故事中,孩子慢慢成长。在她上小学以后,学过一段时间电子琴,后来由于学业的原因,中断了。虽然学习音乐的时间不长,但是,只要她喜欢的音乐,听过一遍,里面最好听的几个音节,她是能弹奏出来的。

4

这时候,我的第一本书——散文集《野山野水》出版了,恩师蔡应律作序。同办公室的潘海英、高菊香、朱群生、牟利、朱军和殷克明等老师,给予我很大帮助和无私支持。那一年我还未满 30 周岁,从 18 岁开始,断断续续写了好多年,为出好这本书,我挑了又挑,拣了又拣,终于从已发表的 50 多万字作品中挑出18万字。薄薄的一本，薄得今天看来一点底气都没有。所有文字都围绕巴山蜀地的野山野水以及在野山野水中生存的人们叙写。当时我预言“在现代社会大功率的污染和破坏面前，人类生生不息的野山野水，或许在不久的将来，会成为地球人痴情怀恋的乐土”。从那时候到现在20来年的时间，不仅东部沿海，就连我的故乡大西南安宁河谷都发生了翻天覆地的变化。原本属于自然、属于阳光、属于雨露风雪、属于山泉鸟鸣的农村，逐渐在城市化的进程中消失了，原本淳朴透明的青少年、勤劳诚恳的成年人、厚道慈祥的老年人，在一切以经济作为杠杆的评价标准中迷失自我、方寸大乱。这本书上所写的20多年前热气腾腾的生活，今天看起来像发生在古代，以至于我今天不敢轻易打开这本书，再去读里面的文字。这本书我至今依旧喜欢，从装帧到文字，它朴实、坦率、真诚、充满真情。

我这人是在骂声中成长的。别人说写文章没用、没什么了不起。我也觉得没什么了不起，但我憋着这口气，坚持写，写好。教师评职称文学作品不算教研成绩，不算就不算，咱就不是为你那什么“教研成绩”而写的。教师教育学生不要功利，要淡泊名利，相关制度却无时无刻不在逼迫教师面对现实、追名逐利。这世界，若有足够的自信和勇气，只要不违法乱纪，做自己喜欢的事情，不管结果如何，都是可心的。我最可心的，就是写作。

大学教授梁多亮老师是与我通信最多的一位，也是给我鼓励最多的一位。那时候，我的文章经常连地方报纸都登不上。这给我一个错觉，以为地方报纸都上不了，肯定上不了国家级和省级报刊。梁老师对我说，每家报纸都有自己的风格，不要有像进攻阵地那样一步步推进的思想，不妨跳开地方，直奔大报大刊投稿。事实证明，梁老师这一招对我太有用了，从此，我打开扇全新的窗户。其间，还有凉山日报的罗定金老师跟我通信比较频繁，他是位和蔼的长者，对我眷顾有加。

一年之后，办公室重新调整，同办公室的老师彻底变了。到这时候，我已经被磨成除了口语不是启东话之外，其他诸如考虑问题的方法、待人接物的方式等都“启东化”了，这保证我很快地融入到任何一个集体中去。我接手一个新的初二班级，担任他们的班主任。作为班主任，我懂得如何调动科任老师的积极性。虽然教育部门给班主任规定的任务里没有这一条，但作为一方“诸侯”，这一点太重要了。相互协调好，才能配合得好。比如在布置作业的时候，没有班主任协调的老师只考虑自己这一门功课，而班主任做过协调功课的班级，每个老师都能想到给其他各科留出必要的时间。为了提高单位时效，教师在布置作业的时候，懂得挑选最具代表性的题目进行巩固练习。这样的班级，学生学得不是太苦太累，学习效果却相当理想。

这时候，我在作文教学方面已小有名气，学校曾考虑让我专教毕业班的作文。后来，考虑到兑现奖惩的时候不好测算毕业班的考核奖，才不了了之。就我内心来说，让我专职教作文我是愿意的，但让我专职教初三作文，我对自己没信心。学生作文水平的提高，不能靠一年半载的工夫，尤其是初三学生，有那么多门功课要抓，我不可能采用突击的方式来提高写作水平，要真正达到提高作文水平的效果，必须从初一学生进校开始抓，从初二开始抓也还来得及。可那时间太长远了，两三年才一个轮回。

借着自己的小影响，我牵头带领全校语文教师创办了“起锚文学社”，创办发表学生优秀习作的油印刊物《起锚》，一个月一期，文章由各语文老师推荐。“起锚”有两层含义，第一层意思，是茅家港中学靠近大海，起锚有扬帆远航的含义；第二层意思，是启东市茅家港中学的缩影。就这么一份每个班只分发10份的油印刊物，在学生中产生了相当好的影响。不管哪个班，只要有学生在上面发表了文章，下次写作文的时候，就有更多的学生努力写好作文，争取在这份刊物上发表习作。为进一步鼓励学生，我把刊物上的好作文推荐给国内的一些报刊，北京、南京、上海、成都、太原等地的著名中学生作文报刊纷纷刊发，这再次刺激了学生作文的积极性。我有一个理论：让学生跳起来摘果子，才能摘到他自己最满意的果子。

我的这一系列的举动，引来传言：李新勇要把茅家港中学变成作家培训学校了！

可不是么，为了写好作文，学生买书读书的越来越多了，作文课上想把作文写得更好的人更多了。在《起锚》上发表一篇作文，立马就是班级名人。要是再在外面的报刊上发表了习作，就是学校名人，粉丝一大堆——尤其在

孩子开始有明显的性别意识，谁都希望能够吸引更多异性眼光的年龄阶段，照这样下去，茅家港中学岂不真的要变成作家培训学校？

可见，我们的中学作文教学，缺的不是教师的经验，缺的也不是对学生的训练，缺的是如何调动起学生“跳起来摘果子”的热情。

这事我还没来得及得意，就有不同年级好几个班的班主任向学校教务处提出抗议。班主任们不无忧虑地说，再让李老师这么搞下去，“这些学生是不是只需要学一门语文就能上高中了？”接着，我发现，学校耗费了不少纸张印刷出来的《起锚》，发到班级里，在部分班级立即被锁到储物柜里。

这事的确对我有点打击，但打击不算大，我想起一句话：“余心所善，九死不悔。”这一点小波折算不了什么，何况学校方面没有任何人找我谈话，学校内部也没有任何人当面对我的做法表示不满。不过，我确实感到，要推行一项新措施，要实施一项改革，会遇到各种预想不到的阻力。

5

有一天上午，同办公室的彭件林老师对我说，他在电视上看到一则招考启事，市工商局要招一个秘书，建议我去考，还给了我一串电话号码。我嘴上答应，心想这样的好事哪能轮到我呢。

我对他表示感谢，说：“等过一会儿下班回家再打电话。”

彭老师说：“要打现在打，你下班，人家也要下班的。”

说着掏出自己的手机就打。那时候一个学校能用手机的人也就那么几个。彭老师曾下海做过几年生意，热情，仗义，办事果断。我多年以后分析，我从四川到启东，那是巴蜀文化吸纳了江海文化；而彭老师下海出走江湖，是江海文化吸纳了包括巴蜀文化在内的其他文化，所以我们俩是惺惺相惜。在这件事情上，他老兄为我考虑得更多，他不仅留心了电视下面的一行很不起眼的流动字幕，还连电话号码都记录下来了，足以看出他是有心帮我的。

电话那头说，报名今天下午就截止了，要报名今天下午来。那天下午我还有课，彭老师不教我们班，他说："没事，我帮你看着，学生不会造反的。"我说："那得替我保密，要考不过太丢脸啦！"彭老师笑起来，他说："用江湖上的话说，你还是个雏儿——人在江湖飘，哪有不挨刀的？多挨几次刀，才能混成老大！"很快收起笑容，特别交代说："保密就保密，文人都要面子。我跟你说，你不仅要带身份证、户口本、学历证明，还要把你出版的书也多带几本去。这虽然不会为你增加分数，也帮不了你多大忙，但毕竟能够说明你有写作功底。秘书的首要本事，就是要有写作功底。"

中午回家我跟妻子说这件事，妻子觉得突然，我说我也觉得突然。妻子问我："工商局是做什么的？"我说，"我也不知道。"她说，"不知道你还敢去考？"我说，"考着玩呗，反正没说要交报名费。"的确，直到我后来进了工商局上班一个月，我才搞清楚工商局是什么职能单位。

在家里匆匆忙忙吃了饭，立即往城里赶。到了工商局大院，我发现这个大院很熟悉，我几个月前来过。我的第一本书在北京出版后，一个偶然的机会，我发现我那本书中的五十多篇文章，被编进了一套文摘精选里去了，事前没谁跟我打招呼，事后连套样书也没有，如果不是偶然发现，我还一直蒙在鼓里。我通过一定渠道了解到编这套丛书的人，给他打了个电话。没想到我这边风和日丽地请他寄一套丛书给我留作纪念，他那头毫不客气凶神恶煞声称什么也没有。这可把我惹火了，为这事，我曾到工商局消费者协会咨询过。

接待我为我报名的，是办公室一个非常机灵、相当帅的小伙子，大家叫他小王。我一看登记表，前面已经有三十六个报名的，我是第三十七个。有研究生，有教师，有律师，还有在校大学生。我问小王招几个。他说："我们发出去的招考信息你没看？一个！"我心里顿时有种解脱式的凉爽，一个，既然是一个，咱考不上没啥丢人的。

报名回来过了一阵，工商局电话通知我去考试。报名表上，我留了家里的电话。我跟妻子都在上班，自然接不到。工商局办公室又把电话打到学校办公室，终于把我通知到。那时候我想，我确实有必要配备一部手机了，要是发通知的人稍微疏忽一点，这机会我就彻底错过了。

感谢那些年，感谢三甲中学那些堆叠起来比“毛选”还厚的安静的岁月，在那样的岁月里，我唯一能做的就是读书和写作。我读过的那些书在这次考试中派上了用场，我总分第一，并顺利通过面试和体检。面试通知是王振元局长亲自打的电话，我女儿接到的电话。我跟妻子无论接谁的电话，开口第一句总是：“您好！哪位？”孩子也学到了。孩子拿起话筒，奶声奶气说：“您好！哪位？……我是李新勇的宝宝……哦，知道了！”搁下话筒，扭头大喊：“爸爸，接电话！”多年以后，王局长说，你女儿替你在面试中加了不少分数啊！这是实话。我长相不出众。年轻时还可以，不过当时因为特殊原因已经发胖。从三甲中学搬到茅家港中学的时候，不晓得接触到什么有毒物质，两个手臂过敏，从腋窝以下到指尖，奇痒难忍。当地医院的医生在使用激素之前，没有征求我的意见，一上来就给我用地塞米松，连续用了两个多星期，用的时候不痒，停药两天就受不了。那段时间，我发现身上的汗毛越长越长，身体越来越胖。我学过中医，对西医一窍不通，不晓得这就是激素药物的副作用表征。手痒的毛病到了立秋，天凉快下来，就消失了。第二年再起这症状的时候，别人提醒我不要用激素，最好到南通医学院附属医院找专家看看。给我看病的专家带了好几个研究生，捋起我的衣袖仔细观察了几十秒，问他的学生这是什么病。他的学生作了回答，专家点头。我以为他还要考他的学生用什么药，他却没有。他说：“像这种皮肤过敏，用硫代硫酸钠肌注，效果明显，副作用小。”我赶紧说去年曾用过地塞米松。专家有些吃惊：“就这都用地塞米松？”他指着我手上毛茸茸的汗毛说：“这都是地塞米松给你带来的副作用，还包括你的肥胖。”那专家给我开的药，总价没超过十块钱，用了两次所有奇痒的症状彻底消失了，并且从此消失。可我肥胖的形象已经没法改变，要是跟领导出去，保不定人家把我当领导，领导身边哪能用这么肥胖的秘书呢？用启东话说：卖相不好。

那一阵，虽然我跟彭件林老师把保密工作做得很好，学校的老师还是从我先后三四次请假往市区跑的迹象看出端倪。各种猜测都有，有的猜去市委办,有的猜去教育局,有的猜去报社。我和彭老师约定,随他们怎么猜,不到最后不“揭锅盖”。因为我还有最后一关:教育部门同意调出。那时候在接收单位同意接收之后,还得办非常烦琐的调出手续,依次是学校盖章同意调出、乡教育管理委员会同意调出、镇教育管理站同意调出、镇政府盖章、教育局人事科同意调出、教育局长签字同意等。这期间,只要有一个环节卡住,都前功尽弃。我读过几次“毛选”,其他东西学到多少我说不上来,但我学到一点,就是“抓住关键问题”。在这件事情上,“关键问题”就是教育局局长。那时候,我最有利的条件是我有一个四川老乡在教育局做秘书。他比我优秀,也比我聪明,他让我先去找教育局局长。他替我选择的时间正好是教育局局长那一天中最空闲的时候,我进了他办公室,我说:“我一个四川人,举目无亲在教育部门打拼那么多年,感谢大家对我的关心和帮助,我逐渐融入启东人中,目前我已争取了一个机会,一个难得的机会,对我来说,一生也许只有这一次……”他没等我把话说完就打断我说:“教师考调到其他单位,之前从无先例!”让我出了办公室。嗨,到了这会儿,巴蜀文化的“匪气”帮了我不少忙,狭路相逢勇者胜,我知道这会儿不耍浑不行了。他让我走,我偏不走:他上厕所我跟到厕所;他去吃饭,我跟他到食堂,饭师傅向我要饭票,我指了指身边的局长大人对饭师傅说:“记在他账上!”他到阅览室看报我也跟到阅览室……我那同学看我跟局长大人熬得差不多了,不失时机对局长说:新勇能在三十七个人中脱颖而出也是我们教育部门的骄傲,这样的招考本身就难得,考上更不容易,您网开一面的话,他会感激您一辈子的!聪明的人说话,听起来就是舒服。局长大人终于发话:“把调令拿来,我签字!”我把调令呈上去,他一看,前面几关都还没过呢。他迟疑了一下,问我那同学说:“这是你给他出的主意?”我那同学也觉得意外,好在他转得快,他赶紧说:“在教育部门您最大,您一发话,下面谁敢阻拦?”我立即补了一句:“我们在这里举目无亲,出此下策,迫不得已!”两句话把局长大人给逗笑起来了。这一笑,我跟我那同学都松了一口气。

拿到局长的签字已是下午三点过,为避免中途出什么岔子,我立即到学校、乡和镇的教管站、镇政府办手续,一个下午盖了十几个公章。第二天,全

校老师还没回过味来，我已办完全部手续，速度快到连几个副校长都不相信。那个当初到教育局接我们的副校长还那么帅，他笑着对我说："我怀疑你是克格勃！"

这一天的课程表上，有我教育生涯的最后一节课，所以我特别珍惜。那一天教的是欧阳修《醉翁亭记》最后一课时，我决定用这节课的最后五分钟来跟我的学生道别，跟凝聚着我无数希望和心血的三尺讲台道别。这之前好几次，我都对工作的调动打过退堂鼓。我适合做教师，我热爱教育事业，我在学校有不少非常要好的同事，是他们的宽容和接纳，让我一个懵懵懂懂的川南山地汉子，逐渐成为一个为他们所接纳并融入其中的"新启东"；我还有那么多我喜爱的孩子，学生成功我高兴，学生受挫我比自己受挫还难受；爱着他们的爱，苦着他们的苦，把自己生平所学，巴不得在两三年里全部交给他们。眨眼工夫，我已做了六年半教师，送走三届毕业生，正送第四届初三，翻过年去就毕业了。我是任教时间不长、送走毕业生不少的教师。可事已至此，我不能不离开，我如此向往能有一段相对安静的时间来写作，作家梦是我少年时代就开始做的梦。这些年不间断地发表过一些东西，但写作的过程太难了。往往一篇本可以写得很好的文章刚开了头，上课铃声响了。待激情澎湃地上完一节课，再次摊开稿纸的时候，一点感觉都找不到了。更悲惨的是，如此美好的开头已经摆在那里，可后面的文字我不管怎么用心组织，都跟前面有"脱节"之感。我后来常被人提起的《狼遇》《猎枪之下》《生命如歌》这些短文，都经历过这样的磨难。这磨难的唯一补救程序是：推倒重写。为不被上课耽搁，我曾于一个非常寒冷的冬夜，写完一万多字的小说《我是风儿你是沙》，那是个中篇的内容，为了一气呵成，在写作过程中我不断做减法。天亮的时候搁笔，全身冰凉，四肢麻木，自己都不知道自己是活的还是死的。后来到了工商局，再看这个小说的时候，感觉惨不忍睹。我用三天工夫，把它改成了一个近四万字的中篇小说《别说再见》，才像模像样地拿来示人。如果说教育工作更多靠的是实干的话，文学创作更多的需要才情。实干是可以学来的，才情却不一定人人都有，更应该珍惜。

我上课的节奏把握得很好，到离下课最后五分钟的时候，我对同学说："同学们，老师今天有个重要的事情要向大家宣布，我得离开你们，到工商局去了。"我班上的学生早在几天前，就从不同的渠道隐约得知我要调走了，但没有想到会那么突然。话音未落，讲台下"嗡"一下哭成一片，我也不禁泪水潸然。这一批我从他们上初二才接过手的学生，跟我只有一年半的接触时间。这批孩子都很聪明，他们能感受到我的认真、率直、真诚，能感受到我对他们的爱，爱他们就像爱自己的孩子一样。有个姓彭的孩子的父亲患肝癌去世了，家里为给他父亲治病，穷途四壁，还欠了亲戚朋友若干钞票。他父亲一死，顶梁柱就没了，尸骨未寒，债主纷纷上门。我带头在班级里凑份子，买了个花圈以班集体的名义送过去，向这孩子的亲戚和债主明确表示，这孩子也是个顶天立地男子汉，在学校是受到老师器重和同学关爱的人，不要欺人年少，彭家后继有人。事后，这孩子的妈妈和姑姑都来感激我，说我们班送的那个花圈，比捧了一百万块钱起的作用还大。有个女孩子成绩不错，可他的父亲重男轻女，不让她读书，我们全班捐了一笔款，由副班长保管，到交学费的时候，就替她把学费交上，后来考上了医学院。还有个孩子，在我接手这个班之前就患自闭症，大家正好好上课，他突然离开座位，跑到讲台上来对我说："老师，我要丢垃圾！"他手上有几厘米长一截修正带。换其他老师，早批评上了，我温和地笑着点头说："好的。"他扔完垃圾又回到座位上听课。为了这学生，我分别跟每一个任课老师打招呼，并利用他父母带他去治病的时候，跟全班同学达成协议，只要不打人骂人，上课他要做什么都顺其自然。我告诉大家，我们要理解和原谅他，他想做什么就非做什么不可，他没有自控能力。这孩子真是奇了怪了，下课跟同学们讲的是他昨天晚上在天上或者地狱干了些什么事情，跟讲故事一样，说的有鼻子有眼的，大家也都把它当故事，达成默契，谁都不去点破。更奇怪的是，在这样的环境里，他各门功课迅速突飞猛进，成为班级前几名。后来据说他这毛病莫名其妙地消失了，考上不错的高中，还上了大学。

学生不是草木，我的一举一动看在学生眼里，也记在学生心里。他们也是有感情的，不舍是肯定的。

我的教育事业就在学生一片哭声中结束了。我的教学生涯开始于茅家港中学,转了一圈,最后又结束在这里。特别有意思的是,我刚教完的这一课《醉翁亭记》,表现的是作者欧阳修“与民同乐”的思想。我担任这个班的班主任兼语文教师,在过去一年多时间里,也曾跟这五十六名学生一起同悲同乐过。这一切都随风而去了,这一刻来得太突然,突然到连我都觉得还没做好准备。这就好比我的青春,像本仓促的书,疏忽一下,就翻到了三十岁那页。那时,连启东南部人都听不懂的吕四话,我已经能够比较流利地使用了。

芳 菲

我们这一代远走故乡的孩子,像蒲公英那样,在一片适宜的土地上,分枝散叶,蓬勃生长。

1

2013年春天,在一张饭桌边,一个通过国家公务员考试,刚到启东工作的四川老乡说,如果女方能达到他“五个一”的要求,他就考虑在启东安家落户。他那“五个一”分别是:有一张带学位的本科文凭、有一份体面的职业、懂一门外语、有一套不低于120平方米的房子、有一百万元的存款。

说这话的时候,在场的一大帮“新启东”包括我,一时无语,不晓得该说什么好。

跟精神文明建设“五个一”工程PK一下,这个帅气的小伙儿,五句话就把精神文明和物质文明全部收入囊中。

当时同桌有一人扭头悄悄对我说:“不就是个公务员吗?他当自己是金宝卵啊!”

事后,我等老派“新启东”不禁慨叹:现在的年轻人比我们当年复杂成熟多了。

不晓得这复杂和成熟,是好事还是坏事。

这需要时间检验。

跟他比较起来,我们这批老派“新启东”当年的婚事,更像在打一场物质准备极不充分的仗。

我们这一代在轻盈与空灵间,找到了现实。

在我们这帮老派"新启东"中间，老乡与老乡结婚的不在少数，跟启东人结合的也不在少数。

比较起来，老乡跟老乡结婚的，起点低，开头那几年在经济上经常会碰到一些问题，到处都要拿钱去救火，水池里的水却只有那么一点点。跟当地人结合的情况要复杂一些。仔细分析起来，娶了启东媳妇儿的四川男，大致日子都越过越滋润。四川人勤劳、诚恳、务实，做人做事都靠得住，不管在什么岗位上，都能替岳父岳母撑门面，自然越看越喜欢。当然也有例外，那家人在四川女婿进门以后，才嫌女婿拿回去那点工资少，搞得这小子一气之下考到四川做公务员，从此"撒尿都不朝这方撒"。谁都搞不懂这家人，如此擅长做亏本买卖，要是嫌四川人穷，除了工资之外，生财无道，当初就别答应这门亲事。现在，我不相信他家女儿还能像古董或者茅台年份酒那样加价出售。只可怜他们的孩子，几岁儿郎，不得不面对父母离异的残酷现实。

而嫁了启东男的四川女，据不完全统计，有一半比较受气，施气的主体无一例外都是婆婆。第一，饮食上的不习惯是导致婆婆跟媳妇关系不睦的主要原因。在中国，婆婆跟媳妇不睦，似有非常古老的传统。启东婆婆烧菜不放黄酒与红糖就找不到感觉，四川媳妇烧菜不放辣椒、花椒也找不到感觉。于是，媳妇觉得婆婆不够厚道，婆婆嫌弃媳妇不够贤惠，纠结由此而产生。第二，启东人宠孩子，从一件小事可见一斑：一次我去家访，在路上见一个八十多岁的老太太站在屋檐脚下扯开嗓门喊："宝宝！宝宝！"启东人以"宝宝"呼孩子。我本以为她老人家在喊自己的重孙或者小孙子。一会儿，只见一个六十多岁白发苍苍的老头急匆匆"跑"过来，冲着耳背的老太太大声喊："姆妈，哈事体？"（妈妈，什么事？）如今，绝大多数的家庭都只有一个孩子，母亲有恋子情结，孩子有恋母情结，那是政策都不反对的。媳妇儿进门，横刀夺爱，做婆婆的自然受不了，没事都要找点事儿出来，加上饮食上的隔阂，冲冲撞撞，在所难免。

后来有人总结出一条最佳解决问题的办法：年轻人与父母分开过，距离产生美，相互磨合、接纳，过那么几年就妥帖了。

在我离开茅家港中学以前，一天，一个高中生模样的女孩跑到学校来，向我们打听海复中学宁晓敏老师的情况。那女孩穿着时髦，背了个大螃蟹样的小背包，步伐富有弹性，有活力，给人蹦蹦跳跳的感觉。我心想，这女孩怪异，打听宁晓敏老师的情况不到海复中学，跑茅家港中学来干什么呢？宁老者儿反应快，也不问这女孩打听宁晓敏老师干什么，一向开口闭口就是欧姆定律、受力面积的宁老者儿把宁晓敏老师表扬得一无坏处。若有记者照宁老者儿的介绍写篇通讯发表，保不定宁晓敏老师能成为感动中国十大人物之一。待宁老者儿说完，那女孩儿莞尔而笑说："他才不像你说的那么好呢！"脸上呢，写满了幸福。

我们留她吃饭，她背上她的包包说一声谢，就消失在楼道中了。

她走以后，我跟宁老者儿、牟老师、兰老师讨论了好久。宁老者儿推测这女孩儿可能是宁晓敏老师的女朋友。牟老师和兰老师觉得这女孩儿那么小，不太可能。我不能肯定，如果不是，她专程来打听宁晓敏干什么？如果是，这女孩儿真聪明，那么小年纪就晓得为自己的未来负责。

后来，宁晓敏老师结婚，请大家去喝喜酒，新娘果然是那天见到的女孩儿。

再后来，宁晓敏老师那在医院做护士的爱人说，为全面了解宁晓敏老师，她跑了近十家有四川老师的学校，他们无一例外都把宁晓敏老师"鼓吹"一通，各有各的吹法，有金庸版的，有琼瑶版的，有路遥版的，有贾平凹版的。综合起来，宁晓敏老师的"英雄事迹"可以写好几部小说。虽然明眼人一看就有杜撰的成分，但几个关键词是相同的：踏实、聪明、幽默、勤奋、仗义。这跟她与宁晓敏老师接触的感受一致。这几个关键词，成了这女子把一生幸福托付给他的理由。

到今天，每每谈及此事，我们都盛赞这女子对自己负责、聪明、勇敢。换如今的年轻人，他们也可能来这么一手，不过了解的内容多半跟房子、位子、票子、车子有关。所以今天的年轻人，要么"嫁不出去"，要么老是在"嫁出去"的过程中，甚至"嫁"了一百遍，还觉得有几百遍机会在前面等着。

宁晓敏结婚不久，宁老者儿也结婚了，他结婚还是我的电脑牵上的姻缘。

那一阵我写小说，正写在兴头上，那号称在茅家港镇配置最高的电脑招呼不打一个，突然直奔无法开机的穷衰状态，我只好改由手写。写完了，我的电脑罢工还没结束。于是把稿子交由学校附近一姓彭的退休教师家里，请他帮我录入。

交谈中，听说他有个侄女还待字闺中，我马上向他推荐宁老者儿。彭老师说他打听过这个人了，然后不接话。

本地人对我们这批四川籍教师的情况，多少都知道一些。就茅家港那脚掌大个地方，谁家有点风吹草动不传得满乡镇都是？何况大家都是教师。

我立即发扬宁老者儿表扬宁晓敏老师的优良传统，按照他的路数，把宁老者儿好好表扬了一番。彭老师还是不置可否。

回家后，我琢磨，彭老师多半有些顾虑。顾虑什么呢？我突然想起几年前我们在第二医院外面的田埂下往化验单上添加数字的事情。

我的电脑罢工虽然结束了，但为促成宁老者儿的好事，我特意找了另一篇文章到彭老师家，装作不经意，故意把话题引到宁老者儿身上。我给彭老师夫妇讲当年的我们如何头脑简单，往化验单上添加数字的事情。没过几天，彭老师打电话来，要我带宁老者儿去相亲……就这样，踏破铁鞋无觅处，随时准备剃个光头上灵隐寺的宁老者儿，一年之后结束了单身生活。

如今，当年从四川来的每一个"新启东"都成了家，孩子有的上了大学，有的在上高中，上初中和小学的占大多数。我们这一代远走故乡的孩子，像蒲公英那样，在一片适宜的土地上，分枝散叶，蓬勃生长。每一家的孩子都那么聪明，讨人喜爱。

2

不管是吃名牌还是穿名牌，都不如人的名牌。

物质上的名牌再昂贵，都是可以标出价格的；人的名牌无论大小，无法用具体的价格标注。

1995年，文云全以物理系高才生的身份分到大江中学的时候，他并没有想到自己会跟中学生的创造发明连到一起。大江中学的科技小发明早就名声在外。文云全来的时候，时值第一任科技辅导员退休，学校一时找不到合适的老师来接手这活儿。学校来征求文老师的意见，文老师不傻，他琢磨：就像不是所有的物理教师都是物理学家一样，自己对科技辅导工作一无所知。这活儿的难点是前面的成绩在那里，如果自己糊里糊涂应付，不但误人子弟，还会砸掉学校一块响当当的牌子。不仅如此，当时也有好多人劝他不要冒险。

可当学校领导第二次来征求他意见的时候，他竟然慷慨地应承下来。四川人的性子就这样，明知山有虎，偏向虎山行，充满挑战的人生比一潭死水富有生机和活力。

为胜任科技辅导工作，他花了两倍的时间，付出了两倍的努力。别人在休息的时候，他在钻研业务；别人在球场上酣畅淋漓的时候，他在辅导学生。

功夫不负有心人，文老师第一年辅导12项作品在江苏省青少年发明比赛中全部获奖，其中一等奖5项。这给了他很大的信心，他发现之前的一切担心都是多余的，人的潜能都是能够开发的，只看他有没有信心和勇气，只看他有没有付出辛劳和汗水。之后，他在科技创新教育之路上越走越好。他以学会发明为重点开展的创新教育，培养学生创新精神和实践能力，取得了骄人的业绩。先后辅导学生创新作品获国际奖27项，国家级奖104项，省级奖300多项，其中100多项发明创造作品获得国家专利。辅导的学生黄泽

军、盛荣荣被评为“中国少年科学院院士”，辅导朱健华、袁懿等10多名学生被评为“中国当代发明家”，数百名科技特长生在高考中被加分、保送或在自主招生中被优先录取。

为了满足学生不同的发展需求，文老师率领教师大力开发校本课程，开设了20多门校本选修课，努力培养全面而有个性发展的人才；为了搭建有效平台，他率先组织成立了大江中学科协，让科技创新教育走上了组织化、制度化的快车道；为了实施有效激励，他率先组织启动了科技创新早期论证，实行“科技创新星级证书制度”，优化了科技创新教育的评价机制，很好地激发了学生参与科技创新的热情。

在文老师的带领下，一批优秀的科技辅导员老师迅速脱颖而出，朱海兵、黄晓军、黄宝树、徐海燕、仇东健等多位“徒弟”分别被评为省市优秀科技辅导员，其中他和朱海兵被评为启东市“十佳优秀师徒”。为此，大江中学科技组被评为“南通市优秀教师群体”。

谁知道这无数荣誉和光环的背后，也有终身的遗憾。

文老师的老家在四川高县，父母不识字。不识字，不等于不懂理。他父亲在他来启东的时候，语重心长地对他说：“你是教师，要爱学生；你是四川人，什么时候都不要给四川人丢脸。”

话很朴实，却浓缩着一个父亲大半辈子的人生智慧。

2006年年底，文老师的弟弟打电话要他回家，说父亲的病情严重。当时由于学校有重要工作离不开他，于是他便给弟弟说等忙完这一阵就回。过了两天，姐姐又打电话来要他赶紧回家，他也想立马丢掉手头的工作，马上回老家，可是看着一帮勤奋的学生的科技发明马上就要到收获的季节，离开他就会像离开一个收割者一样，整个一个学期师生的努力都会付诸东流，他侥幸地想：一向硬朗的父亲，也许能扛过这一关。最后妹妹给他下了“通牒”，发火地说：“你再不回家会后悔的！”

当文老师把工作交代完毕，火速赶回家时，他的心崩溃了。他的父亲已在他到达前一天离开了人世。他泣不成声，愧疚万分。透过眼泪，他看到父亲的眼睛和嘴都还开着，似有好多话要对他这走得最远的儿子说。

姐姐告诉他："父亲在临走前拼命挣扎着要等你回来。"文云全长跪在父亲的遗体前，久久不愿起来……

办完丧事，文老师挥泪告别四川高县的亲人，踏上前往启东的旅程。父亲没有说的话是什么？也许还是当年离开四川时说的那句话："你是教师，要爱学生；你是四川人，什么时候都不要给四川人丢脸。"也许不是这一句。

那永远也听不到的父亲的嘱托，成了他不断激励自己的动力。

在写这篇文章的时候，我向启东市大江中学要了一份文云全老师2012年的简介：

文云全，男，1972年7月生，四川高县人。中学高级教师，中国科技教育专家辅导团成员，南通市"226"高层次人才培养对象，启东市科协常委，启东市政协委员，启东市大江中学教科室主任、科协秘书长、科技教师。十多年来，辅导学生获国际奖27项，国家级奖104项，省级奖300多项，150多项作品获得国家专利；辅导2名学生被评为"中国少年科学院院士"、10多名学生被评为"中国当代发明家"。开展了多项科技教育课题实践研究，数十篇文章发表，多项研究成果获奖。其中"科技创新教育研究与实践"获教育部基础教育课程改革教学研究成果三等奖和江苏省首届基础教育成果一等奖。执行主编多期校报《大江潮》和校刊《扬帆大江》，出版《学会发明》《踏露而来——科技创新教育在启东市大江中学》等多本校本教材。其中《学会发明》获江苏省优秀校本课程一等奖，并在全国推广使用。目前正主持江苏省教育科学"十二五"重点课题"中学创造教育校本课程开发研究"，并在《江苏创新教育杂志》开设《学发明琐论》专栏。先后获全国优秀科技辅导员、全国教育科研优秀教师、江苏省师德先进个人、江苏省"伯乐奖"、南通市学科带头人、南通市劳动模范、南通市青年科技奖、启东市专业技术拔尖人才、市政府记"三等功"、科技之星、英才奖、突出贡献奖、十佳师德标兵等殊荣。多次应邀外出为大中小学、职业学校、企业等作科技创新专题讲座，听众超过25万人。

3

跟文云全一样优秀的四川籍教师太多了，文云全是其中一个代表。在这个群体之中，随便挑哪一个，我们都能从他们看似平凡的工作中，看到生命的美丽，像春天的花朵一般绽放。

如今长成大小伙子的沈梁飞永远记得，那天早晨，当陈丽萍老师经过大半夜寻找，找遍了游戏机房、网吧、溜冰场等许多沈梁飞可能出现的地方，终于在一座烧砖的窑洞里找到他的时候，他就像看到自己的妈妈，无限委屈地哭起来。陈老师上去把他拥在了怀里，任其号啕大哭。

陆春燕、沈梁飞姐弟俩自幼失去母亲，姐姐陆春燕刚升入高中，他俩又失去了父亲，姐弟俩一夜之间成了一对孤儿，思想上受到沉重的打击，多次流露出辍学的想法。从小缺少母爱、又失去父亲的沈梁飞自尊心非常强，性格叛逆，在学校打架、骂人、顶撞老师，屡教不改，迟到、早退、逃课更是家常便饭。这一天，沈梁飞准备离家出走，走到路上，他发现口袋里没钱，远方没有亲戚可投靠，孤苦伶仃的他，悲伤地躲到一座砖窑里。

陈丽萍老师把沈梁飞带回了自己家，同吃同住。陈老师带领家人，还关心沈梁飞的姐姐，每当陆春燕离校回到家，陈老师总会马上赶到她家与她进行思想交流。为了让陆春燕有“家”的感觉，每逢周末，都是陈老师接送她往返学校，经常给她送去零用钱和可口的食物。为了解除她的后顾之忧，陈老师毅然肩负起照顾她弟弟沈梁飞的担子。

在陈老师的悉心关心和引导下，沈梁飞的品行渐渐进步了，成绩也一天天好了。中考时，以优异的成绩考上了高中。上了高中，沈梁飞给陈老师寄来了一封信，他说：“我永远也不会忘记那个寒冷的早晨，当您出现在我蜷缩着的窑洞门口，把我领回家时，我感受到的是从未有过的温暖和幸福。我不再是孤儿，我有妈妈，您就是我的妈妈。放心吧！儿子一定会记住您的谆谆教诲,努力学习,将来像您一样回报社会。”

苍天不负有心人。在陈老师的关心下,姐姐陆春燕考上了大学并顺利毕业,踏上了工作岗位,成了一名人民警察。

陈丽萍的老家在四川自贡,个子娇小,一言一行无不透露出四川人典型的耿直和坦诚。作为一名普通的中学教师,她十几年如一日无私地关爱着她的学生,从微薄的工资中抽一部分替孩子买书和学习用品,悉心疏导叛逆期的孩子,引导他们走上正轨,把生活特别艰难的孩子带回家中同吃住。她用真心鼓舞着学生,用真情感悟着学生,用真爱哺育着学生。她捧着爱心一路走来,把最真诚的爱全部都无私地奉献给了学生,尤其了不得的是,她厚爱困难学生,乐于帮助困难学生走出心灵上的困境。多少名调皮的学生在她的细心呵护下茁壮成长,多少位家境贫困的学生在她的热诚关怀下走出心灵上的困境,多少个在十字路口徘徊的学生在她的引领下走上了人生坦途!陆春燕、沈梁飞姐弟俩只是她关爱过的众多孩子中的两个。她与学生的关系融洽、随和。她被学生们亲切地视为“妈妈”“姐姐”。

陈丽萍老师十余年如一日地长期坚持为学生进行无偿义务辅导,热心帮助困难学生的感人事迹,在当地产生良好影响,受到社会各界的关注和肯定。先后两次受到启东市教育局嘉奖,一次被启东市人民政府记三等功,并被授予启东市优秀德育工作者、启东市优秀教育工作者、启东市师德先进个人、启东市德育标兵、启东市168爱生先进个人、南通市第28次文明新风典型、启东市道德模范、南通市最可敬母亲和全国优秀教师等荣誉称号。

当有人问陈丽萍老师为什么要付出那么多的时候,陈老师的话很朴实:“我把这些孩子都当自己的亲人,我就要尽到亲人的责任。”

陈老师还是个非常优秀的老师,这一点我女儿的体会最深。初中毕业那年,她的化学成绩跟不上去,总是在五十分上下。我向她介绍了陈丽萍阿姨,打算请陈老师帮她一把。她对陈老师的事迹很感动,但不相信陈老师有能让她的化学立竿见影的本事。带着迟疑的心情,她到了陈老师那里。去

第一次，陈老师就知道这孩子的症结在哪里，很快对症下药。在第二周周末再去的时候，陈老师已经准备好了专门弥补这孩子薄弱漏洞的典型例题。上了三次课，孩子的成绩提升了十几分。总共没上到十次课，中考150分的化学物理合卷，这孩子考了143.5分。

4

关于我跟巫老师的相识，可参照我的中篇小说《别说再见》。小说里的“女一号”石莲去了遥远的青藏高原，现实中的巫老师，跟我一起到了江苏启东。宜宾学院党委副书记、教授、著名评论家这样评价这部小说：“海子和石莲的爱情，经历了挑拨和误解，在共同的追求和爱好中他们深深相爱了；但是，毕业的分配，一个到了西藏高原，一个到了海边，命运之手残酷地撕裂了爱人的相守。然而，他们毕竟成长了、成熟了，他们懂得了爱，懂得了事业的追求，懂得了风雨兼程的人生。我想，文学是教科书，也许这就是一部青年学子的教科书。”（毛克强《底层情怀：现实主义的命脉》）

我进工商局上班后第二年，巫老师进入了启东市开发区（晨曦）中学。她进入后的第二年，由美籍华人孙锦昌所主创的孙氏助学基金会投资，创办了面向全市招生的晨曦班。进这个班的学生要求品行和成绩优秀、家境贫寒。孙氏基金会提供食宿上的资助。巫老师担任了这特殊班级的语文老师兼班主任。

这是一批可爱而懂事的孩子。开学不久，中秋节，学校给每个孩子发了一个月饼。过了一个星期的星期五，学生在收拾东西准备回家的时候，巫老师看见一个孩子把学校发的一个月饼收到书包里，这孩子父母双残，由奶奶抚养长大。巫老师觉得奇怪，问那孩子怎么没吃中秋月饼。这孩子说，从他知晓事情开始，就没看到过奶奶吃月饼，他要把月饼拿回去跟奶奶分享。巫老师马上打我电话，让我送一盒月饼去。巫老师当时流着泪说："这孩子的孝心令人感动！这孩子的毅力也令人敬佩，他奶奶没吃过月饼，这孩子一样没吃过。当其他同学在吃月饼的时候，他要多大的毅力才能保证自己不去抠那月饼一指头？"

有的孩子父母都是聋哑人，为了交流，巫老师专门到特殊教育学校借来手语教材自学。还有个孩子的母亲患脑萎缩，孩子生下来就患上先天性心脏脏器疾病，孩子的父亲在孩子两岁的时候就失踪了，情绪波动特别大。跟这样的孩子交流，需要格外讲究方式方法。

晨曦班的学生，大多数孩子不是缺少父爱就是缺少母爱，父爱母爱同时缺失的孩子也不在少数。由于长期缺乏父母的关爱，这些孩子自尊心很强，但同时又很自卑。遇到事情，哪怕是很小很小的事情，就很容易灰心丧气，觉得天塌下来了，意志消沉到极点；反之，则走极端，雄赳赳，气昂昂，犹如上战场，不跟对方死拼到底不罢休。

妻子的细心热情周到，赢得学生的信任和爱戴。学生当面称呼她"巫老师"，背后管她叫"班妈妈"。她也获得学校和上级的肯定，先后被启东市政府记三等功、教育局嘉奖，获得启东市优秀外来教师、启东市"十佳班主任"等荣誉称号。

在连续送了两届这样的班级以后，巫老师感觉，这样头痛医头、脚痛医脚，等问题出现了才去找对策找良方的教育模式太费力，随意性太大，不是长久之法。如何能让这些孩子客观评价自己、正确对待他人？巫老师回忆起她的读书时光，物质极端贫乏，可精神生活却异常充盈。"有时，仅一本好书就能兴奋许久。"她觉得有必要写一本适合现在的孩子读的书，借助这部书，鼓励学生回归沉淀、强大内心。

她的这个想法得到我的肯定和支持。想当初读大学的时候，她是写作课的课代表，中文系江岚文学社的台柱子，文笔没说的。

这事说过了我就忘记了。为了教学工作、为了我创作和孩子的学习，上班时间她几乎不可能动笔。可就在这样艰难的情况下，2008 年秋天，她突然给我看一叠打印稿，吓了我一跳，已经快十万字了。小说的标题是《温暖在

北极》。女性写作者的特点是缓慢温馨，非常感人。这本书断断续续写了两年，也就是两个暑假。换了我，是受不了的，我早把前面写的忘记了。可她一拿到手上就接着写下去了。2010 年 11 月她积劳成疾，生病住院。出院在家休息的那段时间，再次扑到小说的写作上，书名改为《彼岸温暖》，全书 23 万多字。出版后，读者普遍反映，这部小说非常精彩，在学生和学生家长中引起了不小的反响。她的学生袁帅杰在周记里这样说：

读完《彼岸温暖》这本书，我眼睛酸涩，忍不住放声大哭。这本书让我明白了很多很多。父母离异，孩子背负别人的嘲笑和家里怎么也干不完的活，亲人生死离别，肝肠寸断……

这本书主要写了主人公吴小林从童年萌生记忆开始，父母的吵架，弟弟的降生，到后来的父母离异，母亲的再度婚姻，与弟弟妹妹们分离，到再后来的父亲再婚，婆婆去世……小林饱受人世间的苦难与凄凉。但小林并没有为此而放弃学习，她把目光投向书本，投向学校，投向同学，在书的海洋中尽情遨游。

写到这里，我不由自主地想到了自己。我有我亲爱的爸爸妈妈，有疼爱我的外婆、奶奶，家里有我爱吃的零食饮料，但凡这些比起小林来，我不知道要比她好几千倍，几万倍呢！不懂事的我，以前买铅笔一买就是 10 支，用不完还把它削开玩，比起小林来，我太惭愧了。

晨曦班的孩子读了《彼岸温暖》后，像突然被改变了基因结构一样，在比较短的时间内，变得懂事多了，学会了跟别人相处，学会分析自己。尤其明显的是，在学习上越发勤奋刻苦了。在接下来的学期考试中，学生成绩大面积提高，原先就比较优秀的同学更是冲进年级前几名。尽管学生们的新鲜劲儿可能仅在一时，但巫老师依然欣喜不已："通过一本书，能对他们的内心产生触动，这些年工夫就没白费。"

对晨曦班的孩子而言，巫老师始终认为，爱才是最强大的力量。班里有一个喜欢踏踏实实做点事情的男生，父母离异后跟着生病的母亲生活，家境艰难。父亲对他的冷漠不仅让他深感父爱的缺失、前途的渺茫，更让他对周围的世界生出敌对甚至仇视情绪。情绪没有明确的发泄方向，便时不时以玩世不恭的态度在同学面前说些特别“离经叛道”的言语，或做些无伤大雅的低俗举动。

对此，巫老师有所耳闻，但她并未在他面前正面提及，而是经常在生活学习上给予鼓励，比如推荐他任班干部管理班级卫生工作，送他些文学书籍，总之，让他多感受些来自老师同学的关爱，并积极与其母沟通交流。最终，这名男生顺利考上了大江中学。毕业之后每个学期巫老师都会让我陪她去看这孩子，跟这孩子的老师交流沟通。上了高中以后，这男生比以前更优秀了。

在巫正利老师看来，每一个晨曦班的孩子都很独特。所以，简单的教育方法易于招来他们的抵触情绪，“迂回”是巫正利老师常用的教育手段。“孩子们犯错了，我很少直接点破，而是找机会告诉他们什么才是对的。”这本《彼岸温暖》也是一样，巫正利老师正是用自己作品中主人公内心的沉静与强大，来给孩子们“借鉴”。

《彼岸温暖》出版以后，有教育专家认为，这是一本新时期最适合亲子共同阅读的长篇小说。其价值不仅在于小说的教育和启发意义，还在于小说文字优美，细节描写准确细腻，对学生的作文能够提供最直接的引导。

这本书出版以后，我问她：“下一部什么时候写？”她笑笑说：“还没有准备好！”事实上，她随时准备着的，只看什么时候、什么事情正巧撞到她写作的兴奋点上。

一个教师，如果把所有的爱都倾注到学生身上，是很可贵的，也是很可敬的。

失　散

人生往往就是这样，从一种失散，走向另一种失散。也许谁都逃不出这个法则。

1

请允许我先讲一个故事。

1944年，一位往返于“驼峰航线”的美国大兵连同他的飞机，撞向我故乡大凉山的一座山梁。大兵在飞机爆炸前几分钟跳出飞机，打开降落伞。善良的土著彝族以为他是天菩萨下凡，对他顶礼膜拜，视为部落的吉祥物。那时候的彝族还处在原始社会阶段，由于语言无法交流，彝族部落不知道他从哪里来，要上哪里去。在奴隶主的主张下，那美国大兵与当地彝族女人结婚，生了好几个孩子。

1949年以后，这美国大兵才被有关方面找到。限于当时中美间的紧张关系，大兵不能回国。等政策允许他只身回到美国的时候，已年逾花甲。作为抗战老兵，他受到最高规格的接待，他的事迹在很短时间内传遍美国。一天，一个跟他一样年迈的妇女，带来了三对中年夫妇和十多个从二十几岁到几岁的孩子，来到大兵所住的旅馆，两个老人见面以后，抱头痛哭。原来，这两位老人是一对夫妻，三对中年夫妇中有三个是他俩的孩子，那一群年轻孩子，则是他俩的孙子孙女。

报纸上的文字很煽情，足以把人感动到哭得稀里哗啦。

写到这儿，那篇通讯结束了。

可生活还依旧在继续。

设身处地地为那位英雄的美国大兵想想，他即将面临好多纠结呢。比如他在美国的妻子有没有另外组成家庭？如果有，他该跟那个无辜的男人怎么妥善处理这笔“战争的遗产”？如果没有，他该留在美国还是回到中国来？中国也有他的妻儿，一样是亲人，一样骨肉相连，一样都有爱。这纠结超越了国籍，超越了爱，超越了结婚证之类的法定文书、道德秩序。

这一切，比俩人抱头痛哭更感人，更揪心。

这些更重要、更复杂的事情，往往却被我们有意无意地忽略了。

对美国大兵来说，从前是一种失散，如今还是一种失散。

他一辈子都走在失散的路上。

人生往往就是这样，从一种失散，走向另一种失散。也许谁都逃不出这个法则。

2

从1995年开始计数，十八年后，2013年春天，女儿骑着自行车上高中去了，巫老师也开车上课去了，书房里只有我一个人。早春日渐浓烈的阳光从窗外照进来，撒得满屋子都是温暖，我打开电脑，顺着思路一篇一篇还原一段段青涩岁月。

我有两个发现：

一个发现是，当年的艰辛，在那时候似乎是一道不可逾越的坎儿，今天看来，不过是人生路上必须翻越的小土坡、小沟壑。正因为有这些曲折，让我越发坚强和坚忍，真正的人生需要持久的耐力、持久的热情。在一步一步往前赶路的时候，不时回眸打量一下，能让人把路走得更好，才能倍加珍惜当下的每一段幸福时光。

另一个发现是，当年怀揣梦想，一同乘船沿江东下，抵达启东的一群人，如今逐一数过去，有的依然留在这里，隔上一阵，找个机会聚一聚。我们是同学，是朋友，更是亲人。有的却因为这样那样的原因，离开启东，有的尚保持着联系，有的从落脚启东就没联系过，纵使见面，已经不晓得话该从哪里说起；有的则永远也无法联系上了——行走在人生遥远的路途上，我们总是在不断地失散。我们的历史在失散中延续，我们的生命在失散中升华，我们依然是同学，依然是朋友，依然是亲人。

第一个离开启东的，是海复中学的代梅老师。我如今已不太记得她的模样，只觉得她长得秀气，到启东不久就生了孩子。她的丈夫许老师是四川一所中学的教师，比代梅早毕业一年。为了能让一家人团圆，许老师放弃四川那份工作到启东来，在东南中学代一个多学期课，夫妻俩给孩子取名“许盼圆”。熬了一年多，跑了很多部门，找了不少人，最终还是没有圆他俩“盼圆”的期待，不得不挥泪告别启东。代老师当初选择启东，是因为她爸爸在上海宝钢工作，从小就缺少父爱的代老师，希望能在离父亲更近的地方找一块立锥之地。如今，不晓得他们一家是否真的团圆了。

“安居乐业”这词语很有意思，排列上就很有道理：先安居，然后乐业。比照你我，谁能跳出这个顺序呢？

第二个离开的是董老师。当她足够强大，能够独当一面之后，她的归期也就到了。在启东两年的时间，她发生质的变化。她在当年的“单身部落”中，像一阵风掠过海岸，浪花翻卷，海鸥翱翔，挡不住她回归的脚步。

还有幺老师。他通过公务员考试，回到了四川。

还有兰老师。她通过全国司法考试，取得律师执业资格证书，然后再通过公务员考试，回到四川老家。

岳老师通过公务员考试，到了南通工作。

邓老师送完一届学生，就进入市级机关任职。

还有几个，从分配到启东来第二个月，就卷起舌头学说启东话。后来历次老乡聚会，再没见他们参加过，也从来没见他们主动跟老乡联系。跟当地人结了婚之后，再也没有消息。如今即使再见面，99%可能已彼此不认识了。

有一个，我们永远见不着了。

她是我们这批人中，第一个安安静静躺到这片土地上的人。她是离我老家最近的老乡，都是饮安宁河水长大的孩子，她叫简明英。

简明英是个特别坚强的人。高考那年父亲病逝之后，为了让哥哥和弟弟把书读下去，她回到位于四川省德昌县麻栗乡的老家农村，在家里做了两年农活，成了家里的顶梁柱。

后来，她的哥哥和弟弟因成绩原因，都放弃了高中学业。简明英把“一笼鸡总有一只要开叫”的重任压在自己身上，白天干活，晚上读书，终于在回乡后第四年考上宜宾师范专科学校——如今的宜宾学院生化系。她品行优秀，加上有农村锻炼的经历，比其他同学更成熟、更稳重，因此深受生化系师生的信任，担任班级和生化系学生干部，入了党。毕业分配的时候，为了减轻家庭负担，来到启东。

起初是在乡下任教，工资不高，奖金几乎没有。

我们一群人中就数她省，穿得最朴素，吃得最简单。

她说她的几个兄弟姊妹没有父亲，只有她一个人拿工资，她还有个妹妹在上凉山大学，她得替她妹妹省出一些生活费出来。

她学的是生物和化学，本该担任生物或化学老师，可她所在的学校缺语文教师，她服从学校安排，改行教语文。为了把工作搞好，她兢兢业业、潜心钻研，功夫不负有心人，她成了语文学科的骨干教师。

她为人诚恳，待人宽厚，又是个热心人，谁需要帮助她都肯出力，因此学校上上下下都说她人缘好。

病逝前五年，她被查出脑肿瘤，散状分布。那时候，她已调到市区南苑中学。

在上海华山医院动手术的时候，学校每天派两个教师去守候。校长正在外地考察，听到消息后，立即从深圳返回，利用自己的关系，为简明英提供必要的便利，并陪她家属守在手术室外。当看到她平安地被从手术室里推出来，才又返回深圳继续考察。

在病房里，其他同类病人都愁眉苦脸、悲悲戚戚，只有她乐观、开朗，依然热情。她的情绪感染同病室的病友，连医生都说：“这么开朗的病人，我们以前几乎没有见到过。”

在家里休息了半个学期，她向校长申请返校上课。校长要她休息，她说拿了工资没有干活，她感觉自己像寄生虫，说得让人不禁淌眼泪，校长只好安排她到收发室分发报纸。校长感觉已经够过意不去的了，她却老嫌校长不给她课上，后来到底还是进了课堂。

三年后，肿瘤在原来动过手术的对称部位再次发作，视力下降到0.1以下，两米以内看不清东西。她以为吃点药总会好的。她说她这辈子从来没有做过坏事，她不相信老天会对她那么不公平。令人感动的是，这种情况下她还坚持上班。不过有一次她独自骑自行车出去，由于视力太低，竟撞到路边的花坛上昏过去，好在有熟识的人通知她家人，才算拣回一条命。

伴随视力下降，记忆也开始严重衰退。有一次安排她参加中考监考，那么大的事情她竟然忘记了。学生开始答卷，有关人员还在满世界找一个叫简明英的监考老师……实在挺不住了，她才到南通医学院附院住院。她舍不得花钱，要用钱的地方太多，丈夫下岗，孩子刚刚读小学一年级，公公婆婆年纪都大了，公公患糖尿病已经将近十年。

这一次仍然是学校的老师轮流陪护，仍然是校长、主任、学校的老师一干人陪着做完手术，仍然是学生送的鲜花装点病房，仍然是她"总有一天我会好起来"的渴望的眼神，仍然是她的乐观和坚强……住了一个月的院，感觉好多了，她要求她丈夫办出院手续。

就在大家都在欢呼她又挺过一道鬼门关的时候，就在她的学生还等着她返回学校给他们上课的时候，就在她不满七岁的孩子盼望明年春天带他到紫薇公园放风筝的时候，公元2004年11月25日上午7时35分，她一向握得很紧的手，突然无力地松开了，享年34岁。

说走就走，没有留下一句话。在那个点儿，她的孩子正走在通往小学的路上，她的婆婆晨练还没有回来，其他人也在外面各忙各的事情，她就一个人悄悄地走了。她走的那天很冷，连续阴沉了十多天的天空，突然飘起雨夹雪，仿佛苍天都感动于她的坚强，伤感于她的不幸。

追悼会是一个人生命终结时，有必要履行一下的程序。尽管有照相机摄像机不歇气地拍摄，也没有什么感动人的地方，对于躺在玻璃棺材中的简明英更是没有任何意义，悼词里的“优秀共产党员、优秀教师、优秀母亲”之类司空见惯的陈词滥调，更凸显出公事公办的感觉。我只注意到，她暂时躺着的棺材是那样小，也就是说，简明英的身材原本就很小——那么小的身材，怎么承载得下那么多的坚强？

来为简明英送行的，有简明英的同事，还有从全市各地赶来的四川老乡。这对简明英来说是最后送一程，一个人一生只有这一次，我们能送的也只有这一程。

我注意到，那天晴空万里无云，太阳暖暖地照着，并且一丝风都没有。

那一刻，我希望有一个叫天堂的地方，那里面有许多可爱的小天使，当听说有一个善良宽厚的灵魂正向天堂的大门走来的时候，都蜜蜂一般扇起美丽的小翅膀，唱着优美的赞歌，列队迎候。

3

2009 年，当年同船来到启东的兰老师，考取四川老家一个县检察院的职位，即将离开她站了整整十四个年头的讲台，从长江尾回到长江头，回到她的来处的时候，她五味杂陈。

刚刚到茅家港中学第一年，她担任一个班班主任。这是一个当地老教师放弃的班级，原因是这个班的学生野得比野人还难以对付。这个班教室的天花板上全是脚印，敲破脑袋都想不出，如此密集的脚印是怎么踩上去的，如果不是有法律，任课教师恨不得能枪毙几个。可这群学生每天都跟打过鸡血似的，不知疲倦地翻着花样折腾。既不接受批评，又不敢对他们进行体罚，兰老师的满腔热情化作纷飞泪雨。

为此，兰老师委屈地背上“管不住学生”的十字架。有谁知道，由于语言不通，学生在她鼻子底下商量如何对付她，她半句都听不懂。

第二次做班主任是很有点喜剧意味的，时间是几年后。

那个班同样是个在学校臭名昭著的班级，班主任已经换了三个，科任老师除了教语文的兰老师之外，都换了好几茬。

老师们给了这群“坏学生”一个统一的名字——“垃圾”。

做这群“垃圾”的任课教师是痛苦的，除非你特别凶恶，能在全班同学的眼皮底下，用看不见的如来神掌出招，让那些跟你对着干的学生痛得钻心，三年之内回想起就心有余悸，否则你就没办法和平连贯地上十分钟课。

做这群“垃圾”的班主任就更是苦不堪言了。除了学生要找班主任的麻烦，还得随时面对各任课老师或愤怒或冰冷的脸。

分管校长那一阵特别谦虚，满学校求老师担任这班的班主任，求了一个又一个，只差下跪了，没人愿意接这个吃力不讨好的烫手山芋。

最后，分管校长一脸无奈地找到兰老师，说：“兰老师，我们都清楚班里的实际情况，但总得有个人把日常工作维持起走。学校真诚请你来做这个班主任，学校对你没有要求，只要他们打架不打出人命，谈恋爱不谈出小孩，把他们糊弄到初中毕业，就阿弥陀佛了。”

兰老师心肠软，答应了。

在能够听懂当地方言，也有多年教学经验之后，兰老师对她的学生的态度，不是“恨”和“对立”，而是“爱”和“关心”。她发现，那个常常当众与老师吵架的女孩，做事泼辣敢作敢当，且烧得一手好菜；那个常常逃课不做作业的女孩思维活跃，是个理家的高手；那个老是脏兮兮的男孩，拖地拖得特别干净；那个从小学开始每次考试都是个位数的男孩，从不以强凌弱……

一个畸形的奇迹出现了，三个多月过去，期末考试成绩出来，充满爱和关心的兰老师所教的语文，名列全年级第一名。

有一副对联通常被认为具有讽刺意味：“说你行，你就行，不行也行；说不行，就不行，行也不行。”事实上，在教育工作上，这是至理名言。一个学生的失望、气馁甚至彻底放弃，很可能来自于老师一个失望的眼神、一副不满的表情、一句砸碎希望的话。

伊丽莎白·白朗宁有句话是这样说的:我是幸福的,因为我爱,因为我有爱。(I am happy because in love and loved.)

在她离开启东两年后,这个班的学生建立了 QQ 群。有一天,她登录 QQ,她的学生给她很多留言:

“老师,你在哪里?听说你身体不好,你要多注意休息哦。”

“老师,很想你哦,很怀念你教我们的日子,你教我们的日子才有真诚。”

“老师,我们毕业了。我没考上好的学校,就选了职业中学。但你让我喜欢上了学习,我会一直努力的。”

……

他们把兰老师拉回两年前那段很短的时光,那时她是他们的班主任。

做教师的人普遍有个感受,成绩好的学生,有相当部分认为自己之所以优秀,是因为有一副好脑瓜,自己聪明。这部分学生受老师器重,得到老师更多的关心和爱护,可这部分学生在毕业之后,绝大多数不会再跟老师联系。相反,当年非常淘气,经常给老师添麻烦、不受老师待见的学生,毕业后却会跟老师保持联系,毕业的时间越久,跟当年老师的关系越密切。

兰老师在一篇《爱是一盏灯》的文章里道出其中的秘密:扪心自省,为什么谁都不待见的差生,却与我建立了真正的友谊?那是因为我曾把他们当作完整的人看过,并真正发自内心地爱过他们。在他们人生的严冬,这一点爱,就像小小的火星那样,也许不能给他们足够的温暖,却带给他们人生的光明。在从教十四年后,在告别讲台的时刻,我真正地领悟到:爱是一盏灯,一盏盛开在生命荒原的灯,一盏照彻人生灰暗历程的灯。

这是不是又是另一种失散呢?

这应该也是一种失散,这失散与“改变”“宽容”和“选择”有关。

4

回眸灯如花，彼此在天涯。

写这篇文章的时候，我的孩子已经念高中。一天，在她的作文练习本上，我看到这样一篇话题作文。出题者要求学生全面理解材料，自选角度，自选文体，自拟题目，写一篇不少于800字的文章。

有一天乌鸦打算往东方飞，途中遇到一只鸽子，双方都停在一棵树上休息。鸽子见乌鸦飞得很辛苦，就关切地问："你要飞到哪里去？"乌鸦愤愤不平地说："其实我不想离开这里，可这里的居民都嫌我的叫声不好听，所以我想飞到别的地方去。"鸽子告诉乌鸦："别白费力气了！如果你不改变自己的声音，飞到哪里都不会受欢迎的。"乌鸦听了，心里感觉很委屈。

值得肯定，如今的高考语文试题进步很大，角度、文体、题目均自选。三个"自选"，给学生很大的自由发挥空间，只要和材料沾边并言之成理，即属切合题意。

从乌鸦的角度说，因为它不能在现有的环境下生存，所以准备飞到别的地方去，比如没有居民的地方，森林、河流、草原等，它就能无忧无虑地生存。为此我们可以谈有舍才有得、后退一步也是一种美、选择适合自己生存的土地更是一种智慧等与之有关的内容。

从鸽子的角度说，因为乌鸦一般跟死亡联系在一起，所以它的叫声无疑是难听的。鸽子虽有善意，但要乌鸦适应环境、改变自己的叫声，观点不错，出发点很好，但考虑乌鸦的实际，它的叫声是它想改就能改的吗？比如我的嗓子，用来跟人交流、上课、作报告都可以，你要我上星光大道唱歌，就是我乐意，全国人民都不答应，我那亲爱的老婆都会至少砸我八个臭鸡蛋。为此乌鸦感到委屈，那是情有可原的。

顺势而下，这里的居民嫌乌鸦的叫声不好听是不是有问题呢？是不是它只要是“乌鸦”必然不吉祥，只要是“鸽子”都是和平的象征？我看不见得。在一些国家，乌鸦是国宝，是吉祥物。在我们国家的故宫，栖息得最多的鸟就是乌鸦，乌鸦的叫声终日不绝，不见得听到乌鸦叫就会有坏运气。相反，到了故宫没听见乌鸦叫，等于白去了。为此，我们是不是应该对声音不好听，包括品貌不出众，但内心并不坏的“乌鸦”之类，持“大度”和“宽容”的态度呢！

这样一则新材料作文，只要紧扣“选择”“改变”“宽容”，无论写成记叙文还是议论文，甚至小说、故事，都是切合题意的。

为什么要引用这则材料，并作那么长的分析，是因为在尘世中摸爬滚打的人们，谁不是时时刻刻要面临选择、改变和宽容？人生的悲欢离合、风云际会，逃不过这三个词语，以及由这三个词语引出的种种“后来”。

附　录

母亲的节俭

我相信，每个人或多或少都会从父母那里继承一些习惯。当舌尖上的浪费成为一个话题被大家热议时，我想起母亲从我们幼年开始，在我们心头种下的节俭意识。

母亲教会我们节俭，是从吃开始的。小时候，她教育我们弟兄四个要把饭碗里的每一粒饭都吃干净，她说："不吃干净脸上要长麻子，丑八怪样子娶不上媳妇！"我们吃剩的饭，她会端来搁着，到下一顿热过之后再端出来，谁剩的谁吃。我们那地方有个风俗，客人来家里吃饭，不管吃几碗，要趁客人没吃完的时候，替客人再盛一大勺子盖到碗里。其实多数时候客人都吃不了，母亲就惋惜。我们家是河谷里最早倡导饭桌民主的，饭一端上桌，母亲就请客人不要客气，想吃多少自己盛。她每年春节前都要做米花糖，不管是我们吃还是客人吃，奉上一块米花糖的同时还会奉上一个盘子，这样啃咬时飞溅的米花碎末就能落到盘子里，待吃完米花糖，把盘子往嘴上一倾，碎末全都到了嘴巴里。

每年夏季收麦、秋天打完谷子，她带上一家人到地里去，把机器碾过的麦草或稻草清理一遍。那十几亩地，一年还能收上来一两百斤粮食。同样，她要我们几弟兄各持一把钉耙，对收过花生和红薯的土地再仔细翻耙一次，也能收上几十斤。

有一年，父母亲来我这里小住，见我们热饭的盒子上有若干米粒，就兑些开水，用筷子将米粒一粒一粒戳到开水里，再吃下去。看得我女儿如同见了外星人，她便给我女儿讲我们从幼年时代就听过无数次的"食堂化"恐怖往事。那么多年过去了，那些故事还是那么鲜活，跟冯小刚的电影似的，每一句话都是一个场景，都是一幅画面。母亲说，古话说"穷，穷不过三代；富，富不过三代"，这不是咒语，也不是宿命，而是一个懂得节俭，一个丢掉了节俭。

母亲的节俭，让我们在几十年后，还能找到自己幼年时代的旧物。母亲教育我们用写完的作业本的另一面做草稿纸，还把我们小时用过的书本都捆扎起来，打算卖给收废纸的贩子。可收废纸的贩子总是来得不是时候，他进村时，一家人总是在地里忙活。直到大学毕业，我们都还能找到小学一年级的书本。翻开那些字迹歪歪扭扭的作业本，偶尔还能依稀记起昔日的同窗和往事，大多数却什么也想不起来了，不由人不感叹记忆的脆弱、韶光之易逝。

我们从小穿过的衣服，只要是棉质的，母亲都要把它收来堆在一个硕大的旧蜂箱上，说待我们长大她空闲了，熬些糨糊，在屋檐下支上一扇门板，把旧衣服剪开，一块一块贴上去，就成了千层底的布鞋底子。可惜，到她真正有点空闲的时候，她的孙子辈都好几岁了。那一大堆棉质旧衣服早已不堪时间的侵略，拿到手上稍一用力，就成了布巾巾。这是母亲节约史上的一大败笔，可当我们看到那些曾经给过我们温暖和体面的小衣服的时候，似乎又翻开了一段尘封的往事。

母亲是个节俭的人，但她从不吝啬，在我们读书这件事上、在亲戚邻居需要帮助的时候，她能毫无保留、倾其所有。

如今，儿孙满堂的母亲依然节俭。我们刚建议她和父亲去旅游，她马上提出反对意见。她说，在她眼里，看山就是山，看水就是水，河谷两岸哪里不是山水？其实，母亲是个特别会描述的人，我从她那里学到不少描述的本事，我能走上文学道路，跟母亲的引导有着密切的因果关系。母亲的歌也唱得非常好，她的儿孙辈没有一个能赶上她的。这两样加在一起，足以说明母亲是个有文艺天赋的人，在她心里，绝不会看山只是山，看水只是水。不过是母亲节俭惯了，口袋里的钱只要没用在她所说的“正道”上，就是浪费。后来，我也想明白了，我们多少旅游不是看山就是山、看水就是水呢？上车睡觉，下车撒尿，到了景点拍拍照，回到家啥都不知道！为此，每有机会出去，我都会把它当作一次难得的采风，收集故事，采集歌谣，踯躅于陋巷，徘徊于瀑侧，考察民风民情，体味个中甘苦。回来之后，若能留下一些属于自己的文字最好；若暂时不能，某一天在设置小说场景的时候，说不定就会用到。

母亲的歌声

女儿灿灿对我母亲说："奶奶，请您唱支歌好不好？"母亲略迟疑了一下，她大概在想，是谁告诉她的孙女她会唱歌的呢。马上应该想到，那当然是她的儿子我啰！在离老家八千里的地方工作了十多年，才把父母亲接来小住一段时间。女儿十多岁了，待在她爷爷奶奶身边的时间，总共不超过四个月。于我女儿来说，爷爷和奶奶是她的两个谜团。她对他们的了解，差不多都来自我的描述。我记得还在她很小的时候，我说你奶奶唱歌很好听的。她听了以后，很认真地问："真的吗？真的很好听？有歌星唱得好听吗？"我笑笑说："听了你就知道。"

头天晚上，女儿悄悄对我说："爸爸，我想听奶奶唱歌。""想听就请你奶奶唱呗！"我说。女儿的记忆力让我吃惊，过了那么多年，当年我随口说的话，她居然还记得。心想，幸好以前没跟孩子瞎吹牛。"要是奶奶不唱呢？"女儿担心地问。在女儿看来，歌声是属于歌唱家的，是属于年轻人的，她无法想象苍老的奶奶，跟歌唱有多少联系。我说只要你开口，奶奶不会让你失望的。

此时，一家人正围坐在桌子边，剥瓜子，吃茶。听了女儿的要求，我母亲慈爱地看着孩子。母亲很瘦，一辈子都瘦。头发薄薄的，年轻的时候梳个独辫，黑，而且亮，拖在后面，不需要什么点缀，就是一道风景。眼睛、鼻子、耳朵都遗传我外公的基因，比别人小一号，秀秀气气的，不拖泥带水。嘴巴比别人大一号，门牙略突。个子不高，看上去很单薄，却惊人地壮实，她能担的担子，与父亲担的一样，并且健步如飞。

"唱什么呢？"我母亲略思考了一下，对灿灿说，"唱你昨天弹电子琴的那首吧。”

没有登台的繁文缛节，更没有伴奏的过门，自自然然的，母亲仅把身子正了正，歌声就在客厅里扬起：“蓝蓝的天上白云飘，白云下面马儿跑，挥动鞭儿响四方，百鸟齐歌唱……”

我已经有二十多年没有听到母亲的歌声了，那么多年过去了，母亲走过她的青年中年，逐渐走向老年，连她的长子我都快步入中年了，可母亲的歌声依然那样年轻，那样圆润，依然有着高原阳光的亮丽、月光的温柔，朴素得如同吹过紫色麦芒的河谷风，干净得仿佛清冷冷的山泉，还散发着朝雾山茶花的清香。不是我夸自己的母亲，时至今日，在歌坛之外，我听过的所有清唱中，能及我母亲之右者，还未曾见到。我母亲的歌声具有民间色彩，音域宽广，高低自如，收放随心，音色属于旷野、山梁或者沟壑，具有绵柔持久的穿透力。

一曲结束，灿灿还要她奶奶再唱几首。母亲又唱了《洗衣歌》《北国之春》《牡丹之歌》。

灿灿第一次听她奶奶唱歌，她没有想到奶奶会唱得这么好，她甚至可能在想，奶奶的声音这么好，为什么没去做歌唱家。她说：“奶奶，你的歌声是微笑着的。”说完怕她奶奶不懂，解释说，“就是如果没看到人，只听歌声，就知道唱歌的人是笑着唱出来的，听的人也会感到快乐！”

学过几年乐器的灿灿，对她奶奶歌声的评价是准确的。她的评价使我豁然开朗，我是听着母亲的歌声长大的，母亲的歌声给我的感觉，正如灿灿的评价，可近四十年了，我从来没有想过要用语言去表述，倘若之前让我表述，我也不会有灿灿这么准确。看来学没学过音乐，真的不一样。

母亲的歌声之所以好，除了她有一副天生的好嗓子，更因为她对唱歌发自内心的热爱。小时候，我曾经翻看过母亲从外婆家带来的东西，聊算嫁妆吧。那时候的嫁妆，只需几分钟就翻完：被褥，在床上；几套衣服和千层底布鞋，穿的穿在身上，换洗下来的都收在箱子里；另外就是一个红布盖头和压在下面的结婚证；剩下的就是一本抄歌曲的本子，很薄，内芯是作业本纸，封面是外加的装水泥的牛皮纸，脊背大概是母亲自己用针线装订的，蓝色的线，装订的格调，像古代的线装本书，有十多页厚，上面密密麻麻都是歌曲，我至今记得两首歌的名字，一首叫《铁道兵之歌》，另一首是《樱桃好吃树难栽》。我母亲小学文化，这本子大概从她读小学开始，就一直陪伴着她，从一首两首，到后来抄成满满一本。我能想象出，少女时代的母亲，每当对着本子唱起歌来的时候，心中涌起的快乐向往，脸上洋溢的幸福微笑。这个本子记录着母亲少女时代的记忆和憧憬，为她青涩的青春，增添了许多美妙的色彩。这应该也是母亲的嫁妆之一，而且是她自己为自己准备的、最重要的一件。

母亲与父亲的结合，是传统的，父亲大母亲八岁。28 岁父亲还没找到对象。不是我父亲长得不好，我父亲年轻的时候很帅的，而是因为我爷爷奶奶的成分不好。他们年轻的时候，辛辛苦苦开了几十亩荒地，把贫瘠的荒地耕种成一片年年丰收的沃土，因此获得了个富农成分，四类分子之一，等于成了关在没有栅栏的监狱里的人，见人矮一等。我爷爷奶奶从我父亲十七八岁的时候，就开始张罗我父亲的亲事，忙了十多年，解放战争都胜利两遍有余了，我父亲的亲事依然在我父亲身上没有一点解放的迹象。后来，也不晓得是哪个媒婆积的德，在我母亲和父亲之间牵起一根红线。我外婆之所以答应这门亲事，不仅因为我父亲本分厚道、谨慎稳重，更重要的是，她女儿要嫁的那个叫大中坝的河谷坝子能出庄稼，常年能吃饱饭，就是在“三年自然灾害”那些年，也几乎没出过饿死鬼。

外婆家的成分好，出嫁前母亲是团员，还是宣传队员。嫁过来以后，什么都不是了，不要说参加体面的活动，连体面轻巧的活儿，也从此无缘，说话要看人脸色，做事得受人指使。有一次散工，母亲哭着回家，原来母亲在劳作的时候唱歌，受到女工队负责人的责难。那女的说：“唱什么唱？你有什么值得乐的？”母亲说：“唱歌碍你什么事呢，”那女的说：“莫非你得意你成了小四类分子？莫非你高兴成了人民的专政对象？”我母亲辩解，那女的说：“没什么好辩解的，龙生龙，凤生凤，老鼠的儿子会打洞！”奶奶听了母亲的叙述，一句话也没说，在奶奶的身上，有着比这更深沉的辛酸和屈辱，面对年轻

的媳妇,她能说什么呢?是表示安慰?表示愤怒?还是表示歉意?大概都是不合适的。

从那时候开始直到“包产到户”,在大庭广众之下,几乎听不到我母亲的歌声。但这并不意味着我母亲停止歌唱,就在被羞辱的那天下午,母亲都还唱了歌的。她在我们家的菜园里薅草,歌声轻轻的,不会穿过菜园的栅栏,跑到菜园外面去。歌声仿佛是母亲的止痛药,唱过几曲之后,母亲的脸色恢复自然红润,忘记别人带给她的烦恼,好像什么事情都没有发生过。

母亲永远是乐观的。不晓得是歌声带给她力量,还是她具有不让歌声远离的毅力,母亲用歌声迎接他的儿子们的诞生和成长。母亲先后怀过六个孩子,在老三之后老幺之前,那两个在母亲体内只享受了几个月母爱的、我永远不会见面的弟弟或者妹妹,带给母亲的却是永远的心灵和肉体的疼痛。她用歌声冲淡四个儿子给她带来的各种烦恼:比如我们弟兄四人相继读书,小学,初中,高中,大的三个都上大学,其间的坎坷彷徨就不说了,每个学期的学费,就足以榨干父母身上仅有的油水;比如长子我高考失败的痛楚、执意远走他乡的无奈、长期伏案写作带来的痼疾……母亲用歌声对付生活的重压,用歌声打发心底的忧愁。母亲跟父亲一样,遇到困难的时候总是说:“没有跨不过的坎,没有翻不过的山,向前看!”

我跟母亲学的第一支歌是《让我们荡起双桨》,这是一首校园歌曲,学校的兼职音乐教师在一台破风琴的伴奏下,怎么也把我教不会,母亲在生产队的大喇叭上听了两遍就会了。她一句一句地教我,教一句,我会一句。我发现,没有乐器干扰,这首歌从母亲的嗓子里跑出来,竟散发着乳汁的芬芳。后来,每次跟母亲下地劳作,都可以听到母亲的歌声。刚刚“包产到户”那会儿,为打理包产田,我跟父母整日下地劳作,有时候累得只差瘫倒在地。母亲说:你试试唱支歌呢!我正处于变声期,声音很怪,那一阵在课堂上读书都怕,更别说唱歌了。可母亲坚持要我唱,在母亲的敦促和鼓励下,我唱了,我唱那时最流行的《大海啊,故乡》,起初小声小气的。母亲说:“大儿子正变声呢!别太用力,以后你的声音肯定是浑厚的!”在母亲的鼓励下,我逐渐放开嗓门唱起来。我的歌声引来隔壁一块田上劳作的魏家的几个姑娘的眼神,她们停下劳作,直起腰来,向我投以微笑,这让我相当得意。唱完了,发现疲劳已在不经意间逃跑了,身上有用不完的力气。

母亲教给我用歌声来穿越生命荒漠的力量。远离故乡那么多年,不容易听到母亲的歌声,自己嗓音又成问题,可是,我有我的办法,我吹口哨。无论在上班途中,笔耕之隙,面临困境,还是身处忧伤,一串敞亮透明的音符,串起数不尽的欢乐。

在母亲的感染下,灿灿也跟着唱起来。这个整日忙碌于各种练习和测试的孩子,似乎突然找到了排遣压力的途径。母亲的歌声点化着灿灿,使她的歌声也有了山风的纯净、飞泉的灵韵,重新找回轻松与快乐。

父亲的摊位

我本以为,在我们弟兄四个都各自成家之后,我的父母就“解放”了,不需要做那么繁重的农活,只需料理一下菜园,带带孙子孙女,帮助幺弟、幺弟媳妇喂喂圈里的几头猪、院子里的几百只鸡鸭,就差不多了。毕竟年纪大了,就应该过含饴弄孙、颐养天年的生活。可是,从我在八千里外的江苏启东得到的信息是,父母还是家里那六七亩地的好劳力,冬天播小麦,春天撒谷秧,初夏收麦、挖洋葱、插秧,秋天打谷子,初冬牵牛轭犁把收过稻谷的耕地翻过来,放阳光底下炕晒。年年如是,周而复始。

这我能理解。父母身边的幺弟、幺弟媳妇跟村子里其他年轻人一样,农闲的时候就是工地上的工人,农忙的时候才回家参与栽种收割。工地上一个月的收入,等于半年的庄稼。可农民毕竟跟庄稼地紧密关联,不种地,他们就成了纯粹的打工仔。村里外出远方打工的人越来越多,像幺弟、幺弟媳妇这样出则为工、入则为农的年轻人越来越少。劳力有限,父母不帮带一把不行。再说，父母劳动惯了，若连续几天手头没有事情做，他们会感觉身体不舒服。几年前我把他们接到身边住了一阵，刚来还好，一周还没过去，我妈就说她一双手闲得没地方搁，十天不到两位老人不是说这里不舒服，就说那里隐隐作痛。只好送他们登上返回故乡的列车，一回到故乡那片土地上，在菜园和果园里连着劳作几天，身体哪儿都舒服了，打电话来，说话的中气比在我这儿的时候足了好几倍。

我不理解的是，在我利用公休假回到八千里外的老家，发现父亲居然还每到黄联关镇赶集的时候，都要上街卖菜。一背篓菜，多则四五十元钱，少则一二十元。我们弟兄四个虽然不显贵，但每年都有供奉，每家虽不多，但四家人加在一起，数字还是可观的。到他这年龄，往银行里存钱已毫无意义。我不明白，我爹这是为什么。谁知道那些多心多嘴的人，会不会说父亲的四个儿子都是不顶屁用的，老头子辛苦了一辈子，把他们供到上完大学，个个成家，却到了这把年纪还上街，为那几块十块油盐钱忙活？

那一天，从黄联关镇下车，天正落雨。我刚撑开雨伞，就听身后有人跟我打招呼："稀客稀客！啥时候回来的？"我说刚下车。那人说："你爹也在街上。"他说的在街上，用普通话表达就是：在黄联关镇的农贸市场卖东西。农贸市场就在我下车这个点的对面。跟我打招呼的人比我年轻，不晓得是哪家的表弟或者侄儿。在故乡，但凡在我 22 岁离开故乡后出生和新嫁来的媳妇，我差不多都不认识，他们却无一例外都认识我。

这是秋天，在这季节，家里能拿到街上的只有蔬菜和水果。我决定先到市场上找到父亲，然后跟他一起回家。

我撑着雨伞走进农贸市场。伞是折叠伞，是出门的时候，爱人放进我行李箱的。在黄联关镇这种地方，撑折叠伞的人，一般被视作新派人物，比如是机关单位里工作的人或者城里来的人。这种伞，折叠起来放置方便，但不牢，不经用，稍不留神，安宁河谷的一股风，就可以毁掉一把折叠伞。这种伞在这地方也就比较打眼。

从农贸市场大门进去，要经过面食煎炸铺，十几个摊位分列巷道两边，品种繁多，香气诱人。接着是水果摊位，然后是食用百货、服装、杂百，最后才是几排蔬菜摊位。这些铺子都有固定的摊位，摊位顶上罩着农贸市场专用的彩钢瓦，跟在房子里一样，太阳毒的时候遮太阳，像现在落雨的时候就挡雨。我找遍了这些摊位，不见父亲的影子。

在市场最里面的角落里，有一块由商业用房和彩钢瓦遮蔽的固定摊位夹峙出来的三角地，是市场专门辟出来供乡下农民摆地摊的场所。卖菜群众自发分成五排，菜摊间相互串通。每个摊主前面的地摊上，摆了一张厚塑料薄膜，或者一个倒扣的背篓，上面或是几把韭菜，或是十几条大小不一的萝卜，或是一堆青菜、辣椒或者茄子。三角地暴露在天地间，菜农的避雨工具各式各样，斗笠，雨衣或者长柄大青伞。

我的目光从一张张弥漫着雨水的脸上划过，遇到认识的，热情地跟我打招呼："作家回来啦?"遇到不认识的，见我的目光扫过，脸上立即现出期待的表情。在这样的雨天，在这三角地，每个人都盼望早点卖掉货色，早点回家。

七十多岁的父亲这辈子真是不容易。小学毕业，因为我爷爷奶奶是富农，直接被剥夺了升初中的机会；还因家庭成分，父亲的亲事从他十八岁一直忙乎到二十八岁，才终于遇上我妈，我爹比我妈大八岁。父亲的晚婚，导致了我们弟兄四个陆续上高中、进大学，需要大量金钱来交学费和生活费的时候，他已迈过壮年的坎儿，体力和精力一年不比一年。那时农业税和各种摊派多如牛毛，一棵果树才刚刚成活，每年就得缴五块钱的特产税。好不容易，我们从学校毕业了，刚想歇口气，1998 年，安宁河一场百年不遇的大洪水，毁坏了为我们遮风避雨的老屋，父母带领我们走上重建家园的艰难道路，苦日子又过了四五年。到彻底免除农业税的时候，好日子才算真正开始了，父母亲都进入老年，体力和精力更不比从前，却比从前做得更欢实了，似乎比以前更忙碌、更劳累。

父亲果然在人群中。干瘦的父亲头上戴着竹斗笠，身上披了一块塑料薄膜。雨水从斗笠上成串落下来，打在塑料薄膜上，汇集成一股股小溪流，从薄膜上滑下。父亲的裤脚挽得很高，高过膝盖，以防被雨水打湿。因为年龄的关系，父亲的腿肚子已经看不出来，父亲的小腿还没有我的手腕子粗，能想象，他的大腿也粗不到哪里去。秋天已经来了，天地多了些寒气，我替父亲感到冷。在我还没张嘴喊他的时候，父亲喊了我一声："大儿子！"我的小名"小勇"。在我读初中以前，他喊我"小勇"，读初中以后喊我"老大"，大学毕业到了江苏他喊我"勇儿"，我女儿出生后，他喊我"大儿子"。我应了一声，心里很难过，我有句没有说出口的话：爹，难道你的孩子就那么无能，让你缺这几个油盐钱？

父亲的摊位上摆着一小堆青辣椒和枣子，各有四五斤的样子。据说之前还有一堆青菜，卖完了。我替父亲估算了一下，三样加一起，不超过五十元钱，没有我半天挣的工资多。而这些东西，从发芽到采收上市，要花多少心血、投入多少劳力？

在我愣神的时候，走过来一个打伞的中年人，买走了父亲的枣子。他跟父亲交谈一些家常小事，看来他们彼此很熟悉。又过了一会儿来了一个妇女，买走了那堆青辣椒。她有些遗憾地对父亲说，下次上街来，替她留几斤青菜，青椒和枣子也要留一些。她抱怨今天的雨耽搁了她出门，让她没买上想买的东西。

在父亲收拾地上的塑料薄膜时，又有几个买菜的人上前来跟父亲打招呼，都说来晚了。

旁边的卖菜的人对父亲说："李老者儿的菜卖出品牌来了！"另一个人跟父亲开玩笑说："以后我们的菜都拿来让你总代理销售算了！"

原来在我到来之前半个来小时，父亲才把菜摆到摊位上。

回到家，从母亲口中得知，父亲在黄联关镇卖菜果然有名气。父亲背到街上的菜不会太多，也不会太少，三四十斤的样子，对于一辈子在农田里劳作的老年人，这点分量正好，不嫌轻，也把他累不倒。不管他去得早还是去得迟，他的菜肯定能卖出去，这是一；二是，父亲卖菜的时间不会超过一个半小时，卖完了，还可以在街上办其他事情。向他买过菜的人都知道，咱们家的菜口感好。也没什么秘诀，就是不用大棚，浇的都是粪肥，几乎不打药，尤其是要上市前二十天。我在家小住那几天，天天下午都跟父母一人端一个瓷碗，到菜地里捉菜青虫。因此，他的回头客多。

父亲的摊位并不固定。父亲把菜背到那块三角地，看哪里有空位，向两边的摊主打个招呼:"借个地方摆一下。"两边的摊主都是十里八乡的老乡,都熟悉,各自把摊位收一收,空出来的地方就成了他的摊位。

父亲没有烟酒嗜好。虽多年劳苦,但在五十岁之前,头上没有一根白发。如今,敢情他老人家是把卖菜当嗜好了。难怪这些年,父亲不仅背不驼,腰不弯,身板儿似乎比供我们读书那些年还硬朗些呢。他喜欢卖菜,就让他去吧。要是他到了一百岁还能卖菜,让他的重孙辈给他绣块金匾,金匾上六个大字:"李仕衡卖菜处。"

伤 疤

安宁河谷初冬的暖阳在我下车的一瞬,把我结结实实地拥入怀中,同时拥抱我的还有没遮没拦、汪洋恣肆的河谷风。十七年了,我第一次于冬天回故乡。不知道是我更健壮了,还是河谷两岸但凡能种树的地方都种上了经济林木的缘故,河谷风的力道明显比十几年前小了,若纤纤素指抚弄丝弦般,从冬树枝头滑过,成串饱满的音符带着咖啡的酽稠与丝绸的质地,在空中自由流淌。

安宁河谷西昌段是我的故乡,这里有我的父母兄弟,是我魂牵梦萦的地方。随着年岁增长,我的思乡之情也在增长。故乡于我却越来越陌生,记忆中的道路和房屋不断在改变,我所认识的那些相邻乡亲,跟爷爷年纪相仿的,走得一个不剩,父亲这一辈已步入老年,跟我年纪相仿的人都已到中年,更多的是比我年纪小的,他们都认识我或者知道我的名字,而我若没有家里人指引,几乎都不认识了。

这里是我的"血地",是我的胞衣之地。如今,我越来越觉得自己是过客。

从巴溪口下了车,要过渡船。过了渡船才是我老家所在的村子,中坝乡大中村三组。渡口还是那渡口,几百年来艄公换了一茬又一茬。刚下渡船，遇到刘洪禄老两口。几十年前，当我爷爷奶奶还是四类分子时，他们的阿爸阿妈也是四类分子。同样的遭遇，让我们两家从那时候都走得比较近。夫妇俩都八十多岁了，身板还是那么硬朗，耳聪目明。见了我，很热情地跟我打招呼，邀我上他们家喝茶，并拉过身边一个七八岁的小男孩，教他喊我“阿公”。阿公就是爷爷。我跟刘洪禄夫妻俩相差四十岁，辈分上，我称他俩“表哥表嫂”。他们养育了六个儿女，其他的早成家了，只有一个比我大两岁的女儿，生下来就是痴呆，每天从穿衣到吃饭，都要爹娘伺候。村里其他几个跟她一样的痴呆孩子，有的生下来就死了，最多活到二十几岁，父母年纪大了，无力料理，就死了。刘洪禄的傻女儿如今四十四岁了，活得好好的。刘洪禄曾跟我爹说，为了这孩子，他得努力让自己长寿。

因为还没进父母家的门，我婉言拒绝了他们的邀请。我是来陪父亲过他七十岁生日的，人生七十古来稀，如今生活条件好了，七十岁的老人已不算稀少，但七十毕竟是个值得好好庆贺的事情。几个月前，当我们几弟兄提出要给父亲过生的时候，父亲在电话里对我说，刘洪禄两口子八十多岁了，除了那个傻女儿，子女个个都殷富，却从来不过生——把岁数忘了，越活越年轻。父亲说，不过生，一图省事，二图吉利。他说某某过了七十岁生日，没多久就走了。他说：“你不放炮，阎王爷想不起翻生死簿，你这炮仗一放，惊动了他老人家，一翻簿子，都超过好多年了，提起朱笔，大笔一挥……”跟讲故事一样，说得有鼻子有眼的。

父亲有四个儿子，其中三个大学毕业。我最大。为了交我们读书的学费，父母曾连续六年没有缝过新衣服。我本该退学回来替他分担一些重担，但父母不让，大学毕业，我又到了离他八千多里的江尾海头启东市，父母的辛劳更是一点都分担不到。我是最惭愧的。古人云，亲在不远游。我不仅远游了，还在远游之地定居下来，我算是不孝的种。不过就不过吧，尊重父亲的意见，我决定利用公休假回他身边陪他住几宿。我都打算好了，给父母从里到外买两套新衣服，特别要给父亲买两套红色的内衣裤。没有别的意思，唯愿他们健康长寿。

刘洪禄表兄问我:“表弟,小舅爷的脚好没有?”他说的小舅爷就是我爹,不晓得是从哪里论起来的。

我一下愣了,之前在电话里从来没有听父母说过,感觉非常突然。这么说我父亲腿上有伤?我感到无比惭愧,外人都晓得的事,作为长子的我,竟然一点都不知道。我本来想装作知道,囫囵回答他一下,又怕搞不好漏了馅儿,给人不好的印象,就老老实实说,这事之前我父亲从来没跟我提过。刘洪禄说:“你爹你妈不容易,好事拿出来跟儿女分享,坏事从来不让你们担忧。”这些年来,父母知道我隔他们太远,怕我担心,干着急,家里发生好多事情,比如前几年弟弟婚姻变故、母亲的腿被别人家的狗咬伤,都是事情结束后,才从旁人那里听说的。

回到父母身边才知道,父亲脚上的伤是春天落下的。他砍柴火的时候,一根柴火碎末飞起来刺进他卷起裤脚的左脚外侧,父亲当时简单的拔掉刺,抓了点泥巴盖上去止住血,就没当回事。农村里的人,这种小伤是经常遇到的,一般都任其慢慢收口,长好。这一次例外,从春天到夏天又到秋天,挖洋葱、麦收、插秧、收稻谷,一件连着一件。老家那六七亩地,主力是小弟弟和弟媳妇,人手不够,父亲亲自下田经营,年年如此。伤口被反复感染,不断扩大,到水稻收上来时,伤口不仅不见好,溃烂的地方不断扩大,感染的地方有如一个橘子,鼓胀着,里面全是脓。到这时候,我爹才觉得这是个事儿了。留在身边的两个弟弟和弟媳妇劝他上医院,他嫌进城麻烦。也去过,从家里进城要两个小时,到了医院排队又等了三个小时,终于轮到他坐到医生面前的小凳上,那医生从检查到开完处方,总共用时不到三分钟。开了几百块钱的药,涂擦上去,不仅不见效果,反而红肿得更厉害。刘洪禄听说了,专程上我家来对我父亲说,十几里外的阿七乡一个土医生有治疗刀伤的本事,建议不妨去找他看看。土医生用土办法,他用手术刀把化脓的伤口切开,然后用一个勺子状的工具,替父亲刮取脓液,一直刮到肉上,血肉模糊,不用麻醉,好几次把我父亲痛昏过去。先后去治疗过三次,创口只见增大,不见减小,腿部还开始产生麻木感。单听父亲简单的描述,我都心惊肉跳。

我准备带父亲到城里的医院，他还是嫌麻烦，说活了这么一把年纪，小创小伤从来没上医院的，说出去给人笑话。我仔细查看了城里大医院给他开的药的说明书，从痔疮到疔疮，什么疮毒都能治，就是于父亲的化脓性外伤伤口不适合。真想当面骂这医生孙子，像这样混账的家伙，不晓得有多少人成了他的冤魂。好歹我曾经学过一阵中医，我分析，父亲得服解毒平血的中药和抗病毒的西药，外擦的必须是去腐生肌的药膏，要将父亲自身的造肌功能调理起来，让创口逐步缩小。我学医不精，本来要学五年，我只学了两年，该用什么药我不知道，但我相信，到城里去，好好研究一番使用说明书，一定能买到所要的药。我进城花了大半天工夫跑了好几家药店，买回想要的药来，内服加外擦，两天工夫就见效，红肿消退了，麻木的感觉也消失了。十几天的公休假结束，到我离开故乡的时候，创口缩小到两颗黄豆那么大了。

活在这样的混账世界，可以不懂文学，不懂数理逻辑，不懂天文地理，但必须懂一点医学。不为济世，只为能从无良庸医的屠刀下侥幸逃脱。

父亲七十岁生日这天，安宁河谷的风依旧那么轻柔，风中夹杂着冬豌豆和荞麦花的香味。高原上的太阳依旧在不紧不慢的节奏中，暖烘烘地烤着高原河谷。上午父母亲一起在菜园里给一畦青菜拔草。再过十多天，这茬青菜就能上市了。我负责做饭，炖了一只自家养的鸡，炒了一盘回锅肉，还有几样从菜园子里挑回来的小菜，就算父亲的生日宴了。

饭后我送红包给父亲，父亲把红包壳子收了，把钱还给我。他说；“你该到你的初中母校去看看。说不定再过几年，这个学校就没有了。这些钱你拿去给那个学校的娃娃买几本书吧。”

第二天我就去了。母校还在那位置，但已经不是我记忆中的母校了。从前呈“国”字形排列的土坯房子全都拆掉了，取而代之的是几幢两层高的楼房。因初中学生一年比一年少的缘故，乡里把乡中心小学搬过来跟初中合并，统称九年制义务学校。刚刚过去的九月份，初一只招到八个学生，任课教师比学生还多两个。本乡其他学生都到城里或者一河之隔的其他乡镇中学就读去了。

我打电话到曾出过我两本书的出版社,拼拼凑凑,买了近三百本书,于我回到江苏启东之后寄了过去。我不晓得,当这所学校的孩子拿到这些书的时候会怎样想,他们会不会想到,三十年前,我跟他们一样,就在这所学校挑灯夜读?会不会喜欢这些书?会不会嫌弃这些书放在书包里成了他们的累赘?

既然送出去,我就不管这么多了。这些孩子的父母亲,不少是我的校友,甚至是同窗。

我想起在这所学校读书的时候,得了一本竖排本繁体字的《水浒传》,翻过来调过去看了好多遍。我爹为我订了份《四川农村报》,每周有一版叫"蒲公英"的文学副刊,成了我们全班争相传看的报纸。这个版面成了我文学的导师,我的第一篇文章就刊发在这张报纸上。初三那年,老师跟校长闹矛盾,任课教师动不动就罢课,我们经常被放羊,上课时间,教室里人烟凋敝。没老师来上课,也无作业可做。我不知从哪里搞到一本《七剑下天山》,没白没黑地读。有一天,被卖菜归来的父亲从教室的窗户看见了,他悄悄站在教室外面,直到下课铃声响起,才跨进人烟更加凋敝的教室,掀开那本书的封面看了一眼,不愠不火地问我:"下课了为啥不休息?"我又惊又惭愧,我把大好时光都用来看小说了。可我无可奈何,我想努力,把功课搞得更好一点,实现父亲和自己的梦想,可我不晓得我该往哪里发力,哪儿才是我的突破口,在这样多事的时段在这地方求学,我们的前途注定是迷惘而艰难曲折的。父亲没有多说一句话,出了教室门,把一副卖完菜的空担子掮到肩上,晃晃荡荡地走出校园。也许就是从那一天开始,我向往成为一名作家,写出一些作品出来,能够给阴暗无助的心灵照进一缕阳光。

我父母的年纪在一天天变大,而我的母校苍老的速度似乎比人苍老的速度还要快。母校尚存的旧迹是校园主干道边上那几棵细叶桉树,那是一种不断生长、不断脱皮的树,长得比从前粗壮高大,在没有多少内容的校园,显得那样高大突兀,旁若无物,有一些孤单,也有一些寂寞。这学校哪天恐怕真的说没就没有了。

飞花轻若梦

岁月如此坚硬，季节如此松软。春风带着狂草的章法，于不经意间，在金盏菊、迎春、茶花、各色玉兰锦簇成团的芬芳中，将属于这个季节的心情，纷然乍泄。

紫燕的歌声联通了二十四节气的脉络，将大自然的序幕徐徐拉开，立春雨水，惊蛰春分，犹如一个个奔腾有序的鼓点。许多年过去了，鼓点和鼓点的节奏从来没有改变，改变的是岁月，是与岁月相依相伴的时间，它苍老了多少意气风发的翩翩少年。只是，那桃花依然红着脸颊在春风中微笑，杏花却不仅仅粉在烟雨蒙蒙的江南，梨花白了回响着红娘木屐的院落，翻飞的纸鹞拽着遥远苍穹的湛蓝。

在这个季节，且不要去说那些名副其实的花了，就连新长出的树叶，都那么色彩明丽，带着令人赏心悦目的柔软和光泽，把整个世界装扮得新媳妇一般。

多么希望这样的美景，能跟我们长期相伴。可一场春雨，在洗净浮尘的同时，也洗落了满枝繁华。昨日妩媚妖娆不再，昨日落英缤纷不再。仿佛做了一场春梦，梦中事遂人愿、甘美畅达，睁开眼睛，便浮华过眼，了无痕迹。这多少令人有些遗憾。自古以来，那一场场具有转折意味的春雨，催生了多少懵懂少年的无端忧伤，又令多少伤春感怀的文人雅士，写下一首首缠绵婉约的动人诗篇。

不过，人类附加给春天的文字，都与春天本身无关。大自然从未有老去的时候，老去的是深陷时间旋涡的你我，尤其是我们的心态。花开有花开的快乐，花谢有花谢的洒脱，去留无须谁来牵挂，一切都顺其自然。繁花过后，还有绿叶呢。倘若是果树，枝头上就该有青青的细果子了。

每一个春天都是崭新的。在这崭新的春天，一切都欣欣向荣，繁花谢后，满眼新绿。线条分明的房屋因为新绿，多了许多和谐的情调，枝上鸟鸣清脆，穿梭于绿荫下的行人，说话的声音、举止穿着，都跟季节那么协调。道路因为新绿，增加了无限丰富的色彩，再笔直单调的路，也变得柔和起来。春天的新绿，连楼房根部那一小撮泥土都不放过，离离落落，长上一片。

春光无处不在，青翠无处不在。飞花是春天的开始，揭开季节的全部。

三月的郊外无须门票

汪洋恣肆的油菜花是三月的精灵，它把生命的金黄放在三月和煦的阳光下晾晒。

在一片金黄的花海中间，麦田像是画家随意涂抹上去的一块翡翠绿。还有清冽的河水、水边鹅黄的芦芽、铺天盖地的紫云英，有意无意地为坦荡的田野增加了复杂和深度。再加上豌豆花的淡雅，桃李花的煽情，三月便香气扑鼻了。

在花的海洋里，远处的房屋变矮了，仿佛是花海中的舢板，近处泛绿的春树，恰似一页页鼓胀的风帆。

这季节，鸟儿的鸣叫是那样清亮。低飞的紫燕，翱翔的雄鹰，成片翻飞的沙鸥和鸽阵，于田野深处不知名角落里低吟浅唱的斑鸠和鹧鸪，合唱团一般，唱出了春的情绪、春的爱恋。

这季节，城里人仿佛选择了一场逃亡，从市区奔向田野。身后是一片轰然退缩得近似于坍塌的高楼大厦，上紧发条的生活跟墙角的残冰一样，瞬间融化成一摊温润的春水。

把身躯摊在三月的青草地上，尽情打开四肢，让风揉乱长发，拂过脸颊。让三月馥郁的花草香在鼻孔里漫漶，让三月的各种鸟鸣，包括风摇动春树的嘎吱声、牛哞、蛙鸣，流水般灌注到耳朵里来。

如果遇上一场雨,无论大小都再好不过。在无边的田野上,让我们自由地穿越到张志和“桃花流水鳜鱼肥”的西塞山前,白居易“浅草才能没马蹄”的钱塘湖边,杜牧“千里莺啼绿映红”的烟雨楼台,辛弃疾“梦回人远许多愁”的玉楼,王安石“春风又绿江南岸”的瓜洲。

这季节是那么适合朗诵。面对五彩斑斓的田野,读余光中:“春天,遂想起遍地垂柳的江南,想起太湖滨一渔港,想起那多情的表妹,走在柳堤。”范蠡和西施在浅浅的思念和哀愁中复活了,他们越阡度陌,携手走在烟雨江南那长相厮守的旅途中。或者读海子的“春天,十个海子复活了”,他们长发齐肩,像一群涉世未深却心怀天下的少年,用忧郁的眼神打量迷惘的世界,突然,一转身,将理不出头绪的世界暂时抛在脑后,面朝大海,春暖花开。或者读默雷克:“我躺在春天的小山上,白云变成我的翅膀,一只小鸟在我前面飞。啊,告诉我,孤独的姑娘:你在哪里?让我留在你身旁!”

最最好的状态是忘掉所有的文字,所有世俗的存在,把自己干干净净地交给春天,把眼前的阳光,当作世界元初的第一缕阳光,把眼前的田野,当作世界元初的第一块田野,从零开始,给万物第一次命名,让万物予人第一次感知……这情景,想想都是那么令人快乐,给人说不出的冲动和勇气。

清风芦苇

在水网纵横的江海平原,芦苇实在是普通得不能再普通的植物。只要有一脉清水流淌,它就在岸边蓬勃茂盛,无论春秋冬夏,细密朴实地长成这片土地的地域标志。尤其是在秋天芦苇花翻飞的时候,这种地域标志的感觉更加明显。

水跟芦苇,像一对忠贞不渝的恋人,朝夕厮守间,水因芦苇而显出高度,芦苇因水而逸露风姿。最终,彼此都成了对方的爱情和信仰。如果还有清风吹皱满江秋水,撩起芦花的诗意,那么,想不忆起那句“蒹葭苍苍,白露为霜。所谓伊人,在水一方”的诗都难。这样的千古名句从来不会被人淡忘,就像水湄的芦苇不会在地球上消亡。

而且,那些沉郁已久的伊人往事,往往会在清风芦苇的对白中复活转来,重新回到诗经的原野上。在诗经的旷野中,爱情都很美好,常常会永恒成歌谣。而后世读者,一旦读到这样的诗句,无一例外会展开丰富的想象。那位吟咏着爱情,独自缠绵的伊人,恰似一丛多情的芦花,有多少人知道,人世间最动人的三个字,不是“我爱你”,而是“在一起”呢?多少少年在芦苇发芽到开花的里程中,为参透或证明这两句话,忙忙碌碌,纷纷老去。

这也许就是文学给予后人的“地域标志”。它能给人以思考,也能唤醒人的某些潜意识。

事实上,很多事物在文学上都是有地域标志的。天上的、通向神、通向人的路,早已被屈原走完,在屈原面前,后人难以找到新的地域标志,来标注自己飞升的空间;陶渊明东篱下的菊花温暖每一轮带血的夕阳,张若虚吟咏过的月亮最大;在李白的黄河上,流淌了整个世界的夸张和浪漫;美丽的、少女的血,在李香君的扇上开成艳丽的桃花,泪则在林黛玉的黑眼眸里开得最灿烂,青春梦已经在《红楼梦》里做完……而长江,就该是苏轼的长江了。“纵一苇之所如,凌万顷之茫然。”也是中秋之夜,也在长江边,与三五文友到江边赏月,就想起苏轼的《前赤壁赋》。朦胧的月光之下,任凭微凉的江风在脸颊上留下一丝丝水生植物的芬芳,听苇叶婆娑,那细密、清脆、随和且絮絮叨叨的声音,给人的感觉是每一株芦苇都是有灵魂的,这是一颗颗在沧桑中矜持、在冷清中高贵的灵魂。而脚下的长江水,汩汩滔滔的气势恰似苏轼当年。若有一叶扁舟,谁会错过乘清风、浴明月、泛舟大江、扣弦而歌那般旷达独立、羽化登仙的机会呢?可惜,眼前沉默的江堤边,没有那条可以实现这一愿望的扁舟,连打鱼的小舢板也没有。此时,扁舟与舢板成了必要条件,没有它,一切理想都无法实现。这使人想起我们自己，我们一辈子能走很多地方，却常常因为缺少某个条件，永远无法到达希望的彼岸。如同一粒饱满的种子落进瓦罐，瓦罐外面土地肥沃，风调雨顺。但这一切，跟它无关。

这也许也可以算一种标志。只是，不会再有更多的人能像苏轼那般，在杯盘狼藉、主客醉卧的超然洒脱中，一切随缘，纵情山水，沉醉自然。

秋风野菊

路边，一个不起眼的角落，一丛野菊静静开放。微苦的清香把秋天的空气涂抹成了一段充满哲思的短文，使人想起清新，想起深邃，想起天高云淡，想起寂寞辉煌。在秋天，很多词语都会因为一丛野菊的盛开，而显得成熟和饱满。

秋天本身就是一个成熟而饱满的季节。可柿子黄了，叶已枯老；枣子红了，黄叶满地；就是最幸运的金橘，带着温暖的红色和黄色压弯枝头的时候，那叶子早已绿得发黑，显出垂老之状。让人分明感到，成熟和饱满是需要付出代价的，成熟不等于成全，饱满不等于圆满。

只有这菊花，这野菊，花和叶子同时进入生命的旺季，黄花绿叶，烂漫葳蕤，一样的精神，一样的新鲜，一样的生机勃勃，在日渐颓败的旷野，绽放成一种象征。阳光越来越微弱，这一丛野菊好似要填补阳光离去后形成的空白。只是，花朵上的清香无语，一任瑟瑟的秋风洗濯芳华，每一朵花都带着感激和期盼的神色，迎风摇曳，似乎远方有渐行渐远的挚友，有心仪已久的嘉宾。挚友是秋，嘉宾是冬。野菊就这样静静地站在秋与冬的结合部，站成时间长卷中的一枚逗号，隔开了丰收的喧嚣，与围炉取暖的安谧。

常有蜜蜂来贺，已无浪蝶光临。寂寞与凄清是这个季节的主题，更是野菊面临的光景。

不远处，有一垂钓的老者，好似当年渭水河畔的姜子牙，白发如雪，端坐水湄，仅少了随时可以捻起的飘飘胡须。稍远处，一头牛在草窝中，俯卧成国画里常有的姿势，牛头高昂，斜向虚空，正有一阵没一阵地反刍，仿佛在默念着什么。这是一头健壮的水牛，而且正当壮年，经过一个季节的劳累，此时才得清闲，俯卧，反刍，是最佳的姿势。如果能添得一只喜鹊守在牛背上，那就再生动不过了。可惜牛背上，除了秋风，什么也没有。

于是，想起历史上许多关于菊花的诗句。陶令篱下采菊，心性不闲，抬头翘盼，望眼南山——南山之外红尘滚滚，谁知道什么时候，会有喜讯从山外传来；欧阳修夕阳栏边，金蕊流霞，只叹百草尽摧，若要提一篮秋天回家，除此野菊，别无它选。还有白居易、李易安……但凡心怀“念念心随归雁远，寥寥坐听晚砧痴”情绪的诗人词人，都能将关于菊的诗词写到极致。

但菊花，尤其是这不经雕琢的野菊，并没有因为文人的吟咏而多出尊贵之格、富贵之姿。相反，它从来都干干净净、朴实无华，不以婀娜立世，不以妩媚动人，不孤芳，不自傲，以不争的从容，开在晚秋。恰似通透一切、却沉默不语的思想者，或者胸怀大才、又不求有遇的高格隐士。季节犹人，菊如人生。想人生苦短，路途多艰，纵际会风云，轰轰烈烈，又何及野菊之宠辱不惊、从容淡定。

一棵开花的树

不单单诗人才多愁善感，整个大自然，一旦滑进深秋，都开始长吁短叹。秋雁有秋雁的悲，秋霜有秋霜的愁，秋虫有秋虫的苦，秋水有秋水的瘦，秋风有秋风的凉……连河边吃草的几只羊，也因草丛中日渐稀少的草，而显得格外安静。

当这一切渐渐进入收敛状态的时候，倏忽一夜之间，沉寂了一年的桂花，便欣然乍开。

一朵一朵细如米粒的花朵，仿佛是一个个轻轻一碰就会醒的梦；又仿佛是谁用生命奏响的乐章，一簇花，就是一簇丰满柔润的音符，在自觉与自然的状态中，让秋的神韵，在风中低吟浅唱。

那香味，可以很轻，轻若柔滑的丝巾滑过手臂；也可以香得很重，钻进鼻孔，就有一种说不出的痒。不管是浓是淡，小城的大街小巷，都因为桂花的芳香，而透出诗意的安逸。每一朵花散发出来的香，都有将大自然因季节转换而显露出来的折痕重新抚平的力量。

桂花树实在算不得漂亮，个头矮小，一般也就两三米高；树形也不出众，若不经修剪，简直就是一丛灌木，即使修剪过，那也是普通得不能再普通的圆形或半圆形树冠；树干并不妖娆，树皮粗糙，节疤密，树枝生长随意，树叶边沿有锯齿。如果不开花，桂树的视觉效果并不理想。

可就是这样一株一年大部分时间并不出众、不引人注目的桂花，却于深秋某个突然降温的夜晚，悄悄地在枝丫腋下，播撒醉人的芳香。那感觉，让人多少有些猝不及防，总在猛然间闻到，多半忍不住立即惊呼："桂花开了！"

在秋天盛开的两种常见的花中，菊如隐士，沉静稳健，自我意识很强；而桂花，则如善于吟唱的阳光少年，能把心中的欢乐，播撒到尽可能远的地方，在怒放中展示生的恣肆与张扬。

开花的桂树，因为桂花的香味，而多了许多柔美；杂乱的枝柯，因为桂花的绽放，而增添许多妩媚；连又瘦又薄的树叶，也因为红的、白的桂花，而成为必不可少的陪衬。一句话，树因为花而变得好看起来，变得有形起来。

哲学点说，树的视觉效果再差，也是一个必不可少的基础条件；花朵再小，也是一棵树受到瞩目甚至景仰的不可或缺的外在表现。以这样的视角来观赏一棵开花的树，那么，树已经不是原来的树，花也不是本身的花了。假如把树换成一个人，把花换成人所取得的成就，岂不正可用来诠释"一花一世界，一叶一菩提"的内涵！

当然，一棵在深秋开花的树，需要那么多内涵吗？

后　记

生生不息的土地

1

每个作家，都别忘了写好自己的故乡。

在中国作家中，无论鲁迅、萧红、沈从文、汪曾祺，还是莫言、贾平凹、苏童、迟子建，都因为坚持根植于自己的故乡，而获得文坛的肯定，受到读者的尊敬和喜爱。故乡是一种记忆，是一种气息，是我们来时走过的道路，是浸透喜怒哀乐的往昔，也是一种情怀和寄托。

在现代社会日趋大同和一体化的时代，人不可能一辈子在一个地方停留，因此，我们的故乡不应该只有一个绍兴、一条呼兰河、一个凤凰、一个高邮，也不应该只有一个高密东北乡、一个商州、一个枫杨树村、一条额尔古纳河。

上包头，下海口，东抵江海平原，西达帕米尔高原。无论为工、为农、为商、为学生，只要在那个地方待上一段时间，就会发现其中的美，就会经历其中的酸甜五味，在那里留下或深或浅的亲情、爱情和友情。有一天，回头打量那些年那些事的时候，会发现那一座城市、那一个乡村、那一片厂房、那一片校园，无不留下难以忘怀的记忆，不可磨灭的气息。

那么，这些地方，算不算是我们的故乡？

那个曾给我们生命的“血地”，自然当之无愧是我们现实的故乡。

而其他的，则是精神的故乡，是感情的故乡。

故乡是一种审美。

一个懂得审美的民族，才是伟大的。

2

启东是共和国版图上最年轻的土地之一。

汉代以前,在中华版图上找不到这块地方。长江带来的泥沙不断沉淀,在隋唐的地图上,江口海域陆续出现沙洲。到唐武德三年,即公元620年,唐王朝的权力机构派驻吕四,此为启东北部“老土”。

泥沙不断淤积,江尾海头成片的陆地面积不断扩大。到清乾隆嘉庆年间,又陆续长出了13个沙洲,到光绪初年(1875年前后),沙洲连片。此为启东南部“新土”。

新土和老土分属通州、海门和崇明。

实际经营权在海门和崇明的地主手中。地主在当地被称为粮户,粮户只管抽捐、收租,不问社会秩序。那时候,这块地方成了水陆两股盗匪的天堂,盗匪欺压百姓、鱼肉人民,搞得鸡犬不宁,民不聊生,曾经有数十股盗匪之间为争夺各种利益,纷争不断,战火延绵。

1928年1月,清末秀才、宝山人袁希洛代表启东各界人士,向江苏省政府提出设立启东县治的申请。袁希洛曾留学日本,为国民党元老,1912年1月1日晚8时,在南京举行的中华民国临时大总统的就职典礼上,袁希洛代表各省将“中华民国临时大总统印”授予孙中山。袁在申请中提出设立县治的充分理由,其中重要的一点就是建立有效治安秩序,还老百姓以平安幸福的生活。同年2月,经江苏省政府同意,原属崇明县的外沙地区(即今之启东)设县,定名为启东,意为“启吾东疆”。省政府任命袁希洛为首任县长。同年11月,首任县长袁希洛撰《启东设县碑记》,以资纪念。

启东位扬子江之北口,滨东海。近百年来,积沙而成。先隶崇明,田土渐辟，户口渐聚。至逊清末造，面积三千余里，人口三十万。与南通、海门相接壤，而与崇明本岛隔一近二十里之江水，风涛沙浅，交通不便，政令因以阻隔。城绅豪右，借势以临之，负担重而地方事业所享之权利微，启人苦之。于是祝子应乾、孙子文奎、张子宗华、施子滋培、施子征睿、倪子华清等于清宣统三年，中华民国纪元一、二年，请愿国省，要求设县分治，数为城绅所阻，努力奋斗，继续不倦。至纪元六七年间，省吏知不能压，而碍以城绅情，乃为不彻底之调处。在九年时，先设一行政委员以佐治之。迨纪元之十六年春，国民革命军底定长江南北，苏省政治革新，施子方白、施子滋培等又先后继续请愿。中国国民党外沙市党部诸同志，又为政治革命上之主张，请求分治，事乃垂熟。是年十月，希洛受江苏省政府民政厅长钮委任为行政委员，面令筹备设县。抵任后以外沙诸民隐直陈，并由省委白一震、张世杓先后报告有设县之必要。乃由江苏省政府在十七年(1928 年)一月，议决设县，定名启东。二月任命希洛为启东县长，颁发县印。三月一日受印任事，开始训政。十月奉省令与崇明分界，以扬子江北道江心为址，南属崇，北属启，永无争执。本县位置，据江苏省政府土地整理委员会特派技士陈政和测定，为东经 121°39′27″，北纬 31°48′40″。现有地依崇明移交芒银底册，为百六十一万一千一百七十五亩，现有人口依本年调查为三十三万零八百三十三人。呜呼，希洛于辛亥革命曾受江苏省委为组织中华民国临时政府代表，参与民国元年一月一日中华民国临时政府成立于南京首都之盛典。十七年来，以素性戆直，且政治为军阀所霸持，不愿为行政官。今年以及艾，欣在此青天白日国徽之下，首服役于兹新成之邑，恐无补于斯土之建设，爰于设县既定之日，志数语以为继长是邑者有所稽考也。

中华民国十七年十一月八日启东县长

宝山袁希洛谨记并书印

此碑历经战火风雨，一直存放于启东县人民医院即当时的县政府所在地。1979 年 7 月被发现，经修整后于 1984 年 6 月存放到人民公园。为保护

该碑,石碑上建有碑亭遮风挡雨。2008 年 9 月,人民公园拆除围墙,建成开放式市民广场。为更好保护此碑,再次将石碑搬迁安放到紫薇公园东大门。

从 1928 年 2 月开始,中国版图上多了一块被命名为"启东"的地方。

1940 年 10 月,启东建立抗日民主政府。

1941 年,启东与海门东部合并为海东行署。

1942 年称海启行署,吕四片建通东行署。同年底,海启与通东两个行署合并。1943 年称东南行署,属苏中四分区。

1946 年初撤销行署,恢复启东海门两县建制。同年底再度合并,恢复东南行署,属苏皖边区第九行政公署。

1949 年 1 月,启东全境解放后,恢复启东县建制。

1989 年 11 月 13 日,经国务院批准,启东撤县建市。

2011 年 12 月 24 日崇启大桥通车,启东到上海市区,只需用一个小时。

这就是启东清晰的历史脉络。

从这清晰的迁延之中,不难看到,启东的成陆历史不长,启东是一块由长江上游泥沙淤积而成的土地。著名作家赵丽宏在一篇题为《长江魂魄》的散文里,曾对启东这片神奇土地上的泥沙发出思考:

我在启东的大地上行走时,心里时常忽发奇想:我脚下的这一撮沙土,是来自唐古拉山,还是来自昆仑山?是来自天府之国的奇峰峻岭,还是来自神农架的深山老林?抑或来自险峻的三峡,雄奇的赤壁,秀丽的采石矶,苍凉的金陵古都?在千千万万年前,我们的祖先会不会用这些沙土砌过房子,制作过壶罐?会不会用这些沙土种植过五谷杂粮,栽培过兰草花树?

有时,我的幻想更具体也更荒诞:我正在触摸的这些沙土,会不会被治水的大禹用来筑坝?会不会被策马疆场的魏武用来垒城?会不会被隐居山林的陶渊明种过菊花?这些泥土,曾被流水冲下山岭,又被风吹到空中。在它们循环游历的过程中,会不会落到云游天下的李白的肩头?会不会飘在颠沛流离的杜甫的脚边?会不会拂过把酒问天的苏东坡的须髯?

作家在文章的末尾不禁感慨：长江有多长，这片土地就有多长；长江沿岸的历史文化有多么丰富，这片土地就有多么丰富。这里凝聚着长江的魂魄。

3

是的，这里凝聚着长江的魂魄。

在启东，你很难找得到家谱。最近在吕四找到几部，一帮人兴奋得像挖到几十坛金子似的。这片年轻的土地，没有真正具有原住民意义的“土著”存在。不管问谁他的根祖在哪里？他们这个家族从哪里来？没有一个能说得清，回答很干脆：不晓得。

倒是后来的学者，根据启东南部和北部现存的语言、风俗习惯，比对其他地方的语言和风俗习惯，大致推断出他们的来路。

现有的所有居民，都是在几十到数百年时间里，先后从不同地方搬迁来的“移民”。

“移民”曾一度是国民对三峡库区搬迁者的专有称谓，在这里恢复其本意来使用。

这是一座真正意义上的由移民会集，开发出来的城市。

我是其中之一。“原著居民”仅比我们早来几代人而已。这里有我的家，这里是我的家乡。我有责任以“新启东”的身份，写好我这个叫启东的家乡。

这是一块文化多元并存的地方，既保持着江南吴文化的血缘传统，又沐浴着现代海派文化的气息，兼具长江文明和海洋文明的特质。复杂的文化品格，使这片土地显得既年轻，又不失深厚的文化底蕴。

这种文化还具有辟我草莱、励精图治的拓荒精神，追求卓越、创新争先的超越意识和海纳百川、兼收并蓄的包容姿态。

这是启东人生生不息的内在精神动力和丰瞻多彩的人文底蕴所在。

这样的文化，带给一个来自巴山蜀地的作家的，不仅是冲击，更是滋养。文化的差异性，其实就是文化的丰富性。这种差异和丰富给予文学的，是另一种体验，另一种视角。毫不夸张地说，我比别人多了一个维度。这为我的创作，增加了一个视角，灌注了一份能量。

从1995年至今，20年的时间即将过去。这些年，启东发生了翻天覆地的变化。仅仅以我的个人体验而言，我们从遭遇"欺生"，到被接纳，再到融入其中的过程，正是启东从一个"小农式"的、沿海渔村性质的城市，向现代意义上的城市迈进的过程。从2004年开始，启东每年从全国招聘一批高层次党政后备人才，这些年轻人来自祖国的四面八方，我们当年吃过的苦，他们再没有吃过。一个真正意义上的开放的城市，其可贵之处，在于接纳更多的外地杰出人才。比如上海，从前见到外地人就叫"阿乡""乡下赤佬"，现在，当年称呼外地人为"阿乡""乡下赤佬"的人，不是在街头卖茶叶蛋，就是失业在家，靠替人照看孩子或老人、缝缝补补度日。在此，我声明，我绝对没有看不起卖茶叶蛋的阿姨和护工的意思，而是要说，他们之所以跟不上时代的节奏，被抛在时代之后，除了疾病、年龄、学历等原因，还有相当部分在于他们曾经多么自以为是、故步自封，认为"阿拉是上海人"多了不得，不具备社会进步、文明发展必须具备的海纳百川、敢为人先的胸怀和气概。于是，成了落伍者。

阅读这本书，会注意到，文章的主体内容集中在2001年之前。所记叙的事情，发生在7年不到的时间里。之后，成为留白，给未来预留了足够的写作空间。也就是说，这本书写完，下一本就可以动笔了。

我爱启东，尤其是今天的启东。

再过30年，整个启东市至少有1/3的人，没有我在启东生活的时间长。

到那时候，我就是"老启东"啦。

光阴如玉，多少过往，未曾说出，即已随风。这些都是我曾经参与的现场。从写第一个字开始，我告诉自己，一定要用最朴实的语言来完成整本书的写作。生活原本没有那么多花里胡哨，我的文字也没有必要花枝招展，朴实的语言更贴近那些散入风中的过去。我还力求让自己的文字具有开阔的视野，宽广的胸襟。这样，更大气。过去即史，一个社会与一个个体的历史之间，仅有大小之别，难作轻重之分。

真希望这样的文字能给朋友们一些启发。如果能引起您对自己过往的追忆，这本书就不仅仅是一本怀旧的书了，它成了您情感的催化剂和引导酶，将为您打开一扇窗，替您推开一道门。